JIANREN
DE
TUDI

坚忍的土地

许理存——著

时代出版传媒股份有限公司
安徽文艺出版社

图书在版编目（ＣＩＰ）数据

坚忍的土地/许理存著. --合肥：安徽文艺出版社, 2021.8
（2022.7 重印）
ISBN 978-7-5396-7217-5

Ⅰ．①坚… Ⅱ．①许… Ⅲ．①散文集－中国－当代
Ⅳ．①I267

中国版本图书馆 CIP 数据核字(2021)第 111309 号

出 版 人：姚 巍
责任编辑：秦 雯　　　　　　　　装帧设计：张诚鑫
···
出版发行：安徽文艺出版社　　www.awpub.com
地　　址：合肥市翡翠路 1118 号　　邮政编码：230071
营 销 部：(0551)63533889
印　　制：山东百润本色印刷有限公司　　(0635)3962683
···
开本：700×1000　1/16　印张：19.125　字数：300 千字
版次：2021 年 8 月第 1 版
印次：2022 年 7 月第 2 次印刷
定价：68.00 元
···

目　录

第三辑　故乡的路

第四辑　车轮滚滚

第一辑

月光下的炊烟

我的小学

我的家乡，在合肥西乡廖渡村鲍庄，民国时归属龙潭乡，后来改了名字。一开始，叫青春公社，后来又叫袁店公社。龙潭乡因为有条河叫龙潭河而得名。叫袁店公社是因为历史，因为这块土地上有条老街叫袁店。

我的家乡在龙潭乡的尽头，前面有条河——凤落河，河床深陷，河堤高耸。行路难，难于登月球。从我记事起至1985年，我们的村子从没有车子进出，除了大板车和独轮车。这里的交通比大山还闭塞，但这里的土地是肥沃的，可这里人的肚皮一直薄如蝉翼。

穷，是这块乡土的头衔，不仅体现在交通上，也不仅体现在那干瘪的肚皮上，还体现在我们的校舍上，体现在教育上。

小学我读了五年，可校址就改了六次，校名也改了六次。一年级时，学校是在西边老庄一户人家的一间房，也可能是两间吧，中间有个大梁。这就是一所学校，没有牌子，大门外的泥巴墙上写着：西边老庄小学。十八个学生，组成不同的年级，最高的是三年级，还有一年级和二年级，一年级的人最多。

那时我们上的是复式班。一节课开始老师先上高年级的课，上一会儿，让学生自习，再上低年级的课，依此类推。一节课要上三个年级的课程。老师最头痛的是课堂纪律。上高年级课时，低年级的同学无事可干又约束不了自己，各种捣乱的动作就出现了，轻则你戳我捣，重则离桌打斗相互抓扯。待老师回过头时，打闹的学生又迅速归位，弄得老师调查一次打斗事件的原因，就得花费很多时间，更多时候都查不出"真凶"。

有一次，老师在给三年级的同学上课，讲到龙妹和玉荣在风雨中抢救生产队的羊群的时候，一个二年级的男同学锋受到了启发，突然对着隔壁的女同学做起了"羊闻骚"的动作:先把鼻子靠近隔壁的女孩子身上,然后慢慢地抬起头,直到鼻子朝天。抬头的过程中锋一脸享受的表情,尤其是鼻子翕动的过程实在太像"羊闻骚"了。

老师当时正在板书背对着学生,忽然一阵哄堂大笑。那女孩不干了,受了伤害的她抓起书包哭着冲出教室。老师回过头,询问怎么回事,一个一年级的男同学说,锋同学对那个女同学做"羊闻骚"的动作。老师不明白什么是"羊闻骚",就问怎么做的。另一个一年级的男同学熟练地又做了一遍,又是一阵哄堂大笑,老师也笑了。这时那女孩子的家长来了,怒气冲冲地先责问老师,书是怎么教的!接着就要去扇锋同学的耳光。老师慌了,立马上前好说歹说,一场纠纷才给平息了下来。

复式班的课难上,家长也不重视孩子的学业。除了复式班的课堂纪律难管,外部的侵扰也是一大难事。有一次正上课时,一头老母猪就哼哼唧唧地跑了进来,如入无人之境,还拱着我们的板凳,甚至干脆走到讲台上,似乎要给我们上课似的抬着头。那丑陋的脸上,一点愧色都没有,还冒充斯文。更多时候,正上着课,一些高年级同学的父亲和母亲就冲进教室大声喊着自己孩子的名字,要他们回家干点家务或看场,或去拿个什么东西。教师也不好干涉。一些家长的声音很放肆,一点不知学堂的神圣。

有个同学的母亲经常会端来一碗汤或是别的什么好吃的东西,放在他的桌子上,同时嘴里还念叨着:"我家老窝子身体差要补补。"在那飘香的教室里,饥肠辘辘的我们,个个都在流口水,每个人的心里都是恨恨的。那碗食物就像磁铁一样吸引同学的眼光,但大家不好意思盯着,都是瞟一眼,脸上却显示出无所谓的样子,可肠子和胃有所谓,加速蠕动着。老师也是饿着的,同样也受影响,但并不吭声。

老师在课堂上除了上课,也讲些故事,讲故事时课堂纪律是最好的,可以说是鸦雀无声,每个同学的耳朵都是竖着的,眼睛也比平时睁大许多。也许是农村里说故事的太少了吧。当然,也有些家长会讲故事给孩子听,但只是少数。

　　有一次,老师说一个人上城里买东西,为显示自己有文化,在外衣口袋上挂了支钢笔,其实他并不认识字。尿急时要上厕所,不知哪个是男厕所,他在外面等了半天见没有人出来,也不敢进去,但实在憋不住了就冲了进去。突然一个女人从蹲位上站起来,大叫耍流氓。他正准备逃跑,被那女人一把抓住。那男的慌了,连忙解释说自己不识字,分不清男女厕所,那女的可不放过他:"你身上还插着钢笔,怎么不认识字呢? 你分明在耍流氓。"那男的不断地解释说:"我尿急,是憋不住冲进去的,我什么也没看到,真的什么也没看到。"最后费了好大劲双方才和解。老师最后说,平时没有事不要总把钢笔挂在衣袋上,以免跑错了厕所解释不清楚。后来,我从不挂钢笔,也许与这个故事有关吧。

　　那时上学,不仅学校不固定,同学也不固定。有些家长常把孩子叫回家不让上学,理由也很多。有的是从队里争取到放牛的资格,放牛就成了孩子的主业,自然不能上学了。也有的家长认为上学没有用,还不如抓几条鱼、挖几条黄鳝实惠。一位姓段的同学,读二年级时,一天他正在上课,他的父亲扛着犁就进了教室,说不让孩子念书了。老师自然认真地劝他,并跟他说读书的重要性;但家长坚持认为能认识男女厕所几个字就够了,识再多字也不能当饭吃。

　　我上完一年级后,校址又迁了。校名也改成了周墩小学,同样没有牌子,同样只有两间教室,其实也同样是一大间,中间有个小梁。二年级了,我的资格老了许多,捣乱被抓的次数也更多了。这里仍然是上复式课,上高年级和低年级的课,界线也不明显。有时我们年级的课上了半天我还以为没有开始,到老师提问时才全身肌肉紧张。

　　有一次老师突然就把我叫起来问问题,我一头雾水。老师看出我没有在听课,故意让我出丑。我站起来了,当然无法回答问题,但不知哪里来的一肚子气,冲着老师大叫:"你甭跟我斗!""甭跟我斗"在我们那里有两重意思:一重是你不要跟我作对,另一重是你不要跟我开这种玩笑。此言一出老师就蒙了:这是什么学生呵,我不跟你斗,你还上什么学呵? 放学后,我还没到家,老师就到我家了,是家访更是告状,好在我爸对我一直散养,并不多加责问。

晚饭时老师和我分开吃饭。那一夜,老师没有回家,醉了,就睡在我和小叔的床上。那一夜,小叔外出,我与老师同床,一夜我就一个姿势,一直不敢动。与老师同床,可能任何一个小伙伴都会内心紧张。

三年级开学时,学校转到了盐行仓。这也是农民的草房,照例没有牌子,大门外写着"盐行仓小学"几个字,石灰水刷的。裂开的墙上那几个字也算显眼,只是教室大了许多,是三个房间一通连,两个水梁,同样还是复式班。

记忆中,印象最深刻的是学拼音,那不是读,而是拼吼。拼吼的喊叫声,都快把屋顶掀开了,从大门传出去飘到很远,叫声里有明显的饥饿味道,但声量一点不减。那是精神在抵抗着饥饿。饥饿时大声地喊叫,反而不感到饿了,我们就更加大声地喊叫,尽管我们根本不知道学那拼音到底有什么用。

三年级的时候,老师常带着我们在田埂上游行,还喊着口号。除了政治活动,还有文艺活动。那文艺活动实在丰富,乡里会派人到各大队指导,也来学校教。我参加了一个叫《东方红》的歌舞排练,一个人唱,七八个人伴舞,我清晰地记得,动作简单且不多。有一个动作就是右脚向前一步弓起来,左脚绷直在后,身体前倾,左手下垂,一摇一摇的,那右手向前一伸一伸的,就整个姿势来看,明显就是车水车的动作。

还有一次排练快板,是歌颂社会主义新农村的,表现老百姓日子越过越好。有一个赞扬农民房屋的快板是这么唱的:麦秸屋扎大脊,高大又漂亮;四周墙,抹得光,映人乱晃;墙上挂着《红灯记》、威虎山,彩色多样;学英雄见行为,大干快上。

年终评三好学生也与以往不同,完全不考虑成绩,而是看各种表现。评比开始,几个年级的学生聚在一起,各自说出自己这一年来做了多少好人好事,做好事是评三好学生的唯一标准,每个同学都争先恐后地列举着自己为别人、为生产队、为国家做了什么好事。

有的同学刚说完,屁股还未坐下来,就有同庄子的同学驳斥说没有这回事。也有的同学列举了自己做的好人好事后,老师立马表示这个不算,这个好事是为了你家或是你家亲戚做的。也有的说捡到一分钱交给生产队队长了,还有一个同学更大胆地说救过一个落水儿童,过程说得很惊险,话语刚落,那同学的同桌就站起来说:"老师,他根本就不会游泳。"

在这个过程中,每说一段老师就带同学在教室里喊着几句口号,那口号其实和评三好学生一点关系都没有,喊完了再说。一个下午过去了,小伙伴们的劲头明显减了许多。好长时间都是静静的,老师就开始点名让同学们继续说好人好事。突然就点到了我,也许因为我一直未发言吧,其实我基本都是做坏事的,摸瓜偷鱼,哪有好事可说呢?被点了名不说不行了,自由发言时不说,还可以理解为深虑,点名让你说,如果一件好事都说不出来,那就是有问题的。

我傻傻站起来,脑子里剧烈翻滚着可能做过的什么好人好事,可真的我说不出一件像样的好事来。但我还是说了一件,说一次放学路过一道田埂,看田里的水从一个洞里往沟里淌,我费了好大的劲把它堵上了。话一说完,全班的小伙伴都笑了,我看到老师也笑了,我知道他们肯定认为,这纯粹就是磨蛋(胡说)。

由于开了一下午的评比会还喊口号,而且大家都是饿着肚皮在喊,一位女同学身体不适,一个叫鸭毛子的同学送她回家。鸭毛子一回到班里马上就报上一件好事,说是看见一头猪在田里吃稻,他把猪赶走了。由于他的好事是最后说的,尽管谁也没有看见,但"三好学生"就是他了。其实他的成绩是班里倒数的。

终于大队费了九牛二虎之力把廖渡小学建起来了,有五个教室,一个年级一个。说是学校,其实只是几间空房子,没有窗户玻璃,也没有课桌。老师交代说,在入冬前大队会用树枝把窗户挡一下,但桌子要同学们回家让家长来搭。大人们都各显神通,从自己的家里搬来土砖和木棍搭建课桌。只有一户人家是用砖砌的桌子,那砖是从一个猪圈围墙上扒来的,尽管很臭,但是砖做的,所以就成了班里最靓丽的课桌。

有的父亲是泥瓦工出身,泥桌不仅搭建得工整也很光亮,而我老爸砌得最丑,也最粗糙,我很没面子。尽管不影响学习,但我还是从家里拿来报纸,一张张糊在桌面上,课桌一下子就漂亮了很多,扒在上面似乎高雅很多,连做题都快了许多。

在这搬来搬去的过程中,我的小学便糊里糊涂地结束了,虽然肚子里没增加多少墨水,但我还是顺利地毕业了,毕竟,那会儿没有毕不了业的。

2017 年 7 月 16 日珠海半山居

一夜木匠

记得上小学时,有一天父亲对我说:"长大了学门手艺吧!"

我说:"就学木匠吧!"

父亲问:"为什么?"

我说可以给家里添一些家具。

父亲笑着说:"木匠睡烂床,茅匠住漏房。"我不解其意,也没有问,只是脑子里有些疑惑。木匠自己有手艺,为何睡烂床呢?

我又问父亲学什么呢? 父亲说:"学铁匠吧。"我问为什么。

父亲说:"木匠砍一天不如铁匠冒阵烟。"父亲的意思不言而喻,铁匠比木匠挣钱多。然而,渐渐长大后,我还是更关注了木匠的活计。

谁家嫁丫头了,都要把生丫头时种的那棵树砍掉做成嫁妆。村里的木匠多,但更多的人会请廖木匠干活。廖木匠的家具打得好,洁净、细致。丁是丁,卯是卯,那公母卯都吻合得没有缝隙。他很少用钉子,主要靠手艺,靠公差掌握。不像有些水平次的木匠,一律用铁钉来解决问题。

村里谁家嫁女儿开始打家具了,我都要混进其中瞎帮忙。一开始是帮他们拿这取那,学着木匠的样子拿着工具动手动脚。而那廖木匠家具打得好,脾气也好,弄乱了他的吃饭家伙也不恼怒,只是有些告诫,比如:"小家伙快住手,木匠的斧头不能乱摸。"以此来提醒我,他的那个长柄斧头不能乱动,我便停住了。

斧头之于木匠,就像指挥棒之于指挥家,一台交响乐演奏得如何,全靠那棒子指挥,木匠也是这样。斧子是给木料塑形的,尤其是家具中的老虎脚和犁的梢部。老虎脚的美是用来养眼的,而犁梢的塑造不仅是为了美,也不只是木匠水平的体现,更直接影响犁田的效率。

村里造水车的机会也多,造水车是生产队的大事,都会请廖木匠。由于是大活,一般他会带五六个徒弟,队里也会派上许多劳动力,主要是拉大锯。

木匠的"吃饭家伙"中,除了斧便是锯了。片开大圆木要靠拉大锯,一根大圆木立起来固定好,一边一条大板凳,每条大板凳上站一个男人,那两个男人就这样,一推一拉,呼哧呼哧。锯末随风飞舞,那锯子不断下降,一会就片下一块木板。

中锯是用来断圆木或木板的。把木头或木板放在板凳上,一脚踩住木料一端,一手握住木料另一端,单手拉锯,任意取长短料。

每当生产队里造水车,于我而言就像过年,上蹿下跳,一会儿拉锯,一会儿弄斧子,一会儿拉墨线。木匠们见我就头痛,但又不便呵斥。我爸是队长,谁还不给点面子,不看僧面也得看佛面嘛!

上初中了,我最终没能当上木匠。高考的恢复让谁都有些"非分之想",这不,我都种了一年的田了,又到学校去尝试那个只有冬天才会有的"大雪"(大学)梦。没当上木匠,但那些与木匠混的日子还真的帮了大忙。

初三时在洪桥中学,一个离家有三十多里的学校。不仅路远,家里也没有多余的板凳。不过运气很好,上学一分座,我和一位女同学同桌。她从家里带来一条长板凳,正好解决我的座位问题。可惜好景不长,不久我们因为一件小事闹翻了。她把长凳子带回家了,带来一个高凳子,只能一人坐。那天我蹲着上了一天的课。

在洪桥上学时,我和六老头住一起。六老头是我一个远房亲戚,他原是一个木匠,后来在洪桥卫生院食堂烧锅。趁他回家的一个晚上,我甩开膀子,当起了木匠。选了一块松木板,先锯下一块 40 厘米长、20 厘米宽的木板,作为板凳面。再截一块 60 厘米长的板,锯成四根小木料作为板凳腿。下好料后就是细节处理,先给板凳面凿四个眼,再给板凳腿凿两个眼,这是装掌子用的。

裁料、凿眼都进展顺利,但刨光板凳面时遇到了困难。那块木板是松树板,板面上有个松树节,节不砍掉就没办法刨平,而砍树节是个技术活。我看廖木匠在砍松树节时,斧头是一点点往里削的。临到自己干时,一斧子下去,要不斧子由于吃得深就卡在了节里,要不就是撇过去了,没砍着。

斧子卡住了,弄出来是很费劲的。好不容易弄出来,再一斧子下去还是卡住了。最后我只能放弃对那个节的处理,用纸把那个毛糙的节给遮住了,只是每节课坐在上面,不说如坐针毡,那也是十分硌屁股的。

除了节之外,另一个难题是四条腿在安装时怎么都不在一个平面上,要么这两条腿装上了,另两条腿又投不上来,或者四条腿好不容易都投上了,放在地上却不稳,因为四条腿不在一个面上。后来还是学了次水平木匠的做法:"卯不准,钉来助",用一些钉子把四条腿及掌子连板凳面钉在一起,形成了一个"体态不端",但可以承载我的重量的高板凳。

差不多到凌晨四点完工了。第二天走进教室时同学们都笑了,问我板凳从哪里弄来的,我说自己做的。他们从嘲笑变成微笑,那微笑里有着认可,当然也还有同情吧。因为那个班里我算是外乡人了。

那天晚上放学后,六老头终于发现他的锯断了几个齿,那个珍贵的斧头也有几个大缺口。我进门时,他正站在门口,他的脸色本来就有些暗,但今晚看得出比平时的更暗一些。我准备好了接受一切恶劣话语的冲击,我像犯了错的小学生一样站在那里。

六老头盯着我好一会,终于开口了。开口就好,远比一言不发好,一开口才知道我捅的娄子有多大呵。

"斧头,你干的?"六老头直奔主题,一点过渡都没有。

"我干的。"我毫不掩饰。

"砍石头的?"他有点说气话。

"砍木头的。"我实话实说。

"砍烧火料?"他紧追不舍。

"做了条板凳。"我有些得意且小心地答道。

"你学过木匠?"

"没学过,只是看过木匠干活。"我如实回答,怕编出更大的乱子。

"你以前的板凳呢?"口气好了很多,大概猜到我不是在胡来。

"同学的,她带回家了,不让我坐了。"我把与同学间的事又汇报了一下。

"那你早说我帮你做一个不最简单的事?"他似乎有些同情了,语气也缓和了很多,话语中明显多了些关切而少了许多质疑。

"嗯。"我用鼻音应了一下,人一下子快活起来,这事就算过了。原先在心里预设好的场景并没有发生,对话的方式与口气也远没有我想象得那么尖锐。我好生感动,望着六老头那仍略严肃的表情,我似乎读懂了一个道理:人只要做正事,只要愿意动手,只要在追求,其中犯的错是可以被原谅的。

谢谢了,六老头!

2017 年 6 月 4 日于余林村

学农时代

去年的春节,我又一次回到母校,站在三(1)班写着标语的那堵山墙前,久久伫立,不肯离去。四十年前学农的场面就像开车时树的倒影在我脑海中闪过。

砍青是学农的第一步,也是最简单的一步。抄起家里的镰刀,弯下那细如朔月的腰,割起青草,放入篮里,背到学校,就可以完成任务。

砍青与割牛草相比,简单得太多,因为只要不是枯草,都算青。而牛草就不一样了,许多植物牛是不吃的,比如蒿子和蓼子草,牛都是不吃的,但可以肥田。

砍好的青背到学校还要称重,因为是有指标的。那些青就堆在一个大仓库里,前几天让其杀青,要让它从直挺挺的样子变得蔫了,说穿了就是让它低头。后几天让它发酵,就在它怪味冲天的时候,唐老师开口了:"同学们,为了农民阶级兄弟,我们要把沤好的青送到田里去,去肥沃农民的庄稼。"

一声号令下,我们那稚嫩的双肩上就驾上了硬邦邦的杠子。力小的抬,力大的挑,还有些力气并不大,但要在老师面前表现一下的,也选择了挑。我们力小的都很鄙视这种行为,一看到那红红的肩,一堆力气小的同学都在窃喜。

青送到田里还不行,还要帮农民伯伯把青用脚给踩进泥里。有些不负责任的同学在砍青时,把青门苔(一种带刺的类似月季的植物)也塞进筐子里。那刺就划破了好多同学的脚,鲜血和着泥巴,一些同学还装着很坚强的样子,老师就表扬了,某同学轻伤不下火线。现在听起来都觉得不好意思,但那时这种表扬都会让人高兴得不知前后的。

送青的时节结束了,我们都松了一口气。大家看上去干得都很欢,但没几个同学是发自内心地认真。农民的孩子,谁没干过这些活呵? 只有极少数家里没田的同学,或知青老师感觉好玩,才真的感兴趣。

青汰在田里,老师又带我们去学育苗。育苗的第一步就是选种。那黄灿灿的稻种看上去很饱满,其实不然,有些是瘪的,或是半瘪的,都不能出苗,就要把它们挑出来。于是,便在一口口大缸里放上水,加些干土灰一搅,再把种子放进去。由于水中加了土灰,浮力变大,那些瘪的和半瘪的就漂在上面,要捞出来,沉下的就是好种子了。一天下来,我们腰酸背痛,还让农民伯伯讥笑为"手忙脚乱"。

天更热了,老师又生出一些农活来,让我们给棉花整枝打杈。这个真有点难了,关键是认不得哪些是枝,哪些是杈。回到鲍家庄,我们就练习起来,跑到田里去打杈。队里的刘副队长,一看就火了,因为我们没把杈打掉却把枝掐得稀里哗啦。

冬修的时节,正好赶上袁店公社修西大圩,而中学又在填南大塘(即飞雁投湖)。于是我们班就分成两组,一组由胡昆老师带领去修西大圩,另一组由彬老师带着填南大塘。西大圩红旗招展,农民的热情都被一个叫程军的知青书记小丫头给点燃了,那么重的土都是跑着抬,那夯声响彻整个西大圩。学生们的热情也被激发了,那一双双小脚像蚂蚁一样高频率地移动着。

西大圩的合龙与南大塘的完工几乎是同一天,所以,那天在两个工地上开了庆功会。每个人都激动地喊着"人定胜天",认为自然的力量不过如此,我们是可以征服的。

真正让我们学到了农学技能的还是在校园里种冬瓜。种冬瓜前,彬老师先给我们上了一堂生物学课,那节课我啥也没记住,但是记住了 H_2O,其实就是水。彬老师可能想显示一下专业水准,所以不和我们说水,而说 H_2O。接下来就是实操了,每人分几个瓜宕,必须种好。彬老师制定了评比标准:比总重,比个重,评瓜王。于是乎,为了肥沃自己的瓜田,那个厕所,便成了同学们的目标,抢大粪已是常态。有一次我正在舀粪,就看到慧同学用那双只有麻秆粗的小手握着大镫瓢在和我抢。我心里很不以为然，那么小的手如何与我抗衡？可结果让我大跌眼镜，她的速度比我快多了。

最倒霉的要算文同学了，不知为何，他的几宕瓜全死了，加之他家成分不好，有好事者密报先生，说文同学种的是资本主义的苗，思想不净，动机不纯，但社会主义的瓜团结起来了，把那几宕资本主义的瓜苗给镇压了。先生听了后，息事宁人地笑着说："镇压了就好。"

那一年，总重冠军是保同学，"瓜王"却让慧同学夺去了，我们都不服气，说称重肯定有问题！每个男同学都在怀疑，堂堂须眉怎能让巾帼拔了头筹？我们要求重新称以求公平，结果慧同学的瓜真的最重，七十八斤的冬瓜呵。

我们都不得其解。或许是因为，她种冬瓜用了爱心，而我们却是为了任务。我们只是付出了体力，而她付出的却是爱，所以，冬瓜也知感恩呵。

忽如一夜春风来，千树万树梨花开。历史翻开新篇章，学生回归了课堂，农民走进了田野，工人忙碌在车间，军人站立在边防。而今迈步从头越，激情燃起了梦想。不多时，导弹入宇宙，航母下了水，高铁轨上飞，亩产超千斤。

想了又想，让专业的人做专业的事，短板变长板，才是真正的共赢呵。

2017 年 10 月 13 日于山水郡

入学考试

那个夏天,我最后一次从袁店中学回家时,手中端着一盏台灯——一盏煤油台灯。灯罩早已破碎,灯里面没有油,是空的,随我那空空的肚子和那空空的脑子一同回家了。

"回来种田了。"我说。

"再读一年吧!"父亲说。

我说:"不读了,太费劲。"心里想着在农村也能刨出一条路。父亲没吭声。

老家在圩区,一年中最忙的季节就是"双抢",不仅抢收,还要抢种。用"非人的生活"来形容这个季节是不为过的,主要是由于一个"热"字和一个"抢"字,要在赤日炎炎之下去抢干农活。

经过这个忙碌的季节,我已意识到文人笔下对土地的赞美都是可疑的。他们与土地之间隔着农民,隔着一堵墙,一堵厚实、纯朴、坚忍的墙。他们在土墙的那一边,是感知不到这边的热、这边的冷、这边的虫叮蚊咬和这边的境况。

用了一年的时间,我看出了土地的本质。然后,我就想着逃离土地,想着从田里走向田埂,从田埂走向马路,从马路走向城市。

第二年夏天快结束的时候,也是"双抢"快结束的时候,一个没有灯光的夜晚——家里没有煤油了,我们在黑暗中吸着稀溜溜的菜汤饭。我终于鼓足了勇气,厚着脸皮向父亲开口了:"我要读书。"

"想清楚了?"父亲几乎没打顿。

"想清楚了。"我立即答道。

"那我明天去找你大表叔。"父亲同意了。

就这样我跟着恩师去了界河中学,从初中二年级开始学习。

不知道为何都上了快一周的课了,突然就听说要进行入学考试,或叫摸底考试。幕后的缘由一直不清楚。通知上说,上午考语文与数学,下午考物理与其他。

语文好对付点,胡乱编造,有空的地方都写满,反正语文考试弹性大,横看成岭侧成峰,远近高低各不同,只要字写得多,老师多少都会给些分。然而,考数学时,我的两眼都是黑的,就像黑夜里那双黑色的眼睛企图寻找光明,可黑夜除了天上遥远的星星,哪里有什么光明?

几乎没有一道题会做,好像压根儿就没学过,满肚子的委屈。这哪里是什么摸底考试,完全就是跟农村的孩子过不去,是过滤网,是筛网,是卡钉。当时我就是这么想的,硬着头皮云里雾里胡乱写着,看上去钢笔也在沙沙作响,但心里都在笑自己乱写什么呢?

中午吃完饭,去恩师的房间放饭缸时,就听到里面有大声争执。是恩师在和同一宿舍的教数学的程老师争吵。我没有推开门就站在外面,那破门一点也不挡风,什么话都原原本本地往外传递。

"廖老师,你大表侄数学就考7分,还都是选择题得的分,说不定还是抓阄抓的7分!"程老师生气得几乎在吼叫。

"他是在干了一年的农活后来上学的。本来基础也不扎实,考得不好在预料之中,但只要认真学,很快会赶上来的。"恩师严肃地说着。

"不可能。你看这道通分题,三分之一加二分之一,这么简单的通分题都不会。他居然直接相加,答案竟为五分之二。这样的成绩一辈子也赶不上!"程老师不依不饶,穷追猛打。

突然就听到恩师把饭缸往桌子上一扔,很响的那种,可以想象饭菜都可能蹦到桌子上了。"我去袁店中学问过了,老师都说他不笨,半学期就能赶上来。"恩师也是真的火了,他不同意程老师的判断。看到恩师如此火大,程老师显然也缓和了很多。

"我也是为他好,你也要对你大老表负责。这么大家伙都种了一年的田了,还上什么学呵,找个丫头结婚算了,这样下去没结果的!"程老师又以关怀的口气坚持着自己的主张。

是啊,结婚,分家,分一两间房子,生两三个孩子,种三四亩地,差不多是那个时候农村男孩子的标准"配置"了。我们同村的小伙伴好多都是这样的。

"我对他有信心,尽管基础差些,但是一年的种田经历会让他奋力学习的,希望你对他多点耐心,也多点心思。"恩师的话也平和了下来。

"那从一年级重读吧,我从头教,或者转到隔壁班去。"程老师的话变得柔中带刚,看法没有变。

"不求你,我马上把他转到吴老师的班去。"恩师扔出一句后就不再言语。

一场争论就这样结束了。屋里很静,只听到两人的扒饭声。我本想转身离去,突然鬼使神差地,我却推开了门。他们二人都没有说话,看脸色,他们还没有完全从怒气中走出来。

那么多年过去了,我都没想明白那推门而入的动机,那得多大的勇气啊。细想可能是一种潜意识吧。一来可能是想告诉程老师,我听到了,你看着吧;二来也是想告诉恩师,我听到了,你看着吧。

一个学期很快结束了,四个二年级平行班,共 246 人。期末考试中,我总成绩排名第四,数学全年级第一,还得了两个奖,免了下学期学费十五元。

成绩公布的那天,我看到恩师那微驼的背直了许多,脸上也更加骄傲起来。程老师也露出了很多欣赏的微笑,只是微笑里充满了尴尬。

世上许多事情简单又复杂,眼见不一定为实,耳听不一定为真,经验不一定可靠。要看穿事物的本质及逻辑关系才能抓住核心,才能掌握真理,也才能判断准确。

1993 年 4 月 12 日于成都建设路 54 号

与鼠同居的日子

　　现在的山南中学,大楼鳞次栉比,道路宽阔平坦,林荫浓密。洁净的校园里,如果有老鼠的话,那一定也只是生活在下水道、地沟或地洞里。而二十六年前,山南中学的老鼠和山南中学的学生是一同住在宿舍里的,是谓"室友"。

　　一个9月的下午,阳光灿烂而炙热,我走进了犬牙状的土墙围着的山南中学,报名、签字、交费,很快我被带到一排瓦房前,老师用手一指:"这是宿舍,你自己找个炕吧!"

　　这是一个三间相通的大房子,阴暗且潮湿,所谓的炕就是用土块沿墙的四周砌成的连通铺,高度与家里的床差不多。为了节省空间,每个铺只有七十厘米宽,土炕上有隔段的标志,谁也别想多占,好在那个贫穷的时代基本没有胖子。

　　每个土炕下都有三十厘米见方的洞口,供学生往铺底下存放"私有财产"。先报到的同学可能都到镇上溜达去了,室内静悄悄的,我坐在铺好的床上,呆呆地看着这陌生的地方连同那像牛铺一样的炕。突然,听到细若游丝般的吱吱声从一个洞口里发出,继而这种吱吱声渐渐地大起来,而且从很多个洞口发出。我正在努力辨别这是什么声音的时候,有些洞口里就有老鼠先伸出前爪后探出脑袋,绿豆大的小眼睛在昏暗中发出亮光,左瞧右看,从面部表情看,只有谨慎绝无胆怯。看来它们已捷足先登成为这里的主人了。就这样,我们开始了与鼠同居的生活。

　　在那个物资匮乏的年代老鼠是非常饥不择食的,剩饭、剩菜、果皮……来者不拒,更多的时候它们主动出击打翻我们的坛坛罐罐先尝为快。老鼠用餐是具有"集体主义精神"的,很少吃独食,都是结伴聚餐。一个老鼠发现了美食会用吱吱声召唤同伴,吃饱后三三两两打闹追逐,从不停歇。可能老鼠的脑容量极小,因此不需要太多时间休息。

它们还会赛跑。有时你会看到一排五六个老鼠突然从房间的这一头跑到另一头,接着后面的一排又跑过去,打闹后也不会停歇。它们还会磨牙,这是它们的生理需要,就是到处找东西咬,床单、枕头、衣服、鞋帽,甚至土墙都是它们攻击的对象,以此来阻止獠牙过快生长。

于是乎,千丝万缕的床单、漏洞百出的被面、大洞小眼的鞋袜,常被同学们用来列举鼠辈们恶行的罪证。有的同学还拿着这些东西到校领导那里控诉老鼠的劣迹,领导总是安慰道:"快了快了,很快就有铁床了。"

它们的罪恶还不仅于此,深更半夜会从你的脸上爬过去,有时在跳跃时还会把线状的体液射到一排同学的脖子上。作为"室友",它们为非作歹、肆无忌惮的作乱行为用罄竹难书来描述是一点也不过分的。

为了过些清静的日子,我们和老鼠始终进行着斗智斗勇的较量。首先我们选择用药,把药拌到食物里,可老鼠有很强的记忆力和拒食性以及超强的警觉性,只是一开始药了几只,后来就再也没有上当的。

我们又开始了以人多势众为优势的肢体搏击,老鼠经常在我们上晚自习时钻进被子里,于是我们就在晚自习后悄悄地回到宿舍,一个同学突然把被子掀开,其他同学就开始逮捕工作,可是数次这样的战役好像就捕到过一只。其实,老鼠也是聪明的,科学数据显示,它们和人类有90%的基因是相同的,可谓远祖时的同类。

关于老鼠的智慧我是验证过的,那是一个上体育课的下午,我溜到宿舍里睡觉,醒来时发现一只老鼠四脚朝天地抱着一个鸡蛋,而另一个老鼠就咬着它的尾巴往前拖。是啊,智慧相当的群体,一方要打败另一方是件很难的事。渐渐地大家也累了,不得不与老鼠妥协而和平共处了,只是在心里期盼着快点住到有床的地方。

振奋人心的消息终于传来了,第二天可以搬进新宿舍了,水泥地面,铁床。晚自习后的宿舍沸腾了,大家畅谈着新宿舍的景象。有个同学突然提出,和老鼠相处几个月了,搞个告别仪式吧,很快得到大家的响应,并有同学提议背一首诗:"硕鼠硕鼠,无食我黍! 三岁贯女,莫我肯顾。逝将去女,适彼乐土……"一直闹腾到十二点钟,才熄灯休息。天快亮时,一声惨叫把大家惊醒,同学李绍保的手被老鼠撕咬掉一块皮,看样子它们还不同意分居呢……

1993 年 6 月于成都冶金实验厂宿舍

被　　子

每每看到家里的被褥多得都成为负担时,我就会想起小时候,家里没有被子盖,冬天的夜里,罗衾不耐五更寒。

被褥是棉花做的,棉花是土地里长的。农村不缺土地,也不缺劳动力,怎么就长不出棉花? 真是让人想不通。其实想不通的事情还有很多,千里沃野之上,竟长不出庄稼,地也不贫,人也不懒,即使整天泡在地里,那肚皮仍是空空的,那棉花仍然稀缺。

我辍学后重返校园,在界河中学。学校离家十八里路,需要住校。一位姓郭的老师的床铺是空的。经恩师协调,带一床被子,盖一半,垫一半,夜里我就有了栖身之所。

当时我家里只有两床被子,我上学带走一床,家里剩下的五口人只能挤在一张床上。背被子走的那一天,我看着家里的床,心里真不是滋味,来回犹豫磨蹭了半天。母亲看出了我的心思说:"抓紧去学校吧! 要用劲学,也要看好被子!"

一年的农业生产劳动,我悟到在土地里刨食的艰辛。土地并不像文人在书中所歌颂的那样美好。夏天的蚊虫,冬天的枯草,春天的耕作,秋天的收获,没有哪一样是轻松的。父母很大度,给我一次继续读书的机会,这在当时经济条件极度恶劣的情况下,实在难能可贵。

我是个勤奋的学生,每晚都是夜里一点半还在教室,早晨五点又准时起床诵读。被子于我而言就是几个小时之用,但恰是那宝贵的几个小时给了我温暖。

可就在那个隆冬的一个夜晚,我回到了郭老师的宿舍时,发现门开着,开灯后看见我床上空空的。被子被偷了! 当时我的脑子一下子就蒙了,不知所措。一床那么破的被子还有人偷啊？被里被面都是补丁，补丁颜色都不一样，摊开被子就像一块五彩的田。怎么也有人偷啊？是的，不值钱也有人偷，关键是今晚我怎么睡？回去又怎么跟家里人交代呢？我六神无主而又沮丧极了，干脆做作业吧！

天亮了，一夜只趴在桌子上睡了一会儿的我，人虽然坐在课堂里学习，心却飞走了，不停琢磨着各种破解之策。突然我想到了界河公社的旅社里有很多被子，是公家的，那里管得松，住的人也少，靠马路边的那排房间，窗子随便就能打开了。想了又想，我决定去"借"一床被子，放寒假时再偷偷地还回去，于我而言这是最佳的解决方案。

那个中午，草草吃过午饭之后我便去踩点，仔细观察地势，并认真研究着靠马路那排房子的每个窗子，看看破绽在哪里。果真被我找到了，有扇窗子插销扣松松垮垮的，且窗上的钢筋还没有我的小指粗，锈迹斑斑，用手晃晃上下可动，轻轻往上一托，用力扳弯一根，再扳弯一根，人就可以钻进去了。

最后我又进行了一次测试，选定了哪扇窗、哪间房、哪床被子。旅社的被子显然好很多，而且干净得很，是白布做的被里被面。

下午上课时，我满脑子都在策划今晚动手的情景，期盼着那间房今晚无人住，最好今夜月黑风高……想着想着就出神了，好几次被老师敲桌提醒。

下午的最后一节课是恩师的物理课，我强迫自己打起精神来听课，不然一走神就会被抓住，可年少的我再怎么装也装不出若无其事的样子。尽管在课上，我没有被敲桌子提醒，但下课了还是被恩师叫到他的办公室。

"你的目光迷乱，出什么事了？"恩师的目光盯着我。我胡乱地回答着，像蚊子嗡嗡的，没有底气。

"你到底摊上什么事了？都挂在你的脸上了。"恩师追问着。

我只好实情陈述。

恩师没有责怪，只是说："今晚你就睡我的床。我回家，明天带床被子过来。这周末我带你回家负荆请罪。"

是的，恩师也十分清楚，一床被子对于我家来说是何等贵重。一床被子盖在我身上的时候虽然很轻，可没有了这床被子，我的心里承受着泰山一样的压力，才不到一天的工夫就压得我喘不过气来，人都快要变形了，甚至心生邪恶的萌芽。

我看着恩师那没有表情的脸，心里轻松了许多，脸上也再现阳光。

第二天，恩师带来一床被子，是垫被絮，被里被面都是用纱布做的，中间还用针线打了脚。显然，这是恩师昨晚现扯的一大块纱布，并从家里拖出一床垫被絮改做成了一床被子。

那个周末，恩师带着我回家了，他们谈笑风生，我钻进房间看着那空空的床上，眼泪直流而下，我虽无错，但家里的损失是重大的。

多少年后每每想起这件事我都害怕，要是当晚真的动手，一旦当场被捉住，那双刚刚从田里站到田埂上的小脚可又要退回田里了，不仅如此，或许还要背上一副沉重的十字架。

2017 年 6 月 19 日于花慕西咖啡吧

食　堂

　　20 世纪 70 年代中期,我走进了袁店中学。每次一进校门,我心中便有了两个中心。一个是教室,尽管那时的教室也不是完全用来让老师传道授业解惑的,有时也用来开开批斗会,偶尔也会进行与学习关系不大的政治宣传活动,但教室对于学生来说仍是天然的社交中心。每一个学生走进学校都会直奔教室,虽未必都在学习,但玩也在教室居多。所以,学生在学校里的故事大都发生在教室里。

　　食堂是另一个中心,恐怕现在的孩子难以理解。家里可口的饭菜都不想吃,何况是食堂的呢? 但在那个时代的孩子心中,把食堂作为中心,原因只有两个字——饥饿。

　　刚入学那会,食堂还在五房圩的大礼堂里。食堂很大,讲话的声音大一点都会有回音。地面是带点黄色的磨花石做成的,操作间在大礼堂的东头,即靠近东壕沟的那头。几个卖饭的窗口黑洞洞地朝着大堂里,像一张张饥饿的嘴巴,永远都吃不饱的样子。

　　后来记不清什么原因,大礼堂就没了,说没就没了。一切都在没有缘由中发生,一切结果似乎都是人不可左右的,只能听从命运摆布。

　　新建的食堂在五马转心楼的东南向。砖瓦结构,食堂的操作间和售饭的台子是连着的。没有了大堂的食堂,学生吃饭时都各自散开,有的去了操场后的竹园里,有的就蹲在高大的泡桐树下,也有的回教室里,还有几个小女生喜欢待在操场中的那棵文梓树下。更多的就直接去了东壕沟,那石台阶上一排排的全是人,吃完了往下走一两个台阶直接涮碗了事。

　　每天上午上第一节课时,我心里就盼着最后一节课快点到,而最后一节课还没开始就想着快点下课。因为,下课之后就能奔向另一个中心——食堂。食堂由此便成了心中的挂念,就像不上学时,家里的锅台是我心中的挂念一样。

估计快到下课时,那耳朵就竖起来了,张开的双耳寻找着那下课的铃声。当然,不是我故意要这样的,而是肚子怂恿耳朵的。王校长规定的铃声也有些问题,集合为"当当当"一串铃声,上课为"当当"两声,都非常有力量,而下课的铃声就一个"当",那是一种有气无力的"当",是一种让人饥饿的声音,更促使我们加快了冲向食堂的速度。

那时饥饿是一种状态,也是一种常态,无时不在。所以,也就无所谓此时的饿与彼时的饱。但真到与食物有关的节点,那能动性还是要爆发出来的。由此,在我所有的跑动中,包括体育课在内,都比不上我下课时冲向食堂的速度。

站在窗口的最前面,心中更加纠结。有一毛钱的米粉肉,那种土窑碟盛着,有十来片的样子,很是扎眼,它基本上是老师以及家境好点的同学的专供。家境一般的同学和我一样只能偷偷地看上一眼,目光便紧接着迅速地转向了"贫民菜区"。

也有两分钱一份的豆腐蒸腌菜,有些香,但更多感觉的是咸。吃的同学也多,不过更多的同学都会选择五分钱的红烧冬瓜。暗黄的色彩,带些汤水,放到饭里,很是下饭,可能是因为汤的作用吧。说是红烧冬瓜,其实是烀出来的,一口大锅里放入好几个冬瓜,用比锹还要大还要长的铲子在大锅里搅动着,不久便搅出一锅冬瓜汤来。

当然,任何东西吃多了都会感觉不好吃。班上有位黄同学,后来告诉我,在他离开学校后的三十八年中再也没有吃过冬瓜,也许是颇受了吃冬瓜的伤了。

就快到窗口了,吃两分的菜还是吃五分的,心里仍举棋不定,手也不断在小荷包里摸摸索索的。想摸出五分的菜票又有些舍不得,太贵了。掏张两分的,心里却惦记着那冬瓜汤的味道。直到那手拿铁勺的"大锅头"不耐烦的声音飘进耳朵时,才最后下了决心,来份两分的豆腐蒸腌菜吧。然后,便是那"大锅头"一脸不屑的神情刻进我幼小的心灵。

刷碗的时候，我不止一次地专注地看着那水面上的情况。一大群同学的碗都洗完了，但水面上仍像冬天的星星一样，只有极为稀少的油珠在浮动。食堂的油水实在是少，难怪那时没有胖子。虽然油腥极少，但仍有同学舍不得在大塘里把油水涮掉，而是冲点开水在碗里，再用筷子搅一搅，一口气把刷碗汤给喝了，口中自嘲："油水啊，不能浪费。"

食堂是同学们心之所向，是一个和谐的地方，但有时也会闹出些风波。有一次，有一大锅菜炒好了。那个眼睛不太"扎扎"（敏锐）的"大锅头"在把菜从大锅里往大盘子上装的时候，有一团黑乎乎的东西在锅里滚来滚去铲不上来。旁边的一个"大锅头"过来一看是团狗屎，随手把它拣出来的时候被同学们发现了。一下子食堂里就炸开了锅，再饿也不能忍受狗屎的味道啊！

校长来了，安抚了大家的情绪，校长总是德高望重的。当然，同学们也是单纯的，放到现在可能没那么简单。后来听说那个"大锅头"被解聘了，原因就是那团倒霉的狗屎，更因为他那不太"扎扎"的眼睛，要是眼尖早就处理掉了。而吃了那锅菜的同学，我想谁也吃不出异样来。

世上的事往往都是这样，知了未必好，而不知未必不好，正如板桥先生的名言"难得糊涂"。同样，任何东西多了未必好，就像今天的人们由于食物太多，让"吃"成了问题。这个不敢吃，那个不能吃，艰难地控制着饮食，"三高"的人却越来越多。看样子，适度与中庸也是一种境界啊。

2017 年 10 月 12 日于珠海半山居

木 桶 饭

现在,快餐店有一道美味叫木桶饭,不知是哪个地方的特色小吃,我时常光顾。木桶饭很干净还有木香味,有传统的味道。其实,我钟情木桶饭,还有一个原因,那就是在享用的时候,木桶饭能勾起我很多回忆,特别是用勺子刮着木桶壁的时候。

1982 年的那个初秋,歪斜的大门、齿状的围墙把我们箍在了一起,箍在了山南中学的一个班里。少年们的羞涩与微笑几乎挂满了每一个树梢,屋檐下也藏了很多责怪。当然,这些都和胃有关。

不知什么缘由,柱先生就让我当上了生活委员,也许我看上去比较会干活。何同学高一时就说过:这家伙整天跑来跑去像个狗颠子,将来可以当经理。他真是前卫,那个时候就知道"经理"这个词。当然,也可能因为先生觉得我在山中的理科班混过一年,对食堂比较熟悉吧。就这样,我承担了同学们的订饭琐事。

订饭是个麻烦活。周五、周六这两天需要订下一周的饭。有的人订五天,有的人订四天,也有的订一顿、订三顿,不一而足。麻烦的是,如果有的同学订得不准,到时就吃不上饭。菜基本上是自己从家里带来的,一般都是咸菜。家境好的同学有时在私人菜摊上买。

带菜的同学,打好饭就回到宿舍享用各自的美味。有的比较省,到周六了菜还没有吃完;有的比较大方,懂得与人分享,还没到周五菜就吃光了。余下的两天,基本上就到处找菜吃,从别的同学的坛子里夹;皮厚的在没人时,还从床肚底下掏别人的菜罐子,也不管是谁家的缸子,有时忘记盖盖子,连同老鼠也分了一杯羹。

那时,每顿订几两饭也是要经过思量的,更计较每次分饭的多寡。所以，分饭是最重要的一件事，也是一项功夫活。记得一开始时没有经验，经常分到最后就不够了。于是，我就带着几个没有饭吃的同学到食堂和大师傅交涉，大部分情况都能"开个绿灯"再给一些，也有好几次没要到饭，我和几个没饭吃的同学就咽了咽唾沫挺到晚餐。

随着时间的推移，经验也多了。总结起来就是：前紧后松，前面尽可能抠点，后面才有保证。有时也看人，女同学常可以抠紧点，因为她们饭量小而且还有零食，此外面子薄，一般不会当面嚷嚷。个头小点的男同学也会少给点，因为他们吃得少些，也不会太计较。此外，家境好的也会少分点，因为他们在家里吃的东西更丰富。

我记得最清楚的就是锐同学，他兼具后面两个条件，所以基本上属于被"克扣"的对象。但他一般情况下少有微词，有时最多把打好的饭在碗里抖几下，以示不悦，因为越抖越少，就很难看。比较担心的，就是五大三粗、食量惊人的同学，那家伙，要是给少了就"现场直播"，当场给你难堪。我记得好多次都被翻白眼，弄得我很有负罪感，好像我是在"克扣粮饷"。殊不知，我正是在力主真正的公平，尽管这种公平看上去却是那么不公平。

其实分饭技术高低也不是完全取决于我的水平，和食堂大师傅也有关。那时饭是称重的，一般五两米，得煮出一斤一两重的饭。但饭煮得软时，不仅重且体积小，结团又不好分，还特别费力气。更重要的是，分了饭的同学一生气就把饭抖得老高，几次抖下来，饭还没有拳头那么大一小团，而且相互交换看法，声音还比较大，那是故意让我听的。

饭还没分完呢，不能分辩，委屈着吧。当然，哪一天饭煮得比较干，很散，那就好分了。三下五除二，把饭从桶底翻一遍，基本饭粒就变得非常松散，分起来不仅省力，更主要的是体积大，在每个人的饭缸里显得多。这时大家笑声就比较多，脸色也好看，都认为今天分得多了，其实是一样的，只是饭的松散程度不同而已。

但大师傅每天煮饭也像天气变化一样不稳定，某一天很干，某一天就很软烂。我们各班的生活委员曾就这个问题和食堂交流过。经过一通的解释之后,结论是:饭煮得干或软就像这夏天的天气,谁也把握不住。有一个又高又胖的师傅说话很粗糙,说煮饭就像生孩子,生男生女谁能把持住?对这种不恰当的谬论,我们谁也不敢理论。但问题总得解决呵,于是,几个班的生活委员经常在一起交换分饭的经验。

记得二年级的一个委员比较有想法,他总结了几条经验:第一,不能用同学们自己的碗打饭,碗有大小不好把握,得用一个统一的量具。第二,量具的底部最好窄一点,这样堆在碗里显得高一些。第三,每次分饭前要对大桶里的饭有个基本的干湿度判断,不要急于分,若是比较干就一次性从底部开始向上翻,叫松饭;若是很湿呢,那就分几次刨。最后一点就是用小铲子,用小铲子分饭显得好看很多,可以把饭堆得高且松。这些经验我在后来的分饭过程中基本上都用上了。每次分饭时,同学都叫着快点分,但我不能急,要围着木桶转几下,看软烂程度让心里有个谱,把握下今天的饭怎么分。

除了分饭,生活委员日常的工作也不轻松,比如每次叫人到食堂里抬饭就是个头痛的事。很多时候叫不动,谁愿意呢?又不给工分。所以我平时就多留心和几个男同学搞好关系,万一哪天叫不动人了,就能派上用场。除了抬饭,那抬饭用的大木棒及锅铲的管理、木桶的洗刷也比较麻烦,搞得不好就不干净。食堂师傅不管那么多,你若把锅铲扔到食堂的地上,他们就会在上面踏来走去的。木桶的清洗他们更是不管了。我一般都会给最后一两名同学多点饭,博得好感,他们才愿意陪我把大桶抬回食堂洗刷好,并放在一个干净的地方。

账簿是订饭的记录,也是分饭的依据。每个人的名字和订饭的多少都写在簿上,不得马虎。每隔几周我就要去先生那里领取一本,而写满的那本就保存起来。这些记载着我们生活的文字,我一直保存到1991年的夏天,直至一场大水把我们的"家产"连同回忆冲刷得一干二净,为此我忧伤了好久。当然,也许记忆不太准确的过去回想起来会更加美好。是啊,那些年的那些木桶饭,连同木桶被锅铲刿下来的木屑,不仅带给我们营养,还有那深深的情谊。

2011 年 7 月于深圳盛名阁

月光下的炊烟

　　谁会在月光下升起炊烟呢？人民公社早期，农民一日三餐在大食堂里吃，但吃不饱也吃不好，众口难调啊。于是，有些人家就偷偷地在月光下升起炊烟，那悠悠的烟柱下是一家人的窃喜，是一种行窃时的紧张与兴奋。一股烟，两股烟，三股烟，当更多的人家都有了月光下炊烟的秘密时，公社干部就不同意了，办法很简单，收锅，把每家每户的锅都收起来，没有锅炊烟从哪里升起呢？那月光下的炊烟就真的消失了好长一段时间。可不久，月光下又升起了炊烟，没有那么直，没有那么劲，断断续续的那种炊烟。

　　群众的智慧是不可低估的，原来，锅是被收走了，但各家在灶台上用来温水的瓦罐还在呵，稍作改造，瓦罐就可以当锅用了，可以煮饭，也可以蒸菜，只是不能炒菜而已。呵呵，真是饿则思变，高手在民间。可终于有一天，真的见不到月光下的炊烟了，因为在困难时期，每家都找不到可以煮的东西了。白天都没有炊烟了，哪还有月光下的炊烟呢？

　　月光下的炊烟，这文字美好、浪漫而富有诗意，可那个飘出炊烟的烟道，那黑乎乎的锅膛，那锅台连同那烧火的人，却组成了一幅辛酸而苦难的画面。

　　记得1981年，我在洪桥中学读书时也曾升腾过月光下的炊烟，那锅灶边坐着的烧火的人就是我，正值年少却又饥肠辘辘的我。那会我住食堂里，洪桥公社医院的食堂，食堂师傅是我的一个远房亲戚，我们都称他为六老头，其实他不老，才三十来岁。食堂里菜不敢说怎么样，但米还是充足的，那米加点水，两股烟一冒，白花花的饭就可以入碗了。

　　然而幸运的是，我的那位亲戚，每周都要回老家一趟，他每次回家的那个晚上就是我的节日，那晚一定会升起炊烟。一开始，胆子小，怕被人发现，我都是以最快的速度煮点米饭,并以最快的速度三两口结束战斗,基本上是吞下去的。

为减少被发现的概率,整个过程都是不点灯的,摸着黑淘米,烧锅,包括吃饭。在这个过程中最担心的环节是烧锅,因为,烟囱会冒烟,这是最容易被别人发现的。所以要选干的草,而且每次往锅洞里塞一点点,都是用火钳子夹着烧,这样可以最大限度地减少冒烟。当然,有时也在伸手不见五指的夜晚里升起炊烟,那个夜晚的故事就会简单得多,因为,漆黑的夜炊烟不易被人发现。

就这样安全地在夜里享受着白花花的米饭,在每一个六老头回家的夜晚,我都会饱食一顿。时间一长,次数一多,经验也丰富了,我就用猪油炒饭。这是个好吃的东西,饭煮好再用猪油炒一下,那真是饕餮大餐了。

有一段时间,一直连阴雨,外面的草堆都湿了,阴雨的夜是不能煮饭吃的,因为,草太潮,一定会冒出很大的烟,即便是漆黑的夜,那湿草所发出的浓烟也会让人看到。就这样忍了好多个六老头不在家的夜晚,有一天终于放晴,月光很亮,但草还是有点潮。饥饿的力量驱动着我升起了月光下的炊烟,我非常小心,几乎是每次只夹几根草往锅洞口里塞,可草实在是潮,尽管我用尽了十二分的小心,但还是被发现了。

院长从外面喝酒回来,回来得很晚,因为天刚放晴,那月亮也格外亮,院长在食堂外墙拐弯的时候无意间瞥见那柱炊烟。我站在院长的面前,像个犯了错的小学生,院长尽管有些醉意,但目光是温和的,我用蚊子一样的声音解释道:夜里太饿了。我正准备坦白一共有多少次月光下的炊烟时,院长转身往外走,还听到他嘀咕了一句:我想着,黑灯瞎火的食堂烟囱怎么会有烟呢。

第二天,六老头回来了,我也准备好了接受批评与教育,心里有了思量,那行为就从容得多。我没有躲避而是主动走过去想说些道歉的话,可我正要张口的时候,他先说了:"以后夜里饿了,橱子里有剩饭。"说得非常轻松,说完又走了出去。我望着他的背影心里很是感动与感激,他谅解了我,因为饥饿是那个时代大多数人的共同体验。

2017 年 8 月 9 日于鱼林村

那个时代的作文

人离不开成长的时代背景,文学是这样,艺术是这样,连学生们的作文也是这样。

20 世纪 70 年代学生写的作文,现在回想起来真的会让人笑得喷饭,特点就是直白、想当然、任意发挥等,有些学生作文还差点闹出事端来。

班主任斌老师有次给同学们布置的作文题目是《记一位做好事的人》,结果就有同学给文中的主人翁取名"心最红",通篇"心最红"同志如何如何,读起来十分别扭。斌老师在班上点评作文时,就问这位同学,中华百家姓中有这个姓吗? 我们一听都替那位同学脸红,不承想那家伙还不服气,一下子站起来说,作文属于艺术,艺术源于生活,但也要高于生活,生活中没有的姓,但艺术中可以有。

呵呵,讲得很有条理,老师笑着摇摇头不再多加点评,但大家心里都有数。

又一次语文课上,斌老师在读一篇作文,边读边点评,说布局合理,结构设计精巧,情节推进有序,评完又接着往下读道:"去县城的公交车上,由于炎热难当,乘客们一个个都袒胸露乳。"正准备再往下读时,有个学生举手提问说:"老师,一车的乘客都袒胸露乳,那女乘客也袒胸露乳吗?"哈哈哈,一阵大笑,班上一下子就鼓噪起来并伴有强烈的抬杠与争执声。有的同学说,如果一车都是男的,用"袒胸露乳"这个词就是合适的;有的同学说,文章不能脱离社会现实。争到面红耳赤时,有人开始拍桌子,为了真理谁也不含糊。

斌老师开口了,大家立马安静下来,都想着老师会支持自己的观点,但老师必须有自己的观点,否则,怎么称为老师呢? 果然,斌老师说:"即便有女乘客在车上，也还是可以用'祖胸露乳'这个词的，比如，天很热，女乘客也很热，就会穿低领衣服，那就可以说是祖了点胸，露了点乳。"老师还没说完，底下就有"对呵"的呼应声在教室里嗡嗡响，呼应声中也包括了刚才还在反对用这个词的同学，更包括那些无立场的同学，但也有的同学不以为然。

其实用脚指头都能想得到，那个年代，公共场合，穿低领装的女人是极其罕见的，只能说是想象，一个老师的想象。

班上还有一篇文章，差点就弄出大事来了。文章是写我们的校长如何敬业，如何爱校如家，又是如何关心学生生活与学习的。

文章开头就写道，"提起我们的荣校长，在袁店公社，没有人不知道的，每天早晨一起床就拿起一把大扫帚，带领老师把院子扫得一尘不染"，这是写他的爱校。"每节课的上课铃一响，他都要手别在屁股后面去检查每个班的老师上课情况及学生们上课的纪律"，这是写他的敬业。关于校长如何爱护学生，作者以事例来说明。

有一次，一个月黑风高的夜晚，女生宿舍黑得都看不清对面人的脸，夜也深了，同学们均匀的呼吸声像一首轻音乐。这时，门吱的一声开了一条缝，一个影子走进来，这个床摸摸，那个床瞧瞧。我恰巧醒了，十分害怕，但也不敢吱声就从被窝里偷看，黑影从一个床铺移到另一个床铺，当走到我的床铺边时我才看清楚原来是校长。他把我的被子也扯了扯，又在房间里转了一圈，然后轻轻地掩上门悄悄地出去了。

紧接着她开始抒情："啊，我们的校长，这么冷的天，这么黑的夜，这么晚的时候，他却披衣走进伸手不见五指的女生宿舍替我们盖被子，他比我们的父母还关心我们的生活。"

大家都被荣校长的精神所感动，也被作者的动人辞藻所吸引。斌老师除了把这篇作文作为范文在班上讲解之外，还推荐到山南区去参加一个作文大赛。

当我们正翘首以待获奖的消息时，区里来人了，说是要调查荣校长深夜去女生宿舍有无其他动机。到学校实地调查，背靠背地问同学，问老师，了解校长平时的所作所为，不放过一个细节，目的是搜集校长去宿舍有无其他动机的材料。

好在校长确实受人爱戴，行为端正，无可指摘，这事经过一段时间的调查，最终得以平息。

后来得知，区里有一个评委——一个话语权很大的评委——当别的评委都给这篇文章高分时，他却给出了不一样的见解。他说这是无声的抗争，是一个弱小的声音在呻吟。他说这个小作者显然不是在歌颂，而是在揭露，是换个方式表达自己的不满。

一开始，评委大都不同意这个看法，可这是一个有很大话语权的评委，加之那个特殊的年代，渐渐地，风向就变了，有几个评委就不再坚持自己的看法，有的甚至认同这个"弱小的声音在呻吟"的判断。

又一次讨论会之后，风向已是一边倒，总结会上那个评委意味深长地说："同志们，我们要带着斗争的思想去品味这篇作文，这位小作者，不但有才，还把观点隐藏得这么深，要不是我，这弱小的呻吟就会被当作颂歌。"

很快评委就统一了思想并立即形成报告，报告的题目就是《一个弱小的声音在呻吟》。

《一个弱小的声音在呻吟》报到区委，区里也不敢怠慢，便以最快的速度派出调查组。

调查组的最后结论是荣校长为人正直，关心学生，严于律己，克己奉公。最终，这篇作文获得作文大赛一等奖。

2017 年 9 月 8 日于望园

红 夜 校

全国的扫盲号令一发出,就影响到我们公社、我们大队、我们生产队。

鲍庄队也成立了红夜校,设两个班,一个成人班,一个小孩班。以七工分为界:在队里拿七工分及以上的进成人班,主要生源为拿七工分的大孩子、拿七工分的妇女及拿十工分的男劳力;拿三工分的小孩子及还未拿工分也没有上学的小孩子进小孩班。成人班人多,共有二十六人,小孩班有九人。

成人班由我们队的民办教师程老师上课,他在学校里也给我们上课,执教十几年,教学经验丰富。小孩班安排我当老师,那一年我上小学四年级。当时我们队有四个孩子上小学四年级,但我平时好说话,当然更主要的还是因为我爸是生产队队长。

为了汲取教学经验,成人班开课时,我观摩了程老师上的两节课。程老师在成人班上课与在学校上课完全不一样,一是没有教材,二是协商式教学。

第一节课,生产队队长和大队书记分别讲了话,算是开班仪式吧。大队书记从国家形势开始讲起,讲到识字的重要性时结束;生产队队长则主要从实际生活出发,讲识字的必要性。其实,生产队队长也不识字,由于是干部,他还不愿和社员坐一起学认字。但这不影响他的动员讲话,他口若悬河的样子,不知底细的人不可能认为他是个斗大的字不识一筐的人。

两位领导的发言结束时,油灯里的油差不多耗去了一半,程老师终于上台了。其实是没有台的,教室是在刘副队长家的大厅屋里。

程老师一改在学校上课时的样子:夹着书,拿着教鞭——其实就是一根小棍子,还板着脸,多少年不变的上讲台模式。今天他却面带微笑,开口便问:"大家想学些什么字呢?"而不是在学校时的开场白:"今天我们上××课。"我想他大概想调动大家学习的积极性吧。

"先学'男''女'两个字吧。"老四开口了,"我上次去舒城赶集,跑到女厕所去了,被人逮住了,捶一顿,还说我耍流氓。"老四是在解释先学"男""女"这两个字的原因并举了例证。

话音一落,大家哄堂大笑。程老师也笑了:"好,就从'男''女'开始学。"

他开始板书。粉笔是从学校里带来的,而黑板则是生产队里的押刮,就是打谷场上收稻用的木板,一般一米多长、六十厘米宽的样子,往墙上一挂就是黑板了。

他先写出一个"男"字,并解释说男就是田里的劳动力,是队里的劳力。在袁店一带,常称成年男人为劳力,而婚后女人为奶力。成年男人被称为劳力大概与"男"这个字有关系,男人是田里的劳动力,在田里刨食以延续生命,田是资源也是命,所以"田"字在劳力的头顶上。而女人被称为奶力大概和她们能为孩子哺乳,靠哺乳的力量延续后代有关。

程老师写完了就带着大家读,抽查了几个,发现基本会读了以后,又写了一个"女"字并解释道:"'女'字就是躬身跪着的女人的形体,像不像呵?"

"看上去真有点像。"底下有人嘀咕起来。

程老师开始更详细地解说。古人造字那会儿,人类已进入父系氏族社会,女人在家里没地位,多为双手扶膝、弓腰前倾的形象,"女"字就这样诞生了。

底下一片寂静,像是听懂了,其实更可能因为老师讲得太深了,而且深得无处发问。

讲完了便是写。学写字往往比认字更难点,那一双双荷锄或扶犁的手实在过于粗糙,拿起笔来心理上都有些不过意。

最先上去写字的是二犟子,刚拿七工分的一个年轻后生,他拿锄的手有力,而拿笔的手却显笨,字一写出,底下就窃窃私语,因为,他把"田"字与

"力"字写得分开了。程老师启发他,想想呵,劳力和田不在一起怎么种田呢? 有人写的"男"字把"田"下面"力"的那一撇伸得非常远,老师又说了,种田不要种到别人家去了。

每个人都要上去写,不一会,那块押刮就翻了过去,那五花八门的字大得惊人,一面写不了几个字。

第一节课就在领导的动员声和"男""女"二字的学习中结束了。虽然大家写字写得不标准,尤其那"女"字写得十分狰狞,但看得出大家的学习热情还是很高涨的,回家时还边走边讨论着字的写法与读音。

第三天晚上开始了第二节课的学习,这节课程老师是从家禽家畜开始讲的。他先在黑板上画只猪,然后问:"这是什么?"

"猪。"大部分学生回答。

"老师,这猪怎么没有尾巴呵?"一个叫稳子的家伙问道。

老师一看是没有尾巴,随即加了一条尾巴,然后补充说:"从今天开始,我们学家里的东西,先学活着的,然后是家里用的东西。"

程老师为了方便教学也真是下了功夫,每天坚持画画,主要是画上课要教的动物和家里用的各种物件。尽管课堂上他画的动物常缺胳膊少腿,有时画鸭子少画了眼睛,有时画的大公鸡脖子与腿不成比例,但这种形象的教学模式极大地提高了学生们的认字速度。

听了程老师的两节观摩课,该我们小孩班上场了。同样是开班仪式,同样是大队书记与生产队队长讲话,同样是滔滔不绝,但内容与成人班相比略有不同,毕竟学生不同。比如,书记在讲话中加入了对社会主义接班人的展望;生产队队长讲了认字的许多实际功用,比如认识字后可以查工分,也可以出远门等。

小孩班就在我家的大厅屋里,九个孩子挤在一张大桌子的三方,矮点的就蹲在大板凳上,高点的就坐着,但一律是认真的样子。这九个孩子都因家里缺劳力没上学,生产队里照顾他们,每家放养一头牛,挣些工分,有两三个比我还大点。白天大家都在一起光着屁股玩泥巴或者结伴去偷瓜摸枣,晚上我们却是师生关系，一开始多少都有些别扭。

押刮在成人班用，我们只能用木扦，这是一种翻晒谷物的工具，往墙上一靠，作为黑板。木扦面积很小，一次只能写五六个字，还不能写得很大。

学习程老师的经验，也学着程老师的样子，我先在黑板上画个图。我第一次画的也是猪，然后用粉笔写了一个大大的"猪"字。我还没转身，就有人说这不像猪，腿太短，下雨天肯定走不了路，另一个说这猪毛画得也太长了。各种议论这头猪画得像不像的声音不断出现，还有的说这猪画得太瘦了，像狗。我急了，就说："这只是比画一下，便于认字。"显然这话他们不能认同，还在争论着，似乎这猪画得不像，这个"猪"字也不好学一样。

啪的一声，我用教鞭打到桌子上，目的是拿出老师的威风来威慑一下，同时说道："不要说话，这就是猪。"可这一招也不见效，猪画得像不像的争论仍然停止不了。

我开始"杀鸡儆猴"。"大宝子，你叫什么叫？这明明是猪，你捣什么乱？我画猪的目的是教'猪'字怎么写，你要不学就爬回去。"我生气地说，脸涨得通红。

"回家就回家，你中午摘了二红家的菜瓜。"他还反攻我了。

"你也摘了。"我说。

"你前天放鹅时，你家的鹅偷吃了生产队的稻子，我要去报告。"没想到小虎子也"起义"了。

我怒不可遏地冲过去抓住大宝子的衣领，小虎子也冲了过来，三人扭打在一起。其他几个家伙在一旁也不拉架，围着看着，好像在观看一场斗牛表演。

啪的一声，黑板倒了，谁也顾不上停手，继续战斗。哗啦一声，用墨水瓶做的煤油灯掉地下了，屋里一片漆黑，只有呼哧呼哧的拉扯声。

"你们不上课，黑灯瞎火的在干吗？"父亲回来了，我们都在黑暗中停了手，但都没有回答。

父亲划了根火柴点亮灯，我们几个相互看了一下。"不教了。"我说。

"不学了。"他们几个几乎异口同声地说，比集体朗诵还整齐。

父亲不吭声地走向了堂屋。他们几个打开门鱼贯而出，从身影看得出，他们都很快活。小孩班红夜校就在第一次课中结束了。

红夜校，一个时代的产物，出发点无疑是好的，一个不识字的民族如何立足呢？但过程是艰难的，难的不是物质条件与文化基础，难的是人们的意识呵。

2018 年 10 月 14 日于丁香园

各有千秋

当我与同桌谈恋爱的消息不断刺激着先生的耳膜时,他终于坐不住了。他不允许一个浑小子毁了他的得意门生的前途,他要采取措施去断了这个扒泥鳅的野小子与那个文学青年的联系。

先生想了很多办法:私下谈心,当面批评,班上点名,冷嘲热讽,调整座位——从同桌调成同排,又调成同组,最后调成她在第一排,我在最后一排……能想到的办法他几乎都用上了,但效果并不理想,经常课堂上就空着两个位子,一个是馨的,另一个是我的。"又溜出去了。"这是先生经常嘀咕的一句话。

先生一看来"硬"的不行,就改变策略,改用"软"的办法,寻找一切机会来浇灭我的热情。

一次先生布置作文,题目是"青蛙",要求写说明文。我非常认真地对待这篇作文,改了又改,自我感觉良好。我心想,要在作文这方面改变先生对我的一些看法,也展现一下我自身的实力,改变一下我在全班同学面前灰头土脸的形象。

上课了,先生带着那一贯的微笑与一对酒窝走上了讲台,腋下夹着全班同学的作文本子。这节课我特别期待,先生一走进课堂,我心里就准备好了接受先生的表扬。所以,这节课我听得特别认真而卖力。

先生先在黑板上写下"青蛙"两个字,然后开始评析全班作文的整体写作情况。我清楚地记得先生的分析。他说:这是一篇说明文,说明文的写作,一要忠于事实;二要观察细致;三要层次分明,不能一会写头,一会写脚,一会又来写头。

一番长篇大论后,先生清了清嗓子。我知道,关键时刻到了,这是要宣布本次优秀作文。我屏住呼吸、睁大双眼盯着先生的嘴,判断是否要说"许"的口型。然而,先生这次改了套路,不是宣布优秀作文,而是拿起作文本子朗读了两篇文章,但都没有说出作者的名字。

文章读完了,我心里感到非常失落。因为先生非但不表扬我,反而还要当着全班同学的面,要我好看,让我出丑,令我威信扫地,贬低我的同时,还要树立他的得意门生的形象。因为,他读的这两篇文章,一篇是馨写的,我看过,而另一篇则是我写的。

"存同学,你说说看,这两篇文章,哪篇写得更好?"先生仍然是一如既往的笑容,两个酒窝里藏着隐忍的愤怒。我知道今天这节课是冲着我来的,我不能投降。于是,理了理思路后,我不慌不忙、不卑不亢,从容地站了起来,用中等的语速表达着我的观点:

"我认为,这两篇文章各有千秋。"

先生一看我无知地自信着,更加愤怒地微笑着:"还各有千秋?"他用双眼诘问着我。他那微笑着的愤怒比咆哮着的愤怒更加有威力,更加让我不自在,看样子今天是要我"低头认罪",我不能就范。

"比如前一篇文章说青蛙对静止的东西看不见,对运动的东西看得很清楚;后一篇文章说青蛙对静止的东西'视而不见',对运动的东西'明察秋毫'。你看,两篇文章表达了同样的意思,都把青蛙的习性写出来了,只是用词上有些不同:前一篇语言朴实无华,像个实诚的农村孩子;后一篇用词唯美,像城里的风中少年。所以说两篇文章,异曲同工,各有秋千。"我侃侃而谈,心中充满了不屈与自信。

先生见我不但不肯低头,还振振有词,心中很是不满,虽然脸上仍是笑嘻嘻的,但两个酒窝里隐藏的愤怒快要蹦出来了。他看上去仍然在笑,像一尊佛,一尊弥勒佛,心中却藏着千军万马。

"同学们,存同学的观点怎么样呵?"先生是想利用群体的力量来打压我。

经过这么两个回合,大家都猜出来这两篇文章的作者了,便起哄说:"确实异曲同工,各有秋千。"

先生仍然一脸微笑,只是两个酒窝变得更深一些,嘴角的肌肉也绷得更紧了,看得出是有话要说了。

"还异曲同工,各有秋千?我看是差之千里!"字字斩钉截铁,不容置疑。接着便是一通专业的分析:这两篇文章在层次的递进、描述的过程、遣词造句,甚至标点符号方面都相差甚远。

先生向来是个宽容的人,和人说话大多留有余地,今天的话却这么狠。他是想用语言来打压我,让我屈服,让我思过,让我悔改,让我清醒,让我不要拖了他的高徒的后腿,让我不要再误己害人。

语言的力量有时往往更暴力,比拳头棍棒更管用。我真的低下了头并做反思状,浑身不自在,若此时地上有缝我都会钻进去的。庆幸的是,下课的铃声终于响了。

爱情的力量往往会冲破一切坚固的闸门,特别是朦胧的爱情。第二天,我和馨又一起溜到舒城去看电影《霓红灯下的哨兵》。后来听说,先生一到班上又看到两个空位子,心里明白了,昨天的"智斗"毫无效果,不由自主地摇着头自言自语道:"山中竹笋,嘴尖皮厚腹中空——没救了。"

从此我又有了一个外号:竹子先生。

2017 年 6 月 7 日于珠海半山居

那个时代的爱情

　　20 世纪 70 年代中后期,改革开放还没有开始的时候,社会还是很封闭的,男女之间的感情问题很容易上升到社会问题,令人讳莫如深。

　　一天,经过班主任的办公室时我听到斌老师在里面咆哮:"你不偷看别人,怎么知道别人在偷看你?"原来班上的慧同学去老师那里告状,说利同学上课时偷看她。被偷看也要告状?要是现在,女孩子不要说被男同学偷看,就是被正面盯着看,也不会去告状,可能心里还会很高兴呢,说明你颜值高,有吸引力和很高的回头率。但在那个时代这可不行,女孩子被人看了,即使被偷看了,也是件不光彩的事,是件耻辱的事。

　　慧同学,个子高挑,长相俊俏,确实让人心动。其实班上不止利同学一个人在偷看慧,还有好几个呢。有的在上课时偷看,有的在下课时偷看,有的在慧同学常经过的地方偷看。偷看的方法也五花八门,有的用纸做成望远镜偷看。而利同学的方法最有效且看得真切,他刚好坐在慧同学的前排,上课时,就用小镜子的反射原理偷看慧。

　　东窗事发后,利同学被叫到班主任老师那里,他承认确实是偷看了,一共看了 21 次。但他一再强调并无恶念,只是不知道为什么总是想偷看慧。其实,利同学的心里早已装了只扑腾的小鹿了,只可惜是单恋,否则哪有被告状之忧呢?恋爱不成,却落个被老师批评的结果。

　　班上来了个娥老师,同学们的眼都直了,那真是大美女,而且是城里人的那种大气、从容的美,不像其他女孩子的那种纠结美,是阳春白雪与小家碧玉间的差别。娥老师是来教英语的,要代替之前的安老师。

　　娥老师显然有许多不一样。首先是她那樱桃小嘴,始终微笑着;其次是那双眼,终日饱含秋水,微笑与秋水时时刻刻荡漾在脸上。她的语言轻柔得就像风,在那个"不学 ABC 照样干革命"的时代,激发了大家学习英语的积极性。一时间,大家英语书就不再干净了,而是标注上了密密麻麻的汉字注释,什么"Me too"就写成"妹拖","Teacher"就写成"铁锹",总之是五花八门。

同学们的学习热情高涨,娥老师也更加卖力与投入。下课或放学后,只要有学生在,她都在一旁指导。那段时间,一股学英语的热潮在校园里流动,娥老师的身影总是出现在学生中间。

可是好景不长,自从学校来了一位"风之子"般的教音乐的毓老师,娥老师的身影就很少出现在学生中间,更多是和毓老师待在一起。小竹林里,毓老师在拉二胡的时候,娥老师一定在伴舞。飞雁湖畔,毓老师在吹笛子的时候,娥老师一定在伴唱。有时候毓老师在田埂上作曲,田埂很窄,在城里长大的娥老师走在上面像在走钢丝,更像在舞蹈,甚至有几次还掉在田里,有人居然声称发现毓老师与娥老师拉手了。

随着他们俩爱情的升温,同学们学英语的热情反而迅速降温。眼看着这个天造地设的爱情之果就要瓜熟蒂落的时候,突然就听说娥老师要被调走,回城里去了。当我们都在为毓老师担心的时候,一纸通知书,毓老师也去城里上学了。他们走后同学们还议论了很久,为什么那样热烈的爱情会突然休止? 有的同学说是因为他们俩一起作曲时休止符用得多,所以爱情也突然休止了。

班上有个聪同学,那真是眉清目秀,班上除了我,差不多所有的男同学都偷看过她。其中,胜同学和仓同学在整个"偷看队伍"中脱颖而出,由偷看转为明看,由明看转为爱情的表达。聪同学美丽柔弱,两个大男孩都爱上她了,她却不置可否。又经过一段时间的较量,两个男孩都没有胜出。于是,胜同学提出,男人的事,自己解决,不必为难聪。他俩约定,以"决斗"的方式来解决,败者主动退出,连偷看的权利都没有,而胜者要保证好好爱护聪。

学校操场边的那个竹林深处,有块长宽均约三十米的空地,他俩就选在这里"决斗"。"决斗"的工具不是枪,也不是剑,而是麻雀蛋大小的石头,规则是轮流投掷,有效部位是对方的鼻子、眼睛与嘴巴。一方投掷时,另一方不得躲闪,谁先砸中有效部位谁就获胜。谁先开始?捶大剪决定。

当我们听说有人在"决斗"而冲向操场边的时候,学校的医务室门口已挤满了看热闹的同学。原来,孱弱的胜同学,以"普希金"式的文雅动作,哪里敌得过仓同学的野蛮?没几个回合,胜同学就满脸是血,惊动了校方出面干涉。好在校长是"好好先生",对双方批评教育一通后这事就过了。"决斗"结果显然无效,偷看聪同学的"盛况"又恢复到以前的水平。

那时这么多的爱情,似那天上的白云,微风一吹就散了,没有一片雨云形成。是的,那时的天空本就难以形成一片云,更不要说雨了,那时的爱情,爱里总是缺了一个"情"字。

毕业后很多年才得知,我的同桌琴同学与同班的美同学结合了。琴同学是个文艺青年,当过演员,记得他曾经演过犟驴。美同学是文学青年,写得一手好文章。也许是这个缘由吧,他们的爱情内敛而低调,他俩是唯一一对不在那堆爱情故事里的,然而他俩修成了正果。

2017 年 3 月 6 日于东耶咖啡

夜　行

初冬的天，夜来得很早，约五点半钟光景，室外就全黑了。同学们都在教室里埋头学习，一片寂静，唯有纸笔摩擦所发出的沙沙声。我的邻座却在心神不定地翻着书，面露焦虑之色。她叫馨，从外地来山南中学上学，家很远，平常一个人，形单影只，独来独往。她小巧玲珑的体形很容易让人顿生爱怜之意。我是生活委员，关心同学是我的义务，因此，我比别的同学对她更熟悉一些。又是隔壁座位，我还经常在需要或不需要的时候向她借块橡皮或铅笔刀以方便说些闲话。

20 世纪 80 年代初，男女同学之间说话是很不方便的，会被爆炒为恋爱。要说话总得找些说得过去的理由。借东西，尤其是借学习用具，就是最好的借口，况且借了还要还，一来一往，可以说两次闲话呢。

我伸过头去关切地问："发生什么了？ 不舒服吗？"

"我奶奶病重了。"她用蚊子一样的声音哼哼。她平时说话就是这样，轻得让你难以听清。

"那咋办呢？"我也小声地说，以免引起同学们的注意。

"我想回家。"她忧伤地说。

"现在？"

"嗯。"

我看看教室外面已被夜色笼罩，估摸着已有七点了。"那我送你回家吧。"我勇敢地说，颇有英雄救美之气概。

"那太好了。"她连忙谢过，没有一点迟疑不决，看样子回家的心情已非常迫切，嘴角有些笑意，脸颊上荡漾出两个浅浅的酒窝，越发让人疼爱。话虽说出口，可我心里不踏实，从学校到她家有三十公里的路程，而且大部分是山路。可又不好再改口，我就叫上表弟楼。我和楼从小一起长大，关系很铁。他在隔壁班，武艺超群，据说对付两三个人不在话下，有他做伴，我心里安稳了许多。后来一个叫东的同学又加入进来，我们还从汪同学那里借来一把三角刀。这样武装一下，胆子就更壮了。一行四人，雄赳赳气昂昂地行进在夜色中。

一路上，馨不言不语，好像心事重重。楼蹦蹦跳跳，像个猴子，一会儿跳起去抓空中的树枝，一会儿又捡起一块石头抛掷到很远的地方，有时还摆几个武当功的姿势，兴奋不已，浑身有用不完的力气。东来自城里，娇生惯养，走这样的路，能跟上已经非常了不起了，当然也就不声不响。

我紧跟在馨的后面，除了走路基本上也没什么声音和动作，只是大脑里一刻也不曾停过：一个小丫头跑这么远的地方读书真不容易啊，看样子是个很上进的学生，还听说她写得一手好文章，据说《作文选》上《他又变成了冒尖户》那篇文章就是她写的呢。这篇文章我也读过，只记得第一段的小标题是《十一届三中全会放光芒》。当时也不知道什么叫"十一届三中全会"，只知道是一次重要的会议。第二段的小标题是《抄家了》，还记得最后一段是写主人公李有才的慷慨陈词。

当时我就想，这个小作者真是知识渊博，可能出生在知识分子家庭，自小就爱读书吧。不像我们小时候，除了上课是从来不读书的，不是偷摘别人家的仨瓜俩枣，就是在水塘里摸鱼捉虾，有时还要放牛放猪，撮狗屎，哪有时间读书呢？读书多的人，看上去就与众不同。馨平时话很少，显得非常文静、婉约、深沉、有修养。她偶尔说话，也是慢条斯理，声音悠扬，像是在唱歌。莞尔时，一对酒窝对男同学是颇具威慑力的。但最让我难以忘怀的还是她那双皮鞋以及皮鞋与地面碰撞时所发出的声响，时常敲击着我的心坎。

每次她一踏上教室走廊的最西端，一百米以外的二(1)班教室里的我就能感觉到她正款款而来。咔嚓、咔嚓，节奏短促而均匀，我的心也随着这种咔嚓声的节律在跳动。越来越近，越来越响，直至一个矮小的身影闪进教室，安静地坐到座位上，我的心和我的眼神包括余光才全部收回到书本上。

我有时在想,她鞋跟的声响和我的心律为何能共振呢? 也许那时穿皮鞋的人太少吧,家里条件好一点的也就基本上只有一双解放鞋,所以,皮鞋就显得非常吸引眼球,从而波及心灵。除此以外,可能还有某种说不清楚的东西在里面,不能用语言表达,只可在心里触动……

"聚星到了!"楼的叫喊打断了我的思绪。我们已走了一个多小时,聚星街道位于山脚下,是乡政府所在地。夜幕下的山村街道异常宁静,穿过街道就是一个很大的渡水槽,横卧在两座山坡之间,底下是条石子路,我们爬上去领略一下它在夜色中的雄姿。馨告诉我们,这个巨大的工程全由劳改犯人建设,我老家的灌溉用水也要经过这里,我肃然起敬。

过了渡槽,约走二十分钟的路程,便是著名的淮军将领张树声的故居——张老圩,不远处的张新圩是后来建的。现在张老圩成为聚星中学,张新圩成为医院,还有一座张家圩子已成林场。三个圩子相距不远,其中张老圩地势最好,三面环山,向南敞开,呈拥抱之势,据说能聚天下之财源,采大地之灵气。

圩子被沟塘环拥,若干拱桥相连,竹园、树林错落有致,不时有夜宿的鸟雀惊飞,搅动着满天的银光,连水面也起了波纹。伫立在壕沟之外,望着这片圩宅,我不禁想起清朝宰相张英的一封家书:一纸书来只为墙,让他三尺又何妨? 长城万里今犹在,不见当年秦始皇。是啊,当年飞黄腾达的豪门世家,今日不知何处去,所积聚的万贯身家或被瓜分,或被移作千万种用途。富不过三代的说法看来不仅是指主观努力不够,还有人们无法左右的社会变迁的巨大力量的影响。

过了张老圩子,我们便下了石子路,进入山路。说山也不是很准确,其实就是波浪起伏的丘陵地形,上坎下坡,左拐右弯,穿村庄、过田埂、涉沟壑,路难行不逊蜀道。好在馨对这条路很熟,她在聚星中学读过一年书,每周都要踏过这条乡间山道。快到十二点时,我们站在一口大水塘的塘埂上,微风吹着塘水,生出一池粼粼波光。塘埂的另一头是一个村庄,屋前的竹林依稀可见,清风吹拂下轻轻摇曳,像在和我们打招呼,很是自在。

馨告诉我们她家就在塘埂的那一头。我们在心里庆祝,终于到了,可以休息了,说不定她家人还会烧点东西让我们吃呢!走了几个小时了,晚餐吃的那点东西在肚子里早兑现成汗水了。我们正准备做欢呼状,馨却立在那里不动了,很不好意思地怯声怯气地说:"我家里人很封建。"言下之意,几个毛头小伙子是不好进她家里的。天哪,不会让我们现在往回赶吧?

"实在不好意思,你们还是原路往回赶吧。"她终于还是说出了我们最不愿听到的话。我们点点头,很知趣地立在原地,目送着她一步一步走向塘埂的那一头。敲门、亮灯、关门并传来轻轻的说话声,想必是在嘘寒问暖吧。

我们三个满脸沮丧,饥肠辘辘且不说,走这样的山路我们都没有经验,更不要说在夜间了,明亮的月光也照不清我们的归途。在我们的眼中,村庄、田埂、冲坳与高岗都是一样的,走进一个村庄,引得一阵狗吠,小心地绕过去却发现又回到了原点。好不容易摸出去,可经过另一个村庄时又像进了迷宫,怎么也转不出来。山区的村落不似平原地带,一排排、一行行,房舍建筑毫无章法,排水沟、粪坑、柴垛、猪圈、狗棚也杂乱无章地分布着。

摸索中,东就掉进了粪坑,当把他拖上来时,膝盖以下已臭不可闻。他一屁股瘫在地上,怎么也不愿再走了,说等到天亮再走。初冬的山村,夜晚是很冷的,我们没有勇气敲门进人家,况且深更半夜,人家未必能让进呢。我们找到一幢刚盖好的草房,门还没有装,里面有一堆柴火和几捆干草,可能是盖房时剩下的。我们把柴堆摊平再铺上干草,权当床铺,躺下后再盖上剩余的干草。尽管卧薪的滋味很不好受,但毕竟室内要暖和得多,而且还能睡上一会儿,比在外面瞎转要舒心许多。

山里的鸡和山里的人一样勤劳,凌晨四点刚过就开始打鸣,一鸡领唱百鸡和,声音此起彼伏,远近相闻,让人无法再入睡。东方也已泛白,不远处还传来说话声。我们赶紧跑过去问路,去聚新街怎么走。正好他们是上街赶早集的。"跟着我们走好了。"我们跟在后面像一群跟班。大约一个小时后,终于又回到昨晚的石子路上。楼走在最前面,仍然精力充沛。我走在中间,感到很饿也很困。东在后面,慢慢腾腾,像蚂蚁在爬。

　　一个拐弯后，我们居然看不到东了，我们折回头才发现他倒在路边的草地上睡着了。二竿高的太阳暖洋洋地照在他熟睡的脸上，我们不忍心喊他，就在一旁等着他醒来。就这样走走停停，快吃中饭时我们才回到学校，一进教室就有同学传话说"到班主任老师那里去一下"。我自以为做了件大好事，正美滋滋地期待着老师的表扬呢，便三两步来到柱老师的宿舍，可我收获了一顿劈头盖脸的批评。原来，昨晚先生到教室检查晚自习时发现了三个空位，得知我们不辞而别时已非常恼怒，又听说我们还带了把三角刀，更是焦急万分，立马叫来汪同学，俩人骑着一辆自行车上路了。可不承想在磨墩水库大坝上，一块大石头掀翻了人和车。车坏了，人也伤了，他俩只得推车往回走。当然，柱先生生气并非因为他摔倒，而是因为他对我们的关心，不光是学习上的，也有安全上的。

　　回教室的路上，我思考着好与坏的问题。有时好与坏之间只隔着一张纸，超过一定限度，两者往往会相互转换。

2017 年 8 月 1 日于鲍家庄

远　行

　　从老家廖渡到合肥的距离,几百年来,没有加长,也没有缩短,只是从桃溪到合肥的路宽了许多。从廖渡到桃溪的路也由羊肠小道变成沿凤落河(即今天的丰乐河)堤的水泥路,起点没有变,终点也没有变,但我的心理距离缩短了许多。

　　过去从家去合肥,像去天边,不仅恐慌于那遥远的路途,更心慌于那大城市的喧闹与威严。而现在,无论从合肥回廖渡,还是从廖渡去合肥,就像去自家的后院般从容与便捷。推开门,迈开脚,揪把青菜就回到厨房。

　　大城市的威严似乎也由于日渐增高的混凝土丛林而饱受争议,而那被人抛弃的农田及鸡屎遍地的农家小院却受到与日俱增的尊重。

　　1977年的那个冬天,不知什么由头,我就有了去远方的冲动,去合肥,去省会,去大都市,去那繁华的地方看看是怎么回事。

　　同班的稳同学支持我的想法,他说他的姑姑在合肥,他可以与我同行,但路费我们要自己出。远行的冲动让我们开动脑筋,母亲塞在墙缝里的鸡肫皮、牙膏皮,父亲放在门拐里的旧铁锹头,还有队里烂掉的旧犁耳,都被我偷来。我用化肥袋装好,趁大人不注意的时候拿到袁店老街的店铺里卖掉,一共换了二块七毛五分钱。稳同学家里在桃溪开早点摊,搞钱比我容易多了,也搞得多,一共有六块多钱。

　　从家里到桃溪是步行的,经过龙潭河上的最后一座桥,就到了桃溪,但我们舍不得掏钱坐车,好在209国道上拖拉机很多。那时的拖拉机手都是"大牛",没有关系是开不上拖拉机的。而且当时在农村,拖拉机也算是最过劲的交通工具了,相当于现在的豪车。

　　我们商量扒车,省点钱,到了城里用钱的地方多着呢。但拖拉机手都很轴，一看到路边有人有扒车的企图便加速行驶，不给你机会，有时还开出"S"形路线，让人望而却步。

扒拖拉机也有技巧。从后面扒，危险小些，但速度跟不上；从侧面车厢扒，容易抓住车厢板，但有危险，且脚没有支点；从车头与车厢的连接三脚架上扒，容易得多，但危险也最大。

一辆拖拉机来了，我俩从侧面跑过去，那司机照例加速并开出"S"形，我还是一跃而上，站在了三脚架上。而稳同学个小，胆更小，从后面怎么也够不上后厢板。无奈，我又跳了下来。

我们总结经验教训，决定下次两人同时从后面扒。

又一辆拖拉机来了，不紧不慢。我俩蹲在路边的大树下面，背对着路装着聊天的样子。显然，那司机没有警觉，仍是晃晃悠悠地开着。当司机的目光转到了看不到我们的角度时，我们一跃而起，以最快的速度冲到车厢后挡板边。我双手抓住车厢板，双脚跟跑了几步便腾空收起，一个转身翻到车厢里。

稳同学还在挣扎着，我爬起来，双手抓住稳的一只手，狠命地拖着，心里想着一定要成功。终于，他的身体也在车厢里了。这时那司机发现了，加快速度开着"S"形，但为时已晚。司机边上坐着的那个人还冲着我俩笑，像是在鼓励，又像是在责备，太危险了。

那个冬天很冷，能冻掉耳朵的那种干冷。但大人们常说：孩子的屁股有把火。是的，此刻这句话就成了动力，因为，我们的屁股有火。

迎着寒风，可不觉得冷，有种快感，像考试考了一百分一样自豪。双手抓着车厢的前栏杆，目视一排排向身后退去的大树，有一种将军检阅部队的感觉，很是威风。

可好景不长，刚过四合乡，在水库大坝下的那个上坡路段，车突然就熄火了。我俩吓得要死，以为司机要赶我们下车，心里盘算着打死都不下车，好不容易才扒上来的。

司机走下车，并没有赶我们下车的意思，而是绕着车头转了几圈，又上车启动了一下,只见那车头抖动几下又熄火了,原来车出故障了。司机就冲着我们喊:"下来推车。"

下车后,司机让我们找块石头把车后轮给抵住,他把三脚架放了下来。司机扶着方向盘,我们三人就在后面推着车往前使劲,已有好几下"突突突"的声响了,可又一下子熄火了。一而再,再而三,重复了好几次,那司机就不断地喊:"快点,再快点,差不多了,要把吃奶的力气用上呵。"我们真的把吃奶的力气都用上了,汗都出来了。终于,"突突突"的声响没有停下来,打着火了。

我们再次站在车厢里的时候,心里感觉和第一次完全不一样。身子热了不说,那偷偷摸摸的意思没有了,很是光明正大,因为,这辆车的开动有我们的功劳。于是,头抬得更高一些,脖子也挺得更直一些,更不觉得冷了。

到南七的砖窑厂时,车又停下了,这次是到站了,天也快黑了。我俩继续赶路,边走边问,公交车一辆辆从身边闪过。我们没有坐车的想法,一是不知坐哪路车,二是也不想多花钱。

天完全黑下来了,路灯也全亮了,漆黑的夜被灯光照得通明,在农村生活十几年,没有见过这样的阵势。我们兴奋着,就这么不知疲倦地走着。两个多小时后,我们终于来到宁国路81号,稳同学姑姑的家。

稳同学的姑姑一见我们,先是大吃一惊,这么晚了两个孩子跑过来了,接着就热情地张罗着饭菜。

姑姑家两间房,里面一间隔成两个卧室,外面一间为客厅与厨房。姑姑做菜时,我就在旁边看着。城里人做饭显然与我们家不同,烧饭的锅那么小,不像在农村,不是牛二锅就是牛三锅,有的大户人家还用牛一锅做饭。

农村的锅大,柴火又有限,很少炒菜,基本都是烀菜或是蒸菜,那菜看着像剩菜,也没嚼劲,不筋道。姑姑家的菜都是小锅炒的,色鲜味脆,口感很好。

这是我人生中第一次在城里吃饭,那吃相一定是难看的,不懂城里的规矩,而且已是饥饿难耐,用"狼吞虎咽"形容应是比较恰当。姑姑就坐在边上看着我俩吃，一脸微笑。我知道那笑容里藏了太多对农村人粗陋的包涵。

次日早饭后，我们便迫不及待地走了出去。宁国路，一条不到两公里长的街道，两边的房屋与农村的差不多，不同的是墙为夯土墙，屋面不是稻草而是荒草。街的两边，两排房子的大门相对而开，一排门朝东，一排门朝西。冬天晒太阳时，上午，邻居们把椅子搬到西边那排房子前，一字排开，聊天闲谈；下午，又都把椅子搬到东边那排房子前。

那时的宁国路还是石子路面，又旧又脏，但这是城市，即便脏且旧，也是洁与新。街上有个公共厕所，一大早上就有男男女女出入，当然女人居多，拎着做工精细的各类木质尿桶与屎桶往厕所里倒。

那时的宁国路没有下水道，街面比家里的地面高。所以，家家户户的门口都有一个小坝，下雨天挡水用的。

没走几步路，就到了宁国路尽头。接着是芜湖路，那场面就完全不一样了，车很多，特别是两边那高大的法国梧桐树，遮天蔽日。但更让我感兴趣的是地上的废铁，有钢锯条、螺丝钉、各类不规则的铁片。我们向东走，一路走一路捡着放进口袋里，去供销社里卖，好几分钱一斤呢。几条街下来捡了有两斤多铁，还看到一个骑自行车捡铁的人。那真是奇思妙想，他把几块磁铁绑在木条上，木条上再拴着绳子，自行车就拖着木条顺着地面吸附废铁。

到泚河时，正在清淤，河水快见底了，河里好多人在抓鱼。我们太激动了，干这种活城里人不行，我们没有想多久就卷起裤脚下去了。

那时的泚河水很清，河里有些枯萎的水草，两岸也都是土坡，坡上泛着冬天的枯黄，但仍感到有些活力。不像现在的泚河，石头护着坡，一点诗意与生机都没有，看着让人闹心。

城里的河与农村的河并无二致，但毕竟是城里的河，河床里的东西要丰富得多。我们在河里除了抓到鱼，还捞到许多有用的东西，比如一条小板凳、一把菜刀、一个剪刀，还有硬币，都是几分的那种。

城里人逮鱼显然不得要领，跟着一条鱼跑了半天还是弄不到手，有的用手捧，有的还举着石头去砸。一块石头下水，水花并泥浆四溅，那人的脸都成了花脸。鱼呢,优游自得地在他的身边转来转去,有点戏弄的意思。那人火了,用力更大了,水花也更大了,鱼呢,仍在水里招摇。

抓不同的鱼要用不同的方法:比较大的鱼一定要轻手轻脚地靠近,然后突然用双手死死地把它摁在泥里,让它不能动,然后再摸索到鳃的部位,抠住,紧紧地抠住就可以了,不会失手;而小鱼呢,也是轻轻靠近,两手分别从头尾下手,一抓一个准。

城里人不光不会逮鱼,由于没干过农活,双脚站在水里往往平衡感不好,在水里行走像只跛脚的鸭子,一歪一歪的,想想看,鱼还会等你不成?

一晃已是黄昏,我们折了柳条枝,从鱼鳃处把鱼穿起来,有鲫鲦、鳘鲦、草鱼。经过城里大人的身边时,矮小的身子挺得笔直,小小的头也仰得很高,那一连串羡慕的眼神让我们的自卑感消失了不少,只是苦了双腿与双脚,冻得由红变紫。

野生鱼真香,姑姑的手艺当然也很好,那鱼香就成了宁国路那晚的芳香。

晚饭后我们沿芜湖路走到金寨路,最后来到四牌楼。四牌楼真高,那高大的形象让我多少年后都感到四牌楼是最高的楼,是的,第一印象真的很重要。

这是当时合肥市最热闹的地方,也是安徽省最繁华的地方。商店鳞次栉比,商品琳琅满目,口袋里的钱不够买任何一件像样的商品,除了几粒扣子,但这并不影响我们的兴致。从一个店逛到另一个店,营业员对乡下人那种不屑一顾的神情钻进了我的每一根神经里,但我只是来看看,态度和眼神都不曾影响我的心情。

最让我心动的仍是大街上的灯光,那街灯发出的黄色的光,把黑夜的路照得通亮。这是我人生中第一次见到大面积的非自然光。尽管初中物理已讲到非自然光的成因是电,但真正搞清楚是怎么回事,还是在我上了高中之后。

但光的吸引力,像磁铁,像风洞,难以抗拒,进而使我生发对城市的无限向往,这种向往并不仅仅因为物质,还因为光。

夜晚这么亮,而且亮到每一个角落。在农村,在没有明月的夜晚,到处都是漆黑的。每一个门洞里只有如豆的灯光,人生四分之一的时间,都是在那如豆的灯光下度过的。光便成了农村与城市第一道显而易见的鸿沟。

光不仅给人带来方便,而且带来希望。有了光明就有了希望,农村后来正是因为有了电,有了光,才渐渐变得美好而富裕起来。

三天一晃而过,从虚幻般的合肥回到现实的廖渡,那硬邦邦的柏油路只存在于大脑之中,而眼前尽是软溜溜的农田。夜晚坐在如豆的灯光之下,眼睛里全是那城市中通亮的光。心里就一遍遍地思索着城市的好,偶尔也会有走进城市的想法,但很快就安慰自己,这是相当没有根据的想法,但常常还会偷偷地想一下。

这种偷偷的想法在一项制度的出台后变成了动力,一种强大的动力推动着一个渺茫的希望,在农村的田地里匍匐前行。

远行源于好奇,是一种向往,更是一种动力。读万卷书,行万里路,大概就是这个意思吧。

2017 年 10 月 15 日于山水郡

父亲的上学路

我的父亲,没上过一天学,除了会写自己的名字,只认识二十多个字,这些字是他七十岁以后学的。因为,这二十多个字是去银行存取款常用的字。

父亲没上学是因为家里穷,穷则是因为父亲的父亲是个败家的主儿。当然,也不能完全怪父亲的父亲。因为,父亲的父亲的父亲就开始败家,整日穿一袭长衫在村子里晃来晃去,一辈子没干过农活,全活在祖先的庇荫里。由此,我的祖父极似余华《活着》里的福贵。当然,他比福贵所受的难要少很多,但结局是相似的。那就是解放后划分成分时,由于家财耗尽,都成了贫下中农。

父亲没上过学,可父亲去过很多学校。因为,我上过的学校,他都去过。而我上过的学校也实在是太多了,几乎一个年级换一所学校。小学上过四个学校,初中、高中、大学也都分别上过三个学校。从小学到大学,我的上学路就是父亲的上学路,只是行走的次数少些而已。

我上小学时,学校就在家门口,从一个农户家的厅屋转到另一个农户家的厅屋,再从一个生产队转到另一个生产队,直到后来大队盖了学校才有了固定的校舍——廖渡小学。

每换一个学校,父亲都会出现在新学校的第一次课堂上,常弄得我不知所措。看我坐在哪一排,看看我的泥课桌铺得是否光滑,还要与老师套套近乎。一方面了解我的学习情况,另一方面也希望老师多给点关照。当然,有时他去学校也与我无关,通常那种情况就是他代表贫下中农管理学校。

每次新学校开课时,都要举行一个仪式,全校师生集中站在一块开阔的地上,而大队干部、校长与贫下中农代表端坐在报告台上。轮到父亲发言时,他首先会清清嗓门,然后就开始滔滔不绝、口若悬河,一会儿说点大道理，一会儿又说点小知识，没有人会相信他斗大的字不识一筐。

由于他是党员，又是队长，还是贫下中农的学生家长代表，上初中时我的身份自然就是公办生。那时我们班近一半同学是民办生，我也弄不懂民办生与公办生有什么区别。恢复高考以后，这种"身份论"更加稀里糊涂地成为一段模糊的历史。

父亲与老师套近乎，我并不反对。因为，这样我常能得到一些好处，得到老师更多的关注。比如为老师跑跑腿，就是件十分风光的事。但他经常请老师来家里吃饭，我很不情愿。不是出于小气，主要的是，三杯两盏淡酒下肚后，在父亲的引导下，那老师就会把我在学校干的"好事"竹筒倒豆般倒得一干二净，比如给女同学送小手巾啦，经常旷课啦，偷瓜摸枣啦。

我总结过，几乎每次老师来家吃饭，老师一走父亲便对我一顿猛批。其实，被猛批并不可怕，说几句狠话，我不顶嘴就算过了。但可怕的是，他和我讲道理，做思想工作，听他那一套套的说教，我真想往地缝里钻。他开讲时，我要装作很认真地听，还要装作理解了的样子，面部表情要跟着他语言的节奏而变化。当然，更要有悔改的表情。

说教固然比猛批可怕，但还有更严重的事，那就是老师酒醉了，回不了家，在我家留宿，这意味着我要和老师"捣腿"。一个学生，一个调皮捣蛋的学生要和他的老师睡一张床，那是什么样的感觉呵？听起来都让人觉得恐怖。那一夜我就这么僵着，不敢伸腿，也不敢翻身，有点像坐牢。

初二、初三就读的学校离家远了许多，父亲坚持每学期去两三次，每次都是突然袭击。有时正上课，他就偷偷地站在教室的后门伸头往里张望，寻找我的方位，观察我的状态，好几次都弄得正上课的老师中断了讲课。

我上高中时父亲去的次数相对少些，但每次都惊心动魄。第一次去是逮我回家种田，原因是他让我初三复读一年直接考中专。中专也是城市户口呵，也是铁饭碗呵，也了不得呵，他常这么劝告我。我不想上中专，可又拗不过他。我口头上答应说去初三再读一年，但我在9月1号那天还是偷偷地把档案提到山南中学上了高中。不料两个月以后还是走漏了风声。

记得那是一个深秋的下午,已放学了,父亲怒气冲冲地跑到学校要逮我回家种田,他认为我太过任性,而且也认为考大学几乎就是个没有结果的梦。到了学校大门口问人时,他却碰到我的班主任柱老师。柱老师问明情况后热情招待并解释说我上高中是对的,我成绩很不错,考大学很有希望。父亲向来尊重老师的意见,第一次风波就这样轻松化解了。

第二次是因为恋爱的事。那个时代,男女同学间多说几句话都会有非议。况且,我和我的同桌常在一起瞎逛,那风声传遍了学校,也传到了村庄。父亲接受不了,这次他是轻车熟路,直接走进教室里。我正在写作业,他一把揪住我说:"走,回家,别念了,没希望!"那严厉的神情容不得我解释、争辩半句。走到学校大门口时碰到表弟,父亲请他把我的被子扛回家。一路上,父亲一声不吭,只听见很重的喘气声,看来真的是气坏了。

晚自习的时候,柱老师看我不在班上,便问:"人呢?"表弟说被我爸逮回家了。第二天上午,柱老师连课都没上,步行二十多里路来到我家。吃午饭时,父亲热情接待,宰鸡杀鸭,也算是礼尚往来吧。酒过三巡之后,柱老师提出让我回校的事,父亲一口回绝,并说明了理由,说是家里缺劳力,经济也跟不上,更重要的是对象都说好了,不能反悔的,准备春节一过就结婚。

好在柱老师是语文老师,那一番"讲功"也是顶呱呱的,几杯酒下去,父亲的口气就有了松动。柱老师见缝插针,让我当场写下"不再恋爱"的保证书,柱老师做担保人。就这样,那个下午柱老师领着我回了学校。

后来我在花岗中学的时候,父亲农闲时也去了几次。同样的套路,从教室后门往里张望,寻我的方位,观察动静。不过,加了一项新内容,就是打听我在学校有没有"绯闻"。

父亲每次去学校也不光是刺探信息,还会带上吃的,不会空手而来。每每家里有了好吃的东西,父亲便会去一次学校。比如,家里开始杀鹅了,他一定会跑几十公里送一大缸母亲烧好的鹅杂到学校;家里杀猪了,他更是要送好多猪脚烧黄豆。

有一年冬季,父亲照例去了学校,我却已从花岗中学去了风火寺中学,父亲很恼火。更让他生气的是,同学报告说我和一个女同学"私奔"了,去哪里,不知道。父亲呆立了一会儿,转身离开了。走到马路边的水沟旁,他一怒之下,把一大缸肉烧菜倒在了水沟里。后经多方打听知道我去了风火寺中学。

尽管心里火大得都要烧了他的头发,但他没有像以前那样直接去学校逮人,他想了想,找到了我的恩师铭去商量。他倾诉完了他的愤怒之后,又加了一句,这次到学校,一定捶我一顿之后拖回家种田。理由很简单,这么扒不了凡,不着边际,是不可能考取大学的。可恩师表达了不同的观点,他说风火寺是六安地区重点中学,能在那里上学,说明我的成绩很不错,否则,学校都不会收的。而且,高考临近,不能出乱子,思想要稳定,不但不能闹矛盾,而且还要安抚我。恩师的话对父亲往往是有很大作用的,他听进去了。

那次,我们正在上课,那么大的学校,他居然一下就出现在教室的后门那里,我正坐在最后一排。他的表情看上去很平和,脸上也没有愤怒的神色。但我心里还是七上八下的。因为,我是偷偷来风火寺中学的,没有与他商量,当然,我的上学路也从来没有和他商量过。

下课了,我跟在他后面来到校园里一个安静的地方。停下来后,他一直盯着我看,一言不发,我的心里更加发毛。父亲怒发冲冠时九头牛都拉不回来,特别是曾经扎鹅头的场面又一次出现在我的脑海里。

我知道,此时,他正在抑制自己的情绪。尽管接受了恩师的建议,但一见面仍有许多怒气想要发出来的,又怕影响到我,此刻他正处于憋着的状态。

上课铃响了,父亲仍一声不吭,只是表情看上去比一开始要轻松了一些。他一只手在大口袋里摸索了半天,掏出一把毛票子,往我手里一塞,说:"一共五块钱,拿着吧!""我有钱,借的。"我说道。他硬是塞进了我的口袋,我掏出来一看,有一毛的,有五毛的,还有一块的。我留下两块钱,把余下的放回他手里,说道:"这三块钱去补个牙吧,你的门牙都掉了,不补上,以后其牙掉得更快。"

我快到教室门口的时候,回头看父亲仍站在原地,还没有转身离开的意思,我知道他正在舒缓他那复杂的情绪。后来,直到我大学都毕业了,他的牙齿仍然"门户洞开"。

父亲最后一次去中学,是高考分数下来的时候。父亲坚持和我一道去学校查分数,这次我很有把握,这是一个关乎一生命运的时刻,不!是关乎一个家庭命运的时刻。他的心思我明白,他要亲自见证这个重要的时刻。分数条拿到了,486 分,超本科线 18 分,是一个可以端上铁饭碗的分数。我看到父亲的手有些颤动,眼里也有些泪花。

我们这对父子,像猫与老鼠,也像警察与小偷一样,周旋了这么多年,今天终于有了最好的结果。那晚我们是醉了之后才深一脚浅一脚地回到家的。

我上大学后,父亲仍然坚持每年去学校一次。但那已不是盯梢,而是一种享受,一种招摇,更多的可能是一种习惯吧。因为,我的上学路就是父亲的上学路,我的学习与生活,他也是要知道的。尽管已是大学了,大学生又怎么样?大学生就不要贫下中农监督了?当然,我更习惯于我的上学路上有父亲同行。

今天,我已藏书十万,也可说学富"几"车了。而我的父亲除了那二十几个字外,可以说还是目不识丁,但他的智慧一点也不比我逊色。是啊,知识与智慧是有距离的。知识是显性的,而智慧则是隐性的,知识不等于智慧,而智慧往往比知识更重要些。

2017 年 12 月 26 日于珠海半山居

坚涩的土地

一些文人赞美土地,或附庸风雅,或"为赋新词强说愁"。他们一谈到土地都要深情地歌颂一番:匍匐的大地啊,您是我们的根基啊,是您哺育了我们啊!这些文人在这么喊的时候,其实他们离土地很远,即便脚踏土地,中间也隔着农民这堵墙。每当听到文人骚客谈及土地,我总想起"隔靴搔痒"这个词。

谈及土地,农民最有资格,尽管他们不会写,但他们用脚、用心、用汗水,甚至用血体验着土地的性情。

我在少不更事的年纪,也曾用文人的思绪思忖着土地,即便十二三岁开始下田每天挣三工分的时候,仍然对土地有着不知深浅的好感。再大一点的时候,和队里的妇女一样,一天挣七工分了,还不改对土地的好感,觉得土地里也有乐趣,有生活的出路。

直到那一年,我离开了学校,田也分到户了,在"面朝黄土背朝天"的日子里,在"栽秧大哥不是人,自己放屁自己闻"的自嘲中,在一年到头从土地里刨,到头来还是食不果腹、面黄肌瘦的现实面前,我才真切地感到,这坚涩的土地,你要是真的把它扛在肩上,你要是真的在土地里独自刨食,那滋味真是一言难尽。

那么硬,那么黏,那么重,耕它一遍比我上十节课还艰难。一头耕牛,一犁一犁地犁,犁成了大块,还要用锄刨成小块,还要用耖划成细块,用耙把弄成平的,提水淹。那水车重得你要整个身体前仰后合才能提上来一点水。还要铲田埂,挖田缺,一锹锹沉重的泥土,压弯了我的腰,磨损了锹,手也结出了厚厚的茧。茧是从血的流淌中长成的,那长茧的手就是粗大的手,手掌就像铁砂纸。一双上不了台面的手,是卑贱的手,也是丑陋的手。这满手老茧供着别人的口粮,但填不饱自己薄如蝉翼的肚皮。

即便那土是肥沃的,有些黏,有些黑,有养分,但你若不精耕细作,你若漫不经心,你若不劳其筋骨,你若视而不见,你若稍有懈怠,它便立即荒芜起来,荒芜得蒿草连天,不结一粒粮食。

没有劳作的土地是一文不值的,你不动,它便不动,就像孩子们玩的陀螺,你不一鞭子一鞭子地打它,它便一转也不转,土地就是那陀螺。

农民把头拱在土里,把脚插在土里,把时间消磨在土里,这慵懒的土地才不好意思似的给出点果实。你若用心,它才不好意思似的给点回馈;你若三心二意,它便忘乎所以。这坚涩的土地便是这样。

三年困难时期,人也并不懒,也并没有三心二意,只是方法出了点问题,那坚涩的土地便疯狂了起来,颗粒无收,遍地荒芜。

有人把大地比作母亲,我却认为这真的值得探讨。做母亲都是无条件的,并不因孩子无所作为而弃之,更不因饥饿而争食。母亲之于孩子永远都是无私的,不记恨,不求回报。无论孩子怎样,母亲都是关爱的、宽容的。而土地呢?稍有懈怠它便立马翻脸,给你来个千里无收成,仓无颗粒。

土地就是陀螺,不断地被抽打才能不断地旋转。天若无雨,晴日之下,土地就干成了沙漠,比人还渴,干得连一滴眼泪都挤不出来。那土地上的苗,在母亲的怀抱里,没有一丝滋润,禾苗挣扎着一天天地消沉,直至渴死在母亲的怀抱里。那土地呢,一任禾苗挣扎。

天若大雨,滂沱之下,那土地弃庄稼于汪洋之中,睁一只眼,闭一只眼,只由得庄稼自生自灭。唉!土地,常无为于它的庄稼,庄稼死了,地也差不多快死了。

2017 年 6 月 19 日于盛名阁

种田那一年

中考的成绩出来了,我在学校查了分——167分,离高中录取线还差3分,但我没有一点沮丧,反而可以说是一身轻松,把从学校拿回来的煤油灯往大桌上一放。

"回来种田了。"我说。

"复读一年吧。"父亲说。

"不读了,太费劲。"我说。

父亲不吭声,点着一支"丰收牌"香烟,又叫"老九分",因为是九分钱一盒。烟比平时抽得快也抽得猛,这烟里有他的思量,有他的心情,但我全然不知。

我一身轻松,晃来晃去,心里美滋滋地想着:再也不要被彬老师逼着背《卖油翁》了,再也不要听安老师的骂娘声了,再也不要听荣校长"来呀来呀"的教诲声了。我现在有新的人生了,要与农田、与鸡鸭为伍了,要在农村广阔的天地里大有作为了,可以有更多的时间接受贫下中农再教育了。

尽管分田到户了,但农村仍然存在吃饭问题,尤其是在青黄不接的春天。但农村的贫富差距开始拉大,贫穷不再光荣,贫者开始自疚了。

中午喝稀饭的家庭,都是关着门的,而吃干饭的人家,都门洞大开。谁家要是碗里有肉,那一定会端着碗从庄子的西头跑到东头,碗头上顶着一块肉,净去人多的地方。那时人质朴,连炫富也这么赤裸裸地不讲艺术。

说真的,我对种田不排斥,甚至有些向往,可能与做学生时放假回家在生产队干活有关。那时我已经可以一天挣五工分,后来又涨到一天七工分,和生产队的妇女一个标准。

在生产队干活,不仅不累且快乐,因为人多,几十号人一起开工,一起收工,一起刮渣,一起薅草,一起插秧,有说有笑,讲着荤素段子,大家差不多一半时间在劳作,另一半时间在"呱蛋"(聊天)。那个时候真正是穷并快乐着。

我家有7.5亩田,有近的、远的,有肥沃的,也有贫瘠的,好在父亲当了很多年的生产队队长,对每一块地的品性、特征都很清楚,这对种田很有帮助。

种自家的田与种生产队的田完全不是一个概念,而且,当贫者自疚代替穷者光荣后,每家每户都竭尽全力,起早贪黑,几乎想要把头拱在土里。收获财富是一个方面,另一方面是怕落后,怕被人笑话穷,这可能比财富本身更重要。

父亲对土地爱得深沉,多年的生产管理又使他养成了追求完美的性格,生活上他可以宽容,唯对农事极其严谨,也可以说是苛刻——埂要铲得光、田要整得平、渣要刮得细、秧要插得直、粪要沤得臭。

对于父亲种田的要诀,一部分我是认同的,但更多是不能苟同的。就那么一大块农田而言,人力微弱,我认为大可不必那么计较,能打粮食就可以了。种田不是绣花,也不是书法。可父亲不这么看,他时常用过去种田的例子来引导我们。

随着时间的推移,我和父亲的冲突越来越多,他以为父之尊、农活经验丰富为由来训诫我,而我则以"科学种田"为由与他对垒,谁也说服不了谁。

后来在母亲的调停下,我们对家里的农活做了分工:我带两个妹妹为一组,干需要动手快的活计,比如插秧、割稻、刮渣、薅草、车水;父亲与母亲干力量与技术型的活计,比如拔秧、挑稻把、犁耙耖田、打场、施肥等。这一分工还真就让我们相安无事好长一段时间,互相都尽量不苛求对方,尤其是父亲保持了极大的克制与宽容。

但遇到重大的观点不同时,也会产生严重的冲突。有一次,父亲带母亲去舒城医院看病,临行前整理好了沟东五斗一块2.5亩的田块,我和两个妹妹的任务是插秧。

我们大约上午八点下田,下午两点不到就插完了,回家吃完饭后都在酣睡。突然间听到父亲的咆哮声,声音很大,感觉到他从前屋跑到后屋,再跑回前屋。过一会儿，他又跑到后屋，我正在睡觉，感觉到他用一根棍子挑开蚊帐。我感到事态严重，极力装睡，紧闭着眼，一动不动。

他停了几秒又转身离开，骂声终于停了。我悄悄地爬起来，轻轻走到前屋看个究竟。父亲蹲在门口，手中点着一支"老九分"，烟灰很长，但他没有弹，也没有吸，而是任由烟自由地燃烧，看上去气得不轻。母亲见我出来，赶快示意我回去，否则要挨揍。

我转身回后屋时，听到父亲在自言自语："小五斗废了，要重新栽。"原来，我们回家后，突降大暴雨，田水猛涨，秧苗又深，而且我们也确实栽得比较稀，再经大风一吹，田里看上去就像一片白茫茫的水泽。用父亲那夸张的说法就是——那秧与秧至少有一米的间距。

由于母亲的周旋，加上我们坚决抵制，最终小五斗没有重栽，但那一年沟东五斗的收成是有史以来最高的，原因就在于田肥苗稀稻穗长。从此以后，父亲在宣扬他的老经验时就收敛了很多，我们关于农作物管理的话语权也大了很多。

随着时间的流逝，我们的分工界线开始模糊，我也要学习更多的技术活计，最初学的是犁田、耖田与耙田。犁田时，难度最大的就是走直线，初学时犁出来的田沟像一条蚯蚓；再者就是端不平，那犁梢的力度把握不好。犁头要不扎得太深，牛根本拉不动，牛就站在那里不动，回头看着我，意思像是在说：你行不行啊？要不就是犁扎得太浅，犁会跑上来。但不仅是因为犁梢把握不好，也有不会吆喝的原因。犁田时，人要发出很多指令，牛听得懂，就配合默契，而我一句也不会，只知用鞭子，那牛也就无所适从了。

耖田相对简单一点，两手扶着耖，深浅容易掌握。耙田就更简单一点，耙很长，人是站在耙上的，一手牵着牛绳，一手握着鞭子，田里水较深时，牛拉得轻松，人站在上面有种坐车的感觉，也很威风。但有时危险也大。有一次我在耙田，不知为什么，那牛就惊了，突然狠命地在田里跑。我先是一仰，本能地调整身体，却一下子掉到耙的两个大梁之间。我的两腿膝盖以下已被压在耙下面，屁股坐在耙的横梁上，而牛还在田里跑，好在牛到埂边时就停了下来。这时隔壁田里的人跑过来,抬起耙,解放了我的双腿。庆幸的是,我的两个小腿恰好被夹在耙的两齿之间,没有受伤。

所有的农事中,"双抢"是最艰苦的。"双抢"即抢收抢种。我们圩区田少,要想多收,复种指数就要高,一年要种三季作物,秋天种下油菜,春天收割油菜后要种早稻,夏天收获了早稻就要快速种下晚稻,都是为了赶季节。否则,种晚了,天气凉了,那晚稻的收成就不好,甚至没有收成,所以,在一年中最热的季节抢收早稻和抢种晚稻,前后就要半个月的时间。那时天最热,活最重,蚊虫最多。特别是晚上拔秧和起早犁田时,田水正好没在小腿之上,那膝盖后弯处全是蚊子,用手一拍全是血,蚊子真是聪明。

也就是在我种田的那一年,薄荷油突然吃香起来,全村都在种植,说是薄荷油出口价格高,能赚钱。父亲一向只钟情于庄稼,但经济作物的魔力实在太强大,而且总在田里刨吃的也不是办法。立秋已过半个月,禾苗正茁壮成长,一片青乌,可父亲经过一天一夜的思想斗争后,还是决定把茅厕小田的秧苗拔掉改种薄荷。禾苗已经扎根了,拔起来很是费力,拔完后再犁一遍,并刮渣,才能栽薄荷。

此时,周边的农田早已一片安宁,只有禾苗在静静地生长。为了尽可能地赶时间,我们晚上也在田里劳作。四周的蚊虫全赶过来了,每栽一棵苗就要用手打一次,每次都能打出血来,主要被咬的是脸、手和腿,蚊虫赶不尽,也杀不绝。

对于栽薄荷这个决定,家中每个人的心里都没有底,包括父亲在内。我们每个人在劳作的同时,心里都有抱怨,包括父亲在内。我们抱怨的是父亲的决定,但不知父亲在抱怨谁。他自己可能也不清楚在抱怨谁,但我们知道他一定是在抱怨。

突然一束手电筒的光照过来,原来是小表叔路过这里。他是个铁匠,一个带过队伍,铸过犁头和犁耳的铁匠,说起话来也像在打铁。他一边说着薄荷的事,一边照着我的脸说:"表侄呵,你就一辈子耗在田里呵?"

他走了,田里一片寂静,谁也不再说话。终于完工了,我们回家吃晚饭。

就在那个晚上,那个灯光昏暗的晚上,我端着一碗像"洪湖水浪打浪"一样的稀饭,对父亲说:"我要读书。"

父亲一点也不吃惊,头都没有抬起来,只是非常轻地说了一句:"想通了?"说得非常随意,似乎没有经过任何考虑。

我说:"想通了,农田里刨不出道路。"

第三天,他带我见了我的恩师大表叔——一个曾经的"右派"、一个物理老师、一个"处级"老百姓。过了几天,我终于又坐在教室里,背着《卖油翁》,听着英语老师的骂声和校长的唠叨,想着种田的种种不是,也思忖着读书这条可能是唯一的路。

2011 年 5 月 8 日于北大未名湖畔

第二辑 沟东五斗的风波

分粮之夜

在农业经济占主导地位的农村，自给自足是一种常态，粮食除了食用，还是一个家庭的经济来源。粮食便是命，是生活的全部基础，是肚皮最欢迎的一种物质。不管是早稻还是晚稻，也不管是精米还是糙米，只要能在胃里生成能量，能撑起那一个个大大的皮囊，人们都不会嫌弃。谁家有粮食，谁家就是快乐的。

一年辛勤的劳作之后最欢悦的时刻便是分粮那晚，为什么要趁夜色分粮？大人们都不会明白地说出来。我曾多次问我爸，为什么不能白天分粮呢？他每次都是笑而不答。

晚上分粮确有许多不方便，黑灯瞎火的。尽管有的人家有马灯，但多数情况下都是在摸黑，摸着黑挑着两大箩筐的稻子，从生产队送到每一家的稻扎边。这段路其实不容易走，那田埂很窄，两边的作物还要调皮地阻挡一下。特别是塘坝，只有一步之宽，漆黑的夜，对面来人只能快碰上时才看得清。于是，每个人都小心翼翼，背贴着背换位转身才能走过去。

到了家里也并不顺利，每家都只点一盏灯，而且，只会放在储存稻子的那一间里，其他屋子仍要摸黑通过。时不时就有人一脚踢到大板凳上，"哎呀"一声，但并不会停下来。直到把稻箩筐高高举过头顶，把稻子倒进稻扎子里，那人才会弯下腰揉揉那条被撞的腿。

尽管，摸黑分稻十分麻烦，但一想到那薄如蝉翼的肚皮，没有一个人是抱怨的。其实，稻子不仅对肚皮很重要，也是一户人家一年的生计所在，是生命延续的力量，是一个体面门庭的基础。

一个阳光充足的下午，微风之下，几把扬扦，扬着全队人的收获，杂芜去尽便是那黄灿灿的谷子，像黄金一样扎眼，更易让邻队人眼红。

山一样高的谷堆,分多少是要商量的,但最终还是生产队队长说了算。一般一次分掉一半,剩下的都藏着,找机会再分。

丰收是件快乐的事,但丰收后分粮却是个头痛的事。上面盯着,邻队也盯着,而队里也有人盯着,分多了粮食,有人会偷偷去汇报。所以,考验队长的不仅是生产管理能力,还有分粮的智慧。倘若分多了被告密了,那就要退粮。在食不果腹的年代,到家的粮食再往回退,那种揪心的事,谁都接受不了,但现实却时常发生。

我们队长的分粮智慧,总结为四个字就是"化整为零"。每个人都在盘算着自家能分到多少,有的人家不会算账的还请队里的会计帮着算一下,那迫不及待的心情,写在每个人的脸上。但队长有自己的想法与安排,那就是先分基本口粮,这部分是固定的,然后,再化整为零,如同蚂蚁搬家。

丰收之年,各家分了基本口粮后,那稻谷堆仍然太大,没办法放到仓库里,就放在场地上。分完一批后,盖上草灰印。草灰印,是一个木盒子,上面是活动的盖子,底部的板上镂刻出"鲍庄粮食"四个字,里面再放上稻草灰。沿着圆锥形的稻谷堆,在底部、中部各印上一圈"鲍庄粮食"四个字,就形成两条带子,锁着这个稻谷堆,然后再用稻草盖上,队员每夜轮流值守。每天早晨,队长都要来亲自揭开稻草看看那几个字还在不在。若不在了,就说明有人偷了稻子。即便在那个饥饿的年代,这样的事还真没发生过。

队员的心就一直念挂在那稻谷之上,而那稻谷却安心待在稻草下,像准备出阁的新娘一样静静地等待着,丝毫不张扬。分粮一般会选在一个月色不太亮的夜晚,白天先算好这次每家分多少。待黑夜来临,分粮开始,那上小下大的圆木斗,在一阵阵的刮口声中,上下翻飞,一担担的稻谷就流进社员的家里,笑容堆在大家脸上,更堆在大家心里。

第二次分粮后,一般要停一段时间再分。一是听听外面的动静,看看是否有人去告密;二是实施化整为零的战术,不能一次分太多。第二次分粮后,一般会隔一两个月再分一次,夜幕下分粮便由此形成。

分粮之夜是快乐且热火朝天的。男人们一人一副篾箩担子,一家一户地送粮。女人们在家里拿东拿西，稻谷进家时，还要持灯向导，把一箩箩稻谷引入那巨大的稻仓里。一有空闲，女人就钻入厨房，红红的稻草火燃烧在每家灶台的洞里，也映红了女人的脸，像那天边的彩霞。

分粮之夜，厨房是另一个主场。一年中，分粮之夜无形中成了一个节日，不同的是，这个节庆只在夜幕时分上演。

分粮之夜，小孩子们更是异常兴奋。尽管他们还不懂这一箩箩稻谷对一家生计的全部意义，但只要黑夜里还点着灯火，孩子们就有足够的理由上蹿下跳了。一会跑到谷场上，一会又跟着大人们挨家挨户地去送粮，这时就不断传出大人们的呵斥声。

最后一批粮食送到最后一户人家时，差不多每家门口都会飘出咸肉的香味，有的是咸鸭子香，有的是咸猪肉香。此时，孩子们都聚到自家的灶台边，守在母亲的身旁，央求着先尝一块咸肉，央求声之后一般都会听到唰的一巴掌打在屁股上，后面跟着母亲喊出的一句话："你爸还没吃呢！"

分粮终于结束了。场地、田埂、水塘上都静得只剩下鱼、鳖的游水声及蛙鸣虫叫声，还有微风吹拂田草的沙沙声。每家每户的大桌子边就热闹起来，昏暗的灯光只能照亮桌面连同桌上的几个菜，一家人的脸都是模糊的，但这丝毫不影响那低调的快乐。每户人家的大门都虚掩着，交流声也很小，极似窃窃私语，大人、小孩似乎都懂得这夜幕下的秘密。尽管，这会儿深更半夜不会有人来溜墙根，但大家还是不动声色统一地低调着。

人人都懂得，这些粮食不仅关乎肚皮的感受，更是一年生计之所在。

2017 年 8 月 27 日于武夷山甘润度假村

沟东五斗的风波

沟东五斗是一块2.5亩的田,是鲍家庄最东边的一块田,第二次重新划分责任田时归到我家。这块田位置偏远且没有沟渠相通,每次灌水时都要从别人家的田里经过,还要挖临时的水沟,与其相邻的几块田都高出它很多。秋季种麦子时,麦垄沟里尽是水,对麦子的生长影响很大。此外,这块田还有土质的问题。老爸当了二十多年的生产队队长,对这块田的土质十分清楚。关于这块田还有两句顺口溜:栽稻没有水,种麦水满沟。

队里谁都不喜欢这块田,但分田是不能挑的,全凭运气和手气,第一次分到这块田的人家,一直对付不了这块田,每年的收成只有一点点。这次我家分到了,庄子里就有人说,看老队长能否治理好这块田。言下之意,老队长也对付不了。

这次分田是在秋天,分到田的人家都在加班加点地种麦与种油菜,我家的小五斗却一直歇在那里。待别的田种完了以后,老爸用两天的时间慢慢地、深深地用犁把它翻了一遍,没有刮渣。两个月后又犁了一次。好多人看不懂,咋还不种呢?都快过季节了呵。老爸笑而不答。这年的秋天,天气很好,几乎一两个月没下雨,那田里的深沟处都快开裂了。

快入冬时,老爸又用犁翻了一次,那块田的土真的很干,但仍放在那里,没有种任何东西。好多人开始好奇起来,这是怎么个搞法呢?没见过这么种田的呵。父亲给出了答案:这叫去寒。这块田地势低,多少年来从来就没有干过一次,这种土质叫寒性土质,要去寒,要翻晒两三次直至彻底干透才行。

初冬时,父亲才开始整理田块,然后种上紫草。庄子里的人又看不懂了,化肥都开始普遍使用了,为啥要种紫草呢?父亲说,小五斗不仅土质寒性重，而且土质低肥，明年这些紫草，不再割除，直接全部翻过去，浇上水，沤在田里以增肥，还能改变土壤结构。

紫草，一种植物肥料，深秋种植，来年春天埋入水田里沤烂作为肥料。但紫草一般都种在土质比较干的田块里，像小五斗这样的田块，从没有人种过紫草。这是第一回，算是一次创新吧！

春耕开始后，小五斗装满了水，第一次犁时把紫草翻到土里，沤彻底了后，再翻一次。又沤了若干天后，那田水变成铁锈色，可以插秧了。插秧的那天，父亲一早就把秧把子均匀撒在田里，然后，带母亲去舒城医院看医生。

早饭后，我带着大妹与二妹，不紧不慢地向小五斗走去。小弟除了看家，仍然是每天无所事事，东跑西溜的，时常弄出很多孩子间的纠纷来。

小五斗经过秋干与春沤，那田泥细软柔滑，父亲撒的苗秧也均匀分布，秧插起来非常快，我带头，大妹二妹跟在后，每人在两根线组成的框子里向后移动，前面就变成一片绿色。本来我们三人的插秧速度在庄子里就是很快的了，今天这田泥又如此细软，我就拿出最快的速度，我一快，她俩就紧跟其后。

看到秧苗很快覆盖了水田，我心想着，别回去吃饭了，干完再回家，跑一趟还那么远。两个妹妹也支持我这个想法，当决定一做出，心理就起了变化，因为饿，因为赶，那个速度就更快了，想着尽快结束。速度加快只有两个办法，一是提高频率；二是加大行距，即前后两排秧苗的距离。其实那天一下田，我在领头位置上，就加大了行距。

快到下午两点时，我们终于干完了。下午来上工的人都大为吃惊，四五斗田，大半天就栽完了，太不可思议了，但确实，田里已是一片绿色。我们回家后，就赶快吃点母亲早上做好的午饭，各自休息去了。

我睡在后排的堂屋里，梦中正在飞快地插秧呢，突然被父亲的咆哮声惊醒，而且是怒不可遏的那种。声音很快就逼近了堂屋，我原本准备起来看个究竟，却一眼瞥见父亲手里拿着棍子，看样子事情有点大，但我仍不知是什么事，干脆假装睡着了。父亲很少打我，更不可能在我熟睡做梦时打我。想好了对策我就一动不动,装作睡得很死的样子。父亲怒气一下子难消,重重的脚步声靠近床边,我听得很清晰,眼睛的余光扫到父亲用棍子挑开蚊帐的帘子,停了足有十多秒。我屏住呼吸,装着紧闭双眼,大气都不敢喘,坚持着。父亲转身走了,走的时候还是骂骂咧咧的,走到前屋时,我又听到父亲骂了一阵子,两个妹妹都不敢吭声,只有母亲的责怪声。大意是,父亲不该发这么大的火,孩子们都小,能把一个大田的秧插下去已非常不容易了,而且,秧插得不好又不影响庄稼生长。

厅屋终于安静下来了,只有屋檐的滴水声,吧嗒吧嗒的,也是有气无力的样子。急雨已过,只剩细雨了,就像父亲的怒气,也处于快消失的状态了。又过了好一会儿,我走出来了,双手故意揉眼,装成刚睡醒的样子,以显示对刚才的事情一无所知。

父亲坐在大门边的地上,还是门槛上,背对着大厅屋的后门,脸朝大门口,烟夹在手里却没有吸,那烟灰已积得老长,还挂在烟头上,看样子父亲还在生气。大妹坐在厅屋的后门口,脸上紧张的神色还没有完全消失。看我出来,她急忙示意我赶快回后面的堂屋去,小妹也在那里直摇手。我们的小动作,惊动了父亲,他回过头看看我,又把头扭回去,一副不屑一顾的样子,看得出真的气过头了。当我拖一条长凳坐下时,父亲拿着一把锹,披上雨衣出去了。

父亲一出门,家里的氛围立马活了起来,两个妹妹都急于要表述刚刚发生的事,她们也真的认为我在梦乡里。只有母亲,很客观且心平气和地叙述着下午的故事。大暴雨之后,爸妈回来了,一听说小五斗的秧苗已经栽完了,父亲立马披件雨衣就去看,很快就怒气冲天地回来了。原来,小五斗本来水就有点深,而秧又有点长,加上我们确实栽得有点稀,大雨之后水就更深了,加上狂风的吹动,从田埂上远远望去,场面确实很难看,白茫茫的一片,让人感到秧与秧之间的距离都有几十厘米那么远。

父亲对小五斗特别重视,这不仅是收成问题,还是技术问题、面子问题、水平问题,更是要为他这个队长正名的问题。这个小五斗,已不仅仅是一块地,而注入了太多别的东西。他就是想用丰产来证明,他二十多年的生产队队长不是白当的,是的确有两把刷子的。可不承想花了太多的心思与精力,秧却被我们栽成这样,用他夸张的话来说是,每棵秧之间相距有一米多远,实在是难以接受。

父亲回来的时候,已是掌灯时分。昏暗的灯光下,六碗"洪湖水浪打浪"的稀饭已放在桌子上,一碟爬着蛆的腌菜被拱在中间,我们都不敢吭声,但氛围已明显好转。没话找话,说些与秧、与小五斗无关的事。弟弟小法子也从外面回来了,一身脏得像个泥蛋,自然话题就转到他的身上。我明明看到父亲的嘴都要张开了,可看了他一眼后,父亲却又什么也没有说。恰逢此时,母亲不咸不淡地批评了两句,算是处罚完结了,以免话题再次被转移,或事态进一步扩大。

两个多月后的"双抢"开始了,一声声啧啧的赞扬,父亲笑得合不拢嘴。小五斗有了史无前例的大收成,谷场上的稻子像山一样高,可以称得上是种豆得瓜了!庄子上的人,特别是种过小五斗的那户人家,不停地问窍门在哪里。父亲总是笑而不答,秘密呢!

任何一件事,要想成为经典得要好几个条件,是谓天时地利人和。小五斗就是这样,犁翻了三次,给土壤晒透去寒,种紫草长时间沤肥。另外,我们插秧的方式,这个看上去十分错误的方式,也是重要的原因之一。秧苗稀,土质肥,阳光足,雨露足,间距大,通风好,苗长得就高,那穗子就大且饱满,这就是小五斗丰收的全部秘密。三个秘密中,那最大的秘密就是最懒的插秧方式。因为,没有人会尝试。一个偷懒的方法也成了丰收的秘密,大千世界真的可以种豆得瓜!

2017 年 6 月 10 日于四川省西昌市邛海边衙下酒店

疯狂的薄荷

合肥西乡的袁店廖渡,属巢湖平原。丰产区,最适合的就是水稻种植了。但从 20 世纪 70 年代初就有人在自留地里种植薄荷。一开始是偷种,后来就公开了,规模都很小,由小贩上田收购刚割下的薄荷秧子,送到不知什么地方去提炼薄荷油,然后再由"高端"一些的小贩将薄荷油送到外贸单位出口换外汇。

那一年的秋天都过了好长一段时间,不知一股什么风吹了过来。全村的人都像是疯了,都在传闻着,谁家去年种了多少亩薄荷,今年就直接发财了,已是闻名的万元户了。故事从村东头传到村西头,数字就增加了一倍。一开始只是传得神乎其神,后来就是付诸行动了。反正田已分到户爱咋干咋干,所以,快得几近不让你思考。隔壁队的盐行仓,家家凑钱建炼油锅炉,听说有户人家把耕牛都卖了,入股建锅炉。

由于盐行仓的人把锅炉建起来了,就需要更多的人种植薄荷,他们就更是起劲地鼓吹薄荷的"钱途"。那段时间,无论白天还是晚上,无论田间地头还是树下路边,凡有两个人以上的地方,都是以种薄荷为主题。那段时间,你不谈薄荷以及薄荷油,你就是没思想、没追求、没出息。更有甚者,把已经发青的稻秧拔掉来种薄荷,这实在是疯狂的举动。

我的父亲一直以稳健且略加保守而著称,终于也思想决堤了。我清晰地记得,那年 8 月底的一个晚上,昏暗的灯光下,蚊子的嗡鸣声也没有影响父亲的思考。在第五根烟灭了之后,他突然站起来,一脸严肃,像指挥千军万马的将军,在进攻方案尘埃落定时的那种情绪。

"干,明早就干,把茅厕小田的水放了,秧拔掉,种薄荷。"他终于做出了决策。

茅厕小田约2.5亩,之所以叫茅厕小田是因为北面的田埂边有一排茅厕,每家一个,约1.5平方米。里面埋一口大缸,两块木板一架,就是厕所了。这块田靠茅厕这一边,既脏且臭,但这块田肥沃,且离村庄与场地很近,便于耕作,是队里的上等田块,也是我家十二亩田中最好的一块。

听了他的决定,我们都惊呆了。父亲一向对经济活动不感兴趣,只对农田和农事情有独钟。在我的记忆里,队里其他人家都在偷偷做点啥生意,或养点什么家禽,搞点副业收入。只有我们家啥也不干,一方面因为父亲是队长,要自觉点。那时不比现在,做生意、搞副业都是不务正业,是不光彩的事。只有务农种田、安分守己才是根本和要务。另一方面,和父亲不善经营也有关系。原来他也做过一两次生意,那年不想再做队长了,就外出几个月贩卖大裱纸,即烧纸钱用的那种纸。可人回来时,本却没有完全回来,更别说赚钱了。他也曾养过老母猪,喂得太肥了,第一次生两头小猪,第二次生三头,然后就卖了。从此,我们家就一直守着田地,在土里刨生计。

可这次父亲的决心之大,决策之艰难,我都很清楚。他每天几乎都在这块田埂上转悠好几圈,看样子是舍不得。一会蹲着看,一会又站着看。一个地道的农民,谁会对田苗无情呢?庄稼是命之所在啊!平时田里的一棵苗歪了,他都要走下去扶正,看到场地上牛脚窝里的几粒稻子都要抠出来,现在怎么舍得把整块都快抽苔的苗给拔了呢?

我们私下里都说,父亲被传销了,也是疯了,但谁也说服不了他。父亲在家里,平时很民主,但有大事要做决定,那是一言九鼎,谁也拦不住。尽管如此,母亲带领我们还是极力反对着。当然,我们的目标一致,但出发点不尽相同。我们几个孩子主要是不想再折腾一次,太累了,还有就是薄荷是否真的那样神奇呢?

但村里的种薄荷之风更疯狂了,越来越多的人家把青乌的秧苗拔掉。一时间薄荷苗洛阳纸贵,不仅贵连薄荷根都难以买到了,而且不管价格,人们见到就抢,抢了就往田里插。眼看天气渐冷,但薄荷苗及根还在田里,有的长成了,但更多的才刚冒出地面。那提炼薄荷油的锅炉就开始冒烟了,种得早的都可以提炼了,而种得迟的,薄荷还处在摇篮中。

那一壶壶橙色的薄荷油,看上去实在养眼,闻起来也清凉。当农妇们带着笑与满心的欢喜,把一壶壶油挑回家,憧憬着当万元户的时候,笑意还未完全收起,哭相就接踵而至。由于种植面积过大,供过于求,加之商贩压价,收购价几乎腰斩。当然,薄荷长成的人家仍然还是有些收获,只是像我们家这样连薄荷苗都没有长成的,只能是空收一季的辛苦与纠结。

父亲只得又下令,铲掉薄荷,种上紫草作为来年的肥料。

一场轰轰烈烈的薄荷运动结束了,许多家庭第二年还未到麦收时节就断炊了。紧紧裤腰带是这些种薄荷失败人家的第一措施。怨谁呢?追求富足,厌恶贫穷,是人们的一种正常心态。这是农村改革前农民自觉的冲动,这种冲动的能量是无法估量的,也正是这种冲动,给农村改革带来了巨大动力,也给后来城市改革以太多启迪。

2017 年 8 月 18 日于盛名阁

打 连 枷

在我所去过的各国乡村中,除了印度的晒场上还常见农民用的连枷以外,已经很少见到这种曾经非常重要的农具。在当下中国,也只有极偏远的落后乡村还有少量农民在使用这种传统的农具。

在所有的农具中,连枷从名字上看是最富有诗意的,外形也有些文化韵味。那长柄用竹子做的,也有木质的。连枷有大小两种:五六枝树条的连枷为妇女或小孩使用的轻连枷;七八枝树条的为重连枷,为十工分的劳力们使用。那枝条用麻绳编捆在一起,扬起长柄,转动连枷,一连枷一连枷地砸向那晒场的庄稼秸秆,那谷物、麦子或油菜籽就从秸秆上脱下来。也有更考究的人家用猪皮条或其他动物皮条代替麻绳,更加结实耐用且脱粒的能力更强。

连枷这种脱粒工具,工作原理极其简单。手握连枷杆,上下挥动,那连枷转轴而动,一下下拍打在谷物和油菜的秸秆上,果实就会自动脱落。虽说简单但也有技巧,那技巧就在于挥动连枷的速度均匀且力度适中,特别是连枷的转动,若不在一个圈上,那轴极易轧断或扭坏。若拍打在作物上没有力量,脱粒的效果就很差,人也很累。因为连枷只有在匀速转动时,人挥动的力量最小,否则连枷对外产生离心力,人要用更大的力纠正那股偏轨的力量,就会更累。看似简单的事都有其规律与技巧,可谓行行出状元。

打连枷是一个动人的场面,一般为单人打、双人打、两排多人对打。单人打及双人打是分田到户以后的事。谷物到场,尤其小麦上场最为壮观,那一排排整齐的麦把子,排队躺在晒场上,晒上一两天太阳,连枷就开始舞动。

双人打时,一般为夫妻二人,一个前进,一个后退,一般为劳力在前引打,男人一连枷打在哪里,女人就跟上一连枷。男人后退着,女人前进着;男人用重连枷,女人用轻连枷,打麦的声音也像那简单的乐曲。一声沉重,一声轻盈,节奏均匀且悠长,像小两口丰收后坐在粮仓边的窃窃细语,又像是夫唱妇随的一唱一和。那动作、那节奏、那打击声、那连枷在空中的活动轨迹、那脚步在地面的移动,就是小两口舞动美丽生活的画面。

打麦子的季节很热,而且打麦子还必须是在一天中最热的中午时分,那时打,同样的力量,麦粒脱得更快。汗水就冒在脸上,也流在手上,脸上的汗水也掩不住会心的笑。饱满的麦粒就是肚皮的精神与物质支柱,有了饱满的麦粒,肚皮明显地骄傲,心也不慌了。打麦子不仅技巧在手上、连枷上,也在麦把上。麦把呈扇形铺在晒场上,连枷只能打在麦穗上及麦根部再往上一点点,否则那麦秸就不值钱了。

麦秸在农村,是舍不得用来烧锅的。它的价值比较高,可用来编帽子,做垫肩子,还可以给墙"穿蓑衣",但最广泛的用途还是铺屋面。圩区里的一个家庭经济实力如何,只瞅那屋面就知一二。

稻草房是最穷的人家住的,麦秸房次之,而荒草房则是富人的标志。当然也有极少数瓦房,但那都是外来之财。靠自己双手造的房子,荒草是最好的。虽然贵,但是好。好即漂亮,但好的根本体现于其耐腐。由于贵,由于穷,所以极少人家有荒草房。

麦秸屋就比较普遍,麦秸可以造房子,因而有了较大的价值,这价值体现在打连枷的过程中。麦子脱下来后,圆圆的直直的麦秸,无论编帽还是造房,都大有用途。那男人在前面打是极其认真而精准的,每连枷下去都恰到好处。跟在后面的女人工作相对简单,只要心总在麦秸上,在连枷上,男人砸哪里,女人就跟着砸哪里,不动脑筋也不会出错。

晒场上也时常出现呵斥声"你眼呢",那是男人在训斥女人打偏了,有时也是女人在呵斥男人。那男人可能是心里有些乱,因为打麦的季节晒场上都是人。男人的眼光可能被小媳妇吸引,那女人的眼光也可能被新郎官掠去。男人打偏了,女人以为是对的,跟着打上一连枷;而女人打偏了,男人就会一声呵斥。

除了打麦子对技术要求较高外，其他的比如打油菜籽、芝麻、黄豆则简单得多，没那么多套路、要求和技巧，无论怎么打，脱出果实即可。打连枷最动人的场面出现在人民公社时代，那大而长的晒场上，麦把子一排排躺在那里，像列队的大兵在等待检阅，队长一声哨响，男男女女就从各自家里扛着档次不一的连枷上场了。

十工分的劳力扛着重连枷，而七工分的妇女和半大孩子打轻连枷。到了打场就站成两排，一排是十工分的打重连枷的，另一排是七工分的打轻连枷的。排队时就有些讲究，那些看对眼的男女就想互相排在对面，不仅可以边打边聊，还可以趁人不注意使几个眉眼。可有时候队伍站定都开打了，有些人好不容易和对眼的站在对面，正打着，有个迟到的人就挤到队伍里面。整个队伍就会移动位置，那一对看对眼的人就错开了。那个沮丧的劲儿，差点都想上去给那个迟到的人一连枷。

集体打连枷想偷懒是困难的，因为领头人的节奏就是十工分队伍的节奏，而十工分的节奏也就规定了七工分的节奏，起起落落整齐划一，十工分的重连枷敲打一结束，那七工分的轻连枷就要打下来。像集体舞那般整齐，更像俄罗斯的踢踏舞那般具有强有力的节奏感。

连枷已经上墙很多年了，更多的已经消失了，消失在用过连枷人的心中。而用过连枷的人，也大多对连枷已没有任何印象。连枷走了，但更多的思考来了。

分排打连枷，人多势众，也可以说众志成城，但人多势众之下，那舞动天地的整齐的连枷下面脱出的果实，却撑不起肚皮，那时肚皮寡得都可以撑成一面大鼓。倒是那单人或两人势力单薄的单打或对打时代，连枷下的果实却填饱了我们的肚皮，也涨破了粮站的粮仓，而接下来却是卖粮难。一时间，我们的思维混乱了，山上一棵小树，山下一棵大树，哪个更高都成了问题，都引起了争论。看来许多事情都要重新探索，包括我们活着的方式。

2017 年 7 月 15 日于珠海半山居

水 车 恋

中国的四大发明,可谓尽人皆知。然而,另一大发明——水车,却鲜为人知。水车的发明,使得农业生产效率有了数倍的提高。人类的生存能力和改造自然的能力也有了长足的进步。中国水车的发明,已有一千八百年的历史,比欧洲早八百年。在现代化农业到来之前的欧洲和三四十年前的中国,水车是农业生产中最大型、最重要、最昂贵,也是最现代化的人力机械设备。水车虽是一种设备,但它却与众不同。它不是冷冰冰的、呆板的、死寂的,而是充满了人间温情,饱含着农民的艰辛,凝聚着匠人的奇思妙想与灵魂。它传载着历史,见证了人类的农业进步与变迁。

水车的龙骨、木辐与水斗皆蕴藏在散文、诗歌中,留下汗水、艰辛以及人类与自然抗争的印记。苏轼在《无锡道中赋水车》中咏颂:"翻翻联联衔尾鸦,荦荦确确蜕骨蛇……天公不念老农泣,唤取阿香推雷车。"

水车又叫翻车或踏车,小水车用手拉,大水车用脚踏,有些地方还用牛拉。车身为一个盛水木槽,木槽两端分别装有轮轴。由龙骨穿起的一连串相互平行的木板构成板式链置于槽内,并绕过车两端轮轴上的轮板,轮板带动龙骨链循环转动,车辐板在木槽内刮水上岸。

我的家乡也有水车,有大车也有小车。大车要由四个男劳力才能玩转,车身长,出水量大,主要用于落差比较大的提水工程,一般很少用,只是在干塘时较多使用。

农村实行联产承包责任田后,大车几乎消失了,谁家也凑不到四个男劳力来车大车,而更多的是用小车,灵活方便易搬动。一人握一个车拐子,两个人即可操作,偶尔也有三个人车水的,大人在一边,两个小孩或力气小的人在另一边。特别是车水扬程很高,水车安装得很陡时,必须三人操作,两个人的力量是不足以把水提上来的。车水是件极耗体力的农活,特别是遇到干旱年头或抢水季节,那可真是要"磨断轴心,拉断手筋,折断骨筋"。白天头顶烈日,晚上身披星光,满头焦黑赛炭翁,一身汗盐似冬霜。

最难以忍受的是灌火发田。火发田,是土块晒得特别干的田。为了让土质更松软更肥沃,一般都要把犁后的田晒得很干,再灌水,水一进田后土就化成糊汤,可以提高收成。但这样耗水量太大,一两亩田两个劳力都要车上十来个小时。一天下来,那真是"前腿弓,后腿绷,左右摇摆筋骨痛。头一伸,脚一蹬,白天车水夜里哼"。

我家有块叫台八斗的田,三亩田要上火发水,我和爸妈整整车了一天半的水,累得精疲力竭。第二天凌晨四点钟我起床去洪桥中学上学。当走到另一个同学家门口时,才发现自己的眼还没有睁开。此时我才知道,人累到极点时,最明显的表现就是眼皮特别重,睁不开眼,其次就是腿像灌了铅。如果只是腰酸背痛,那只能说是比较累,但还没有到极限。

温度越高,耗水量越大,车水最频繁的季节是夏天。白天人们忙于需要光亮才能干的农活,大部分人都选择在夜间车水。夏天的夜晚,田野里又是另一番景象,一眼望去,大锹把上挂着的马灯散于田间,如豆的光和夜空的星星交相辉映。车水人尖着嗓子,唱起如泣如诉、如诗如赋的"数转歌"。水车吱吱呀呀地呻吟,偶尔传来几声狗吠,此起彼伏,忽近忽远,遥相呼应,那歌声里充满着企盼、哀怨和疲惫。

车水数转,既是计量田水的,也是计量任务的,一般为一百转换一次班,当然,车水数转时唱的"数转歌"更是一种劳动号子。车水,是一项集体协作性较强的劳动,为了统一步伐,调节呼吸,释放身体负重的压力,常常需要发出吆喝或呼号。这些吆喝、呼号声逐渐被一代又一代聪明的车水人改编,而发展为歌曲的形式。

我也唱过"数转歌",但唱得不好。一是因为临近结束时的那几句,音阶要高、音量要大、音要拖得长,以告知接班的人快来,自己的任务已完成了,而我的嗓音条件都不够。二是我车水时已上气不接下气,因此可以想象我唱"数转歌"时的音质状况。我的一个四表叔就很会唱"数转歌",他的音高气长,最后的长音可以划破周围几公里寂静的夜空。月光下的我,躺在凉床上,嗡嗡叫的蚊子不曾让我辗转反侧,可他的一声呼号却常让我梦断。

远离水车三十年,我不仅时常想起它,偶尔还要哼哼那难忘的"数转歌"。"一过来一来,一过来嗨二来,噢一过来三来……"这是开头及中间部分,最后一句是"九十九唉,一百来嗬转了"。

我的家乡是典型的穷乡僻壤,连"数转歌"都缺少文化气息,我曾搜寻过鱼米之乡苏州的"数转歌",虽然同样表达了农民的血泪哭诉,但更具有诗意。有一首"数转歌"这样唱道:"一啊一更鼓儿响,一牙残月出苇塘,蛙声咯咯如雨点,萤火闪闪追逐忙;二啊二更鼓儿响,久旱禾苗心花放,露水落得背肩湿,不见汗水见盐霜;三啊三更鼓儿响,汗水换来稻花香,谷贱伤农咽苦水,为谁辛苦为谁忙……"

我惦记着水车,宛若对旧友和恋人的思念,尽管与它为伍时需要极大的体力支出,并伴随着身体痛苦。有一次到湘西旅游,在村庄的公路旁,一架水车闯入我的眼帘,那是一架保养得很好的水车,桐油浸过的车身在阳光下发出光亮。车尾略显古铜色,构造与我家乡的水车基本相同。我抚摸着它,心里有一种激动,像与老友久别重逢,也像是情人间的一次幽会。

水车,不仅给我们的丰收带来保障,而且给我的童年带来了太多的欢乐与想象。那时候的水车可是生产队的宝贝,保管极其严格,可我们总能在大人们不注意的时候偷用。一般主要是用于捕鱼,比如把一条水沟车干;更多的情况下,是用于引鱼车水。

老家水田很多,很多水田都有一个缺口,将其和水塘连在一起。我们就用铁锅把稻糠和菜籽油放一起炒,炒到很香的时候,再用稀泥拌和,然后把这些饵料从塘里经缺口处到田里撒成一条直线。鱼便会沿着这条线,一直吃到田里并作逗留。一般在东方泛白的时候,"酒足饭饱"的鱼儿们会沿原路回家。抢在鱼返回塘之前,我们会蹑手蹑脚地走到缺口处,突然用木板或其他东西把缺口堵住。水车一响,水田底朝天,收获就展现在眼前。那些蹦蹦跳跳的鲫鱼、鲢鱼和草鱼,方知穷途末路,但还在挣扎着拼命地想找条生路,只有狡猾的黑鱼深藏于泥坑深处,以求蒙混过关。有时候,一次可以捕到三四十斤鱼。

即便在那物资贫乏的年代,吃鱼也不是最开心的时刻,真正幸福的是和鱼儿斗智斗勇,那黑夜中的等待,突然间封堵缺口的那一瞬,那疲惫不堪却兴奋不已的车水过程,鱼的腾空一跃与深藏于泥……

曾经为乡民带来过希望与喜悦,也带来过辛劳与疲倦的水车,在人类文明的滚滚车轮下,如今基本上淡出了人们的视野。水车"吱呀吱呀"的轻音乐,被抽水机轰隆隆的噪音所取代,连宁静的田野也变得躁动与不安了,抛弃了禾苗,却让那蒿草碧波荡漾。

2009 年 5 月 1 日于望园

挑 塘 泥

在氨肥、尿素及磷肥等化学肥料还很稀缺的时候,农田禾苗的生长主要依靠农家肥,积聚农家肥就成了农民的一项重要活计。

庄稼长得怎么样不仅依靠天气,不仅依靠农民的打理,还要依赖农家肥。农家肥的种类也实在是多,实在是丰富,实在是环保。没有化肥的时候,一切肥料皆来自大自然,实现了大自然纯天然的生态循环。人也参与其中,包括刷锅、洗脸、洗澡的水,身上的污垢,甚至人的尿与屎都成为农家肥的来源。

在这种大自然的生态循环中,化肥的稀缺客观上增加了农民种田的难度,但却增加了食物的安全性、营养性,提升了口感。那麦面的筋道、稻米的泥土香、蔬菜的清香、肉食的酥松、鱼的鲜美……都不是化学时代的食物所能比拟的。尽管肩膀上压出一道道血印,脚丫塞满臭臭的汗味,但省了钱财,也把大地的芬芳植入各种食物里。食物在各家的锅里、碟里、碗里,散发着浓郁的香气,人们可带着安心去咀嚼、品味。

积聚农家肥的活动中,有一项要全庄人都参与的,便是挑塘泥。圩区的农田都是由大小塘口和沟渠的淤泥来增加肥力的。经过一年的沉淀堆积,塘口的深水底积下了黑黑的、稀稀的、散发出塘泥气味的淤泥,这便是农家肥。

每年春耕开始,生产队用大车盘水,把一口塘的水运到另一口塘里,塘底深处的水再用小车盘一下,盘到大车里,那塘水就干了。在喜气洋洋的一场逮鱼活动之后,那塘就寂静了下来,除了有些狡猾的黑鱼、老鳖、刀鳅、泥鳅不时地从藏身处跳出来,还有螺蛳走出一道道弯弯扭扭的路线,其他的都随太阳的照射而渐渐干硬起来。

　　一般在水干了两三天后,挑塘泥的活动就开始了,从塘里到田里的路上,分成两排。一排为十工分的劳力,一排为半大孩子与妇女组成的七工分的队伍,每人一担。从一个人的肩上传到另一个人的肩上,像流水、像波浪,那肥沃的塘泥就从塘里跑到田里。无论是十工分的劳力队伍,还是七工分的半大孩子与妇女队伍,排队都是很有讲究的。队长会根据个子的高矮排序,从矮到高或从高到矮,两队都一样的排序。按个子高矮排队是为了相邻两人换肩时落差不会太大。当然,经常也会有高矮相差较大的两个人相邻。换肩时,那高的就会弯下腰,那矮的呢也会踮下脚,这样就能顺利地换肩。一个人把一担泥传给另一个人的同时,也把一担空的换过来。如此往返,重担子去空担子回,像缆车一样。

　　队长在排列队伍时,也时常犯愁,比如排在一起的两个人,昨天才刚吵完架,还处于不说话的状态。有的人直接就不服分配要换个位置,也有的不吭声,相互间不说话,就这样憋着,那气氛就很尴尬,换肩时四目相对,面无表情。挑塘泥虽然很累,但也有趣,大家会没话找话,有人说着荤段子,听不清楚的人就让旁边的人重复笑话的内容。

　　挑塘泥的节奏取决于起头的挖塘泥的人,那人快,整个队伍也传得快;同时也取决于田里的最后一个人,因为他要负责把一担担泥均匀地倒在田里,不能一块密、一块疏,他慢了整个队伍也要慢了。有些会过日子的人家还专门做了垫肩放在肩膀上,保护肩膀,但更重要的还是保护衣服,换肩时沉重的担子往往会扯着衣服,很容易把衣肩处磨破。有些人家则用大手巾往脖子上一披就开始干活了。

　　有些新婚的媳妇心灵手巧,用花布为新婚丈夫做了垫肩十分扎眼,这个垫肩基本上就是第一天挑塘泥的话题中心。由这个花垫肩展开,直说得那小媳妇满脸通红头眼低垂。有时还有人由这花垫肩而联想到小媳妇出嫁时的各种故事,高潮是讲到新婚之夜。那些溜墙根的男人声称的听到那些讲不出口的话,其实之后都讲出来了。

　　当然,在花垫肩所展开的故事中,主人公一般都笑而不答,但那笑是甜蜜的,也有翻脸的。有一年,我刚成为七工分的劳力,第一次参加挑塘泥,恰好有个新婚的小媳妇做了花垫肩。不用说这个花垫肩就成了这一整天的话题中心词。一个主讲人照例讲到新婚夜,他说,那晚他们去溜墙根,就听到了小媳妇喊痛,并用手抓男人的脸。那男的说:"老婆,脸不能抓,疼得实在不行,就用指甲掐我的屁股吧。脸抓烂了,别人一看就知道是怎么回事,而屁股再烂,别人也看不见。"他一说完,两个挑塘泥的队伍全停了,都笑得眼泪汪汪弯下了腰,有的一屁股坐在了田埂上。那个小媳妇的丈夫就扛不住了,扛起扁担就扑向那个讲故事的人,大家一阵忙活地拉架、劝架。直至一声哨响,吃饭了,收工了,一场争吵才结束。

队里集体干活形式很多,但都没有挑塘泥这么整齐。从塘到田,还要到田地的各个角落,因此人必须多,所以挑塘泥时几乎队里所有劳力都来了,还有新人加入。一是新来的小媳妇,一是达到干活年龄的半大孩子。

挑塘泥的时节,也是开始感到饥饿的时节。因为,那正是青黄不接的时候。有第一次挑塘泥的经历后,我就盼着挑塘泥的这一天,看到队长开会并从全庄里抬出大车的那一刻开始就激动着,期待着那个快乐似神仙的饥饿时节的到来。

其实我的忍耐力很差,尤其不耐饿,一饿,心就发慌,那慌乱的心马上就挂在脸上,挂在嘴上,但我仍然期待着那个饥饿的时节。因为饥饿的时节就是挑塘泥的时节,而挑塘泥的快乐已超过饥饿的痛苦。

我时常想,精神的作用有时真的大过物质的力量,比如望梅止渴,比如那挑塘泥的饥饿时节。

2017 年 7 月 8 日于珠海半山居

撮　狗　屎

人民公社那会,生产队都是集体劳动,年终分配时主要的依据是工分,而挣工分的方法是勤上工。一个男劳力一天十工分,一个女劳力或还未到十八岁的孩子一般为七工分一天。常规人口的家庭一般为一对夫妻带三四个孩子,一年的工分所分得的粮食一般都是平均值。但也有些家庭孩子多,有五六个,基本就成了超支户。有些超支户由于大人身体长期不好,出工不足,队里放牛的活大多分配给超支户的孩子。一年四季包放一条牛,一年可以挣两百多工分。

我从小非常喜欢放牛,牵着牛走在田埂上,让牛呼哧呼哧地啃着草,感觉很好。更重要的是,牛吃饱了回家时,可以享受坐骑牛背上的那份优雅与恬静,实在让人羡慕。但我没有机会放牛,因为我家里不透支,没有资格分到一条牛去放。小孩们不到上工的年龄除了放牛挣工分以外,割牛草或撮狗屎积肥也可以挣工分。割牛草要动刀,且要去很远的地方,年幼的孩子都不会选择割牛草,只有年长的孩子会干这活。

撮狗屎则是每个小孩子基本上都干的挣工分的活。那时没有或少有化学肥料,而且很强调农家肥。队里施肥的方法除了春天的挑塘泥撒田或者种红花菜肥田外,种油菜或育秧苗时,大粪肥田就成为必要。于是撮狗屎就成了一种营生。

这里的狗屎是泛指,指能肥田的动物粪便,也包括人屎。但除了行路的人,一般每家都有茅厕,自家的粪都自己集。能在外撮到的除了少量的人粪、狼屎或不知名的动物粪便外,最多的就是狗屎了。粪是人人厌恶的,发臭、恶化水质、污染环境,但在某种情况下,粪也是个宝。至少在我们撮狗屎的过程中,小伙伴们都这么想,因为,它能挣工分,能换来财富。

　　有时在放学回家的路上，我们看到一泡干狗屎也不放过，拔把草把狗屎捧回家，集起来交给生产队记工分。关于集肥，生产队有严格的标准，一般都折算成干狗屎多少斤。那时候干狗屎在粪肥中，相当于现在的货币，不仅本身值钱，也是衡量别的粪的价值的工具，一斤干狗屎一般记半工分。

　　小孩不上学时，都会在田埂上乱跑，去撮狗屎挣工分。特别是在冬天，进入农闲，大人小孩都没有什么事做时，撮狗屎就成了田埂上的一道风景。一个簸箕，还有一个狗屎铲子。一般行走时，簸箕就挂在狗屎铲子上，而狗屎铲子小又被扛在肩上，走路时那簸箕就一晃一晃的。为了撮到更多的狗屎，起早是必须的，尤其冬天，田埂都像一条条白色的带子横卧田间地头，那是白霜。

　　天真冷，没有手套，冻手还不要紧，最要紧的是那双耳朵。一早撮下来回家时，耳朵一定冻得通红。那时候狗多，狗屎也多，但仍然要起大早，因为撮狗屎的人更多，有好多勤快的人家。冬天时，大人们也加入撮狗屎的大军。

　　撮狗屎也是一门技术活，特别要识别狗最爱在什么地方拉屎。说是撮狗屎，但别的动物粪也是可以的，只是牛粪不收。一开始我还不理解，后来才知道牛是吃枯草的，枯草粪不肥，特别是深秋、冬天及初春的牛粪。

　　跟着别人家的猪捡猪屎也是一种好办法。天亮了，有些人家把猪放出来让其活动活动。那猪在尿尿之后，也许很快就会拉屎。

　　当你跟在一头猪的后面，别的撮狗屎的自然不会来抢。但有时也会很失望，眼看那猪就要拉屎，边走边哼边在地上找东西吃，可走了好远还是不见它拉屎。这时，只好挥起狗屎铲子在猪屁股上打几下解气走人。有时很耐心地跟了好远，猪也没有拉屎，直到猪主人找过来，把它赶回家。

　　分田到户后狗屎铲子也就退出历史了，因为有了化肥，它干净、方便、高效、快捷且肥力更高。只是没有了狗屎做肥料生长的油菜，一定没有以前那么香。没有了狗屎堆肥浇灌过的水稻，那大米也一定没有以前那么好吃。

　　虽不再撮狗屎了，但我对狗屎的感情犹存，多少年来走在乡间的田埂上或城市的公园里,看到狗屎,心里都有点激动,有种要把狗屎撮起的冲动,但终究不可能。社会的发展犹如山之洪流,谁能挡得住呢? 曾经那么有价值的狗屎如今变得一文不值。谁也阻挡不了撮狗屎现象的消失,这是毋庸置疑的。

2017 年 7 月 8 日于珠海半山居

牧　鹅

　　小时候，尽管大人们一年到头都在农田里干活，但收成很差，收入自然也就很低。每家每户要想改善生活全靠副业，大人们忙着队里的活计，那副业就得靠孩子们张罗。其中牧鹅就是孩子们重要的副业活动之一。

　　鹅，"曲项向天歌"，不但美且白，体形还很大，大的鹅有十几斤，甚至几十斤。没有钱买猪肉、牛肉，那鹅便是一年中重要的肉食品了，当然更多的是用来换钱的。

　　秋天一过，家家户户开始了宰鹅的活动，一个个大脚盆里装满了待拔毛的鹅。那年头，城里刚兴起羽绒服与羽绒被，鹅毛也就开始值钱起来了。杀鹅时，那货郎担走村串户，收鹅毛就变成了他们秋天里最大的买卖。他们收完鹅毛几天之后，外墙上、屋檐下就晒着一排排咸鹅。

　　农村养鹅，不仅因为鹅的体积大，还因为鹅不吃粮食，多以草为食。有一段时间，农村曾禁止养鸭和猪，但鹅不在此列。为什么鹅不在被禁养之列，谁也讲不清楚，因此，农民养鹅的积极性更加高涨了。

　　农民养鹅，大部分都是自家孵化，先得养两三只母鹅，外加一只公鹅，母鹅一窝可产下十来个蛋。几只母鹅也在差不多的时间里孵蛋，每只鹅孵自己下的蛋，十五天左右就要开始查看孵蛋的情况。到了晚上，我们要把每个蛋拿出来，对着煤油灯照，一手拿着蛋，另一只手罩在蛋的上方，透过灯光可以看到蛋壳里面的情况，主要是查"妄蛋"（孵不出小鹅的蛋）。如果蛋里是均匀的蛋液且颜色变深，基本能够断定这是个"妄蛋"，可能是受精不成功，孵不出小鹅了，就要拿出来。如果里面有一个黑团，那就是小鹅的雏形。

　　再过几天就要破壳了，那轻轻的碎裂声无疑就是一种弱小的希望，比春雷还要让人激动。鹅蛋刚破壳时，只是一条缝，小鹅便拼命地用稚嫩的嘴不断地啄着蛋壳。缝隙再大一点点，小鹅就伸出头，继而极力地往外爬，似乎特别向往外面的世界，更像是要急于逃脱那壳的束缚。是的，自由不仅是人类始终的追求，动物也一样。

常言道，蛋从里面破的是生命，从外面破的那只能是一道菜。事实真是这样，有时一只蛋都有裂纹了，可小鹅就是啄不破那已变薄的蛋壳，大人们急了就从外面破壳。虽然小鹅出来了，但活不了，有时一出来就死了，有时活几天还是死了。

小鹅刚从壳里爬出时，身上是湿的，毛基本贴在皮上，眼只能睁开一点点，两只没毛且极短的翅膀就开始划动，既不能助力，也不能支撑，但那划的动作应是一种本能。再过一天就会走路了，只是有些摇摇晃晃，十分可爱。小鹅饿得快，每天都要吃好几顿，饿时便叽叽叫，你走到哪里它们就跟到哪里，不停地喊着饿，大人们就会拿出点鹅食喂它们。我站在边上很是眼馋，甚至是妒忌。鹅饿了还能喊，还能喊来吃的，而我饿得饥肠辘辘时，却只能忍着，喊也不能喊。因为，大人们也没有办法弄到吃的。

小鹅能正式进食后，主要是吃碎米加切得很细碎的菜叶子。等再大点，就吃一种叫苦麦的叶类菜。养鹅的人家都要在菜园子里种上一两块苦麦地，苦麦叶子尖尖的很像莜麦菜，一刀割过，那断面就滋滋地冒着极似牛奶的汁液，但人不能吃苦麦，只能用来喂鹅。苦麦只为鹅而生，这是生物链上的一环，看似微弱，但也是重要的一环，不可或缺。

鹅毛由嫩黄变成黄白时，放鹅的时节就到了。这个阶段，鹅就以在户外觅食为主，以喂食为辅，孩子们的"作业"开始了，那就是放鹅。鹅的外号叫鹅呆子，脑容量小，没有记性，智商也低，不认得主人，你不找它，它不会找你，吃饱了以后，谁都可以把它带走，跟谁都能过日子。

每年牧鹅的时节开始之前，庄子里的女人们都要讨论各家鹅的记号，主要的记号有剪脚丫子。比如，一家的鹅全部剪成左脚里丫，即在鹅的左掌靠里剪个口子，另一家剪成左脚外丫。如果养鹅的人家多，脚丫也不够分配了，那就在毛上做记号，剪尾巴是一个办法。有人家剪左尾巴毛，有人家往右剪。再不够区分那就拴绳子,在鹅的腿上或脖子上拴不同颜色的绳子。有了这些记号,孩子们放鹅就容易多了,一看便知是谁家的鹅,放鹅结束时就把各自的鹅领回家。

放鹅时,去的最多的地方是收割后的水稻田。当生产队的一个大田收割完了,最后一担稻把子一挑完,各家的鹅便冲进田里。稻田里有遗落的稻子,也有田里的杂草和稗子,这些都是鹅的挚爱。有时也去河堤坡地或空地,这些地方只有嫩草可以寻觅。

实在没地方去的时候就会把鹅赶到水塘里,一下水,鹅就快乐起来了,先是一番嬉戏,相好的在"吻颈之交"并发出叫声,显然是开心地叫,但没人能听得懂。公鹅是最活跃的,扇着翅膀,拨着红掌,一飞就骑到一只母鹅的背上,一口咬着母鹅颈上的毛。那母鹅一开始还奋力避让,想装作淑女的样子,扭扭捏捏的。当公鹅骑上它的背,它立马就变了态度,积极配合,那尾巴往边上一歪,那公鹅的尾巴就沉下去,迫不及待地交配。鹅的生殖器很短,只有两厘米不到,呈螺旋状。鹅的交配就是公鹅的屁股对着母鹅的屁股放个屁,西乡人都称之为"讨水"。尽管只是放个屁,但没有这一屁,鹅就不能延续生命,母鹅的蛋就是"妄蛋",一定孵不出小鹅来的。

有的公鹅很色,一次要和好多只母鹅相好,这又引来别的公鹅不满,发生一场场打斗。那公鹅头大顶红脖子长,四掌拨水,不断用坚硬的喙啄对方的毛,或是用翅膀击打对方的胸。但最终双方都会握手言和,不会死磕到底。

打斗后、交配后,鹅才各自开始找吃的。两只红掌在拨水,一头扎进水里,尾巴朝天,一会儿头伸出来,一会又扎进去,嘴里不停地嚼着什么,好像吃到什么东西。但当鹅上埂时,那嗉子还是瘪的,所以说,在水塘里放鹅只是混个时间,也可以说只是给鹅放放风,回家后还是要重新喂的。

对于孩子们来说,放鹅是快乐的时光。因为,可以借着放鹅的机会在外面疯玩,大人也管不着。鹅往空田里一赶,孩子们就开始自己的娱乐,打宝、跳房子、抓小子,争吵声此起彼伏,大家都互不相让。其中"钓虫"是最有技术含量的活动。一旦孩子们发现草丛里有一小堆细土,便知那下面有虫,移掉那细土,就会看见一个小洞。用一根很细的小草插进洞里,不停地捻动小草,再轻轻地提起来,往往洞里面的虫就会咬着草被拖上来,谁钓得多,谁就胜利。这里的功夫活就是捻的动作,捻得不好,虫是不上钩的。

但放鹅也有风险,把鹅给弄丢了是风险之一,最大的风险还是自家的鹅跑到生产队的田里吃庄稼。正当孩子们玩得不亦乐乎时,生产队巡视员一声大叫:"谁家的鹅下田了?"孩子们就会一下子惊慌起来,继而紧张地冲到田里查看是否有自家的鹅在田里。因为按生产队的规定,鹅下田弄坏了庄稼是要扣工分的。

能吼一声的巡视员还算是宽容的,那些特别较真的巡视员看到鹅下田后,就一声不响地到田边按记号记下是谁家的鹅,留作证据以示警告。更有严格的巡视员直接把鹅赶到生产队的场地上,找来队长与会计,这才是最糟糕的事,没有任何回旋余地,只有扣工分了。工分是社员的收入凭据,扣工分就是直接的经济损失,而且还要丢面子。

有一次,队里最大的"西担三"的田收割完了,那是一块面积八亩的大田,一时间几乎所有人家的鹅都出动了,照例有一个孩子值班,其余的孩子集中一起玩耍。很少有这么多孩子在一起的,于是玩起了老鹰抓小鸡的游戏,这个游戏人越多,场面越大,玩得越带劲。那天,"老鹰"与"老母鸡"的人选都选得很好,可谓旗鼓相当,抓与躲的过程让人异常兴奋,整个空地上尘土飞扬,嘶叫声一浪高过一浪。突然一声"谁家的鹅下田了",整个场面一下子就静止了,"老鹰"的嘴张得老大却不知道合,"小鸡们"好多都累倒在地上也不知爬起来,"老母鸡"展开的双臂还悬在空中,从兴奋到恐惧转换得太突然太快了。

当巡视员第二声喊出来时,反应快的才逐渐恢复常态,但没有一个人来回答这个让孩子们最头痛也最惧怕的问题。"我家的鹅!"我不知从哪里来的勇气喊了一嗓子,其实我也不知道是不是我家的鹅。以前也这么喊过一两嗓子,曾管用过。生产队队长的儿子嘛,巡视员一般都会给点面子。可今天的巡视员是个特别认真的"二愣子",看了我一眼,就开始点数,然后径直走了,这样一声不吭地走一定是去队长那里汇报并讨论扣工分的事了。

果不其然,当我赶着鹅回家时,看到父亲脸色铁青,双手叉腰,直勾勾地盯着我和我带领的一队鹅,当然也包括那几只干了坏事的鹅。母亲还在争辩着什么,看样子在我回来之前他们已经杠上了。

我小心翼翼地把鹅赶到后院,就站在第二个门的门口观察着事态的进展。母亲觉得委屈,心想鹅下田被扣工分和她有什么关系呢?鹅又不是她放的。可父亲不这么看,他认为我没管好鹅是因为她没管好我,没有严格要求。争吵声一声高过一声,各不相让,我在门口倚墙靠着,好像在这场"鹅戏"中我才是观众,是局外人,心里偷偷地乐着。

双方已吵到开始把过往的事拿出来作为证据来证明对方有错的程度了,甚至有一段争吵都与鹅没有关系了。吵得很激烈的时候,父亲手中的铁锹在地上直捣。此时,一只大公鹅从后院溜进厅屋,一晃一晃地优雅前行。这个鹅呆子,此时此刻还这么张扬,或许它也想听个究竟,甚至还想参与讨论,因为它才是真正的"当事人"。我正想着把它给赶回来,突然父亲手起锹落,闪电般地切下鹅头,鹅头滚落一边,那长长的喙还张了一下,鹅颈子还在拼命晃动,喷出的血就溅成一个弧状。

母亲和我都惊呆了,父亲也慢慢地冷静下来,吵声停了,整个厅屋一片寂静,连后院的鹅也感到事情不妙而安静了许多。一只大鹅呵,花了多少心血呵,到了秋天卖了要值很多钱呢。

那只张扬的公鹅躺在地上一动不动,几分钟死一般的寂静之后,母亲默默地走进锅台去烧水。父亲捡起公鹅放进大木盆里,我也从锅洞里掏出草灰撒在"喋血"的地上。没有言语,也没有暗示,各自做着相同的事——烫鹅、拔毛。

从深秋到入冬,到春节,这期间除了卖鹅,还有吃鹅,西乡那里都吃咸鹅。每当我享受美味的咸鹅时,更多的是在品味那个或快乐至上或小心翼翼或惊心动魄的牧鹅的过程,那比吃更让人激动的过程,就像吃鱼时的快感远不及捕鱼更让人激动一样。

　　是呵，于人生而言，结果固然重要，但过程更加美妙。没有过程的结果，于生存而言，那叫活着；于生活而言，那无异于一锅白开水。

　　与家乡渐行渐远，多少次梦想着能再次牧鹅，但几无可能。每当深秋，我看向天空的飞鸟，便想起农田里牧鹅的情景。那生动活泼、艰难险阻、跌宕起伏的人生远比那一口口美味的咸鹅更让我陶醉、向往和不舍地追逐。

2017 年 10 月 5 日于山水郡

走 鸭 子

在合肥西乡,放鸭子的有不同类型。一种是零散地养,比如一家一户养的几十只。家里人空闲时,把鸭子赶到收割过的田里,或水塘里,或其他鸭子能吃到东西的地方,也有人把鸭子赶到荒地里放。这些鸭子除了青草什么都吃,水里的小鱼小虾、各类螺蛳、田地里的各类小虫、收获时遗落的谷物,也有吃稗子等各类草籽的。一种是在村庄的四周业余地放鸭子,不会走得太远,或早出早归,或晚出晚归,若鸭子吃得不多,回家后主人还要喂一些鸭食,然后再一律赶进笼。

还有一种是专业放鸭子。专业放鸭子要复杂得多,一般不叫放鸭子,叫"走鸭子"。主人把上千只鸭苗买回来,喂上一段时间(差不多二十来天的样子),就从村子里出发,去一个很远的地方。要去的地方只是一个大概的方向,没有明确的目的地。人赶着鸭子就像将军带着部队。出征时都要作精心的准备,因为是一场远征,因为是风餐露宿,因为要走过很多陌生的地方。

一批鸭子一般为两三千只,也有更多的,"走鸭人"大多是三个人为一队,多为同村人,或亲戚,或关系比较不错的人组队。三个大男人还要性格相投,因为是一场远征,有时要走两三个月的时间,路上艰难险阻,所以,彼此间要互相配合,有默契,都要能吃得了亏。

出行时,行李最为庞大,一个大帐篷——要能睡得下三个大男人的帐篷;一人一个大背包,必备的衣物及日用品都囊括其中;一人一把足有一米多长的大油纸伞,伞是装在伞套里背在身后的;一人一顶大草帽,脚上都穿着深筒靴子;一人一把鸭铲子。

在这些物件中,鸭铲子最为重要。其把长约 2 米,铲头约 20 厘米,铲头是铁制的,半圆形,前大后小,鸭铲子的主要作用类似于乐队指挥手中的那根指挥棒。"走鸭人"对鸭队的指挥全靠这把铲子。黑压压的一片鸭子,在水中、田里、荒地上或走或觅食,保持什么队形,保持什么速度,都是"走鸭人"通过这把铲子来指挥的。

"走鸭人"随便在身旁的地上撮起一铲子土撒出去,那土渣撒在鸭队的两侧表示继续直线前行;撒得多撒得密,则表示快速前行;土渣撒到左前方表示鸭队要往右前方走;土渣撒到右前方,表示鸭队应往左前方走;要是土渣撒在正前方,则表示要掉头或停止前进。鸭铲子头细且长,铲把更长,"走鸭人"轻轻一抛,那土渣就飞出上百米远。

鸭子的行动全部通过被铲子挥出去的土渣来指挥。几千只鸭子边吃边走边嘎嘎地吵着,吆喝声是完全没用的,因为听不见,可能也听不懂,更有调皮者根本不听使唤。但这撒土渣不一样,有重量,有威慑力,就跟部队的长官拿一柄手枪一挥,那些端着长枪的士兵就往前冲差不多是一个道理。

"走鸭人"沿鸭队的两边走,鸭队有时在水里走,有时在地里、田里或河堤上走,基本上都没有既定的路。所以,"走鸭人"走的路是最艰难的路,但收获大。因为,鸭子一出门就在大自然中觅食了,不用粮食喂,养鸭子的成本就很低。路艰难,但"走鸭人"并不怕,为了生计,为了更好的生计,再难的路也有人走。

走鸭子,一般选择在夏末秋初,一方面农事稍闲,另一方面是收割后的空田地多,还有就是雨水也相对少些,那些塘、河、沟、渠的水位较低。但也有春天走鸭子的。鸭队有时会走很远,几百公里都是常有的事。

行走时间越长,离家越远,鸭子越大,鸭队的管理也越难。鸭子都懂得独立思考了,个头也大了,能力也强了,自由散漫的情况也越来越多了,好多胆大的家伙总想着单溜,想寻找自由。"走鸭人"要格外小心,特别长了老毛之后的鸭子,跃跃欲试地想飞,有时突然就从鸭队里飞起来,惊得鸭队一片混乱,这时"走鸭人"必须快速、准确地撒一铲土渣过去,对它们严重警告,不得乱来。

有时土渣恰巧打在鸭背上,那嘎嘎声四起。只有迅速制止了那些家伙,鸭队才能稳定下来,如果不能立即制止住,鸭子很可能就会炸棚,四处散开,那需要用很长时间才能使鸭子归队。所以,走鸭子也是一个斗智斗勇的过程。

鸭子更大时,"走鸭人"就更得小心,黑夜里最容易出问题,一旦炸棚,那是要折腾到半夜的。所以,每天一到傍晚,"走鸭人"就会准时停止行进,准备夜宿。"走鸭人"会先整理好鸭子的队形,一般会选择靠水边的坡地扎营——离水近,方便。一旦鸭子归好队,"走鸭人"就会以最快的速度就地取材,用围网围起一个临时的围栏。

鸭子们经过一天的行走、一天的觅食、一天的观光,以及与"走鸭人"一天的"争斗"后大都累了,渐渐消停下来,嘎嘎的声音也变得稀疏,只有几个不安分的家伙还在捣蛋,时常引起一小片骚动。也有那么几只鸭子,头相对着,脖子一伸一缩,长而扁的嘴一张一合,像是在争论些什么,但谁也说服不了谁,只等"走鸭人"撒一铲子土过去,才立马都闭上了嘴。

安顿好鸭子后,"走鸭人"开始张罗自己的事,一个人挖锅灶,一个人准备柴火与食材,另一个人搭建帐篷,同时支起马灯,不一会儿那咕咕叫的肚子就在红通通的灶火的勾引下生成了涎水。

一人往灶里添柴火,一人锅边操作,一人快速地搭建帐篷。当香味弥漫时,那涎水就更多了,眼都盯着锅里,心里想着快点再快点,不然肚子真的要造反了。于是那掌勺的动作就更快了,锅铲碰到铁锅的声响传得很远。

饭好了,帐篷也搭好了,那灶火就渐渐地暗淡下去,一个人就会把马灯的灯芯挑拨得更亮些,另一个人轻手轻脚地绕围网走一圈后,三个人席地而坐,享受着一天中最重要的一餐。早上和中午基本都是干粮,只有晚上才可以吃些自己做的饭菜。这一顿很重要,有时三人还要干一杯,开心时还要猜拳或捣杠子,但声音压得极小,他们极力压制着那种快乐,以免引起鸭子的妒忌,鸭子安静的时候才是"走鸭人"吃饭的好时光。

鸭子一声不吭,"走鸭人"才能把心放在碗里。鸭子一骚动,那嘴里的酒也基本没有味道了,心立马就悬了起来,六只耳朵都快竖起来了。

　　不过在黑夜里,鸭子们是不会随便起哄的,据说它们眼小,胆子也小,白天胆子大皆因有"走鸭人"在,好似小孩在大人面前能随意耍赖一样。只有当夜里有图谋不轨的动物出现时,鸭子才会引起大面积的躁动,"走鸭人"会立即披衣察看。

　　夜色下的马灯,灯光如豆,那是"走鸭人"的催眠曲,也是鸭子们的定心丸,有了灯光就有了守护、有了依靠,也就有了安全,鸭子们心里很清楚。因为灯光下有三把保护伞,所以,鸭子们在睡觉时那细小的眼睛总会留一条缝。

　　"走鸭人"在鸭队里就像部队里的将军,有将军在就有了主心骨。狂风大雨时,灯光一定不能灭,灯光不灭,即便大雨滂沱,鸭子们也会相互鼓励;灯光一灭,鸭子们就会因害怕而"叠罗汉",往往一死死一堆。

　　晨曦初露时,鸭子也起床了,那围网里顿时热闹起来,有的伸着懒腰,有的扑腾着翅膀,有的喊叫着像在唱歌,还有几个胆大的都已冲出围网,一夜的约束后终于自由了,但大部分鸭子还是比较守规矩地等待着"将军"的号令,所有行囊收拾好了,围网也撤了,队伍就准备再次开拔。

　　一批鸭子大概要走三个月时间,最后都要向城镇靠近,这时鸭子也差不多可以卖了。在城镇边安营扎寨,这是收获的季节,鸭子也不再走了,卖鸭子成为最重要的事。鸭子卖完了,"走鸭人"一般都要在城里待上几天,好好地吃吃喝喝,犒劳一下自己以慰藉一路疲惫的身心。特别是当鸭子能卖得好价钱时,三个人就会更加放纵些,还要去喝些花酒,有时还会引出事端来。

　　家里的女人们计算着日子差不多了,男人们快要回来了,每天都会在村头张望,向着男人们走的方向张望,盼着男人们早日回来,带回财富,带回安全,带回一家人的希望。

2017 年 9 月 1 日于山水郡

捕鱼时节

"偷鸡摸狗"贯穿了我整个童年时代。那个时候天真蓝,夏天的夜晚,银河系里的星星真是密如石榴籽。水也清,但没有到"无鱼"的程度,那沟塘里的鱼拥挤得犹如高峰期的深圳地铁,那沟沟坎坎就是我们童年时光安放最多的地方。

鱼的味道现在基本已淡忘,但抓鱼是最兴奋的时刻。那种纯粹的快乐是多少财富都比不上的。从几岁时我就跟着小叔背鱼篓到十几岁时独立捕鱼,每一次抓捕的过程都无比精彩,让人激动。

20世纪七八十年代的农村,穷是基本特征,而且家家如此。穷与富的差别也就是会种菜的人家多几坛咸菜而已。那时人的快乐是简单的,没有攀比。不像现在,人富了快乐却少了,原因也许就在攀比上。那时穷虽穷,但家家户户的捕鱼方法与工具那真是前所未有的丰富。

狗作揖网是农村最常见的捕鱼工具,两根四米多长的竹竿,挑起一个上弦月状的渔网。打鱼时会选择在瓜根部或草丛处,或塘梢和拐角处。这些地方好藏鱼,一个晚上跑上十几个塘口,打十几斤鱼不在话下。偶尔也会放空,但绝大部分都有收获。水平是一方面,但更主要的原因可能是鱼实在是太多。不过,还是有极少数情况一连十几网都是空的。那时,我们就会像念咒般地重复着一句"十网打鱼九网空,最后一网定成功"来鼓励自己接着干。

狗作揖网市场上难以买到,都是自己手工制作。先用棉线织成网,织网的网针也是自己用竹签做的,网针的前面呈尖状,便于穿行于网孔间。尖部的下方要掏空并留有一根小针,用来绕线。网针的底部要挖成弧形,线一头绕在小针上,另一头就绕在底部的弧形凹槽里。

结网用的线都是白线,织成的网也是白的,很轻,但这还不能用来捕鱼,还要用猪血反复烀,越烀越黑,越黑越重,也越烀越硬,直至黑色的猪血完全固化在网线的表面上。这样不仅网线变重了,更主要的是网线上有了这层猪血防水层,寿命大大延长。

网的上下口均用缰绳穿起并固定好,上网口缰绳上要拴上浮漂,下网口缰绳上要拴上锡质或铁质的网脚。上网口的浮漂用来增加浮力,下网口的锡脚或铁脚主要是增加重量,让下网口迅速沉到水塘的底部,鱼惊慌失措,慌不择路就很容易钻到网里。

除了狗作揸网,还有一种常见的网就是旋网,那是更大更高级的一种网,一般半职业渔民家里才会有。捕鱼时要两人合作,一人用长篙撑船,另一人撒网。每年的各个节日前村里都会请这些半职业的渔民来捕鱼,报酬则是分点鱼给他们。

旋网的制作原理与狗作揸网差不多,也是用白线结网,再用猪血反复蒸烀。有两点不同:一是旋网撒开时形状如伞;另一个就是四周都是锡脚而没有浮漂,由一根网缰绳统领。"纲举目张",据说这个词就源自旋网的力学结构,那纲就是网缰绳,那目就是网眼。

此外,小型渔网中还有一种叫"劳合"的网,结网的方式与狗作揸网差不多,用的也是白线并用猪血蒸烀。不同的是,没有浮漂也没有网脚,整个网呈"甲"字形,只是前部是三角形而不是四方形而已,捕鱼时人就握着"甲"字的那一竖。这种网适合在宽度小于四米的小沟渠里捕小鱼小虾,人站在沟的一边,用力将"劳合"顺沟底推到另一边,这时沟里的小鱼小虾就窜到网里了。

除网具外,还有一种常见的捕鱼工具就是钓钩。一根一米多长的小竹竿,梢部拴上尼龙线,线上拴上钓钩,钩上钩着活的小鱼或泥鳅,竹竿根部插进塘埂边靠近水面的地方。小鱼或小泥鳅由于背部疼痛,在水面上拼命游的时候,大鱼就会来吃。有些大鱼不是很贪或者不是很饿,吃小鱼时钩就会挂在口腔里。这种上钩的鱼,人如果不及时赶来收钩,它就会跑掉。而那些很贪或者很饿的鱼,嘴张得很大,几乎是将诱饵小鱼一口吞进肚里,这种鱼是肯定跑不掉的,因为鱼钩挂在肚子里,任何一点挣扎都会痛不欲生。所以,当你收钩时看到有鱼上钩却不怎么扑腾,那肯定是钩在肚里了。

这种钓钩的捕鱼方式时间很受限,一般会在晚上五六点插钩,七八点至九十点各巡视几次,十点后鱼都沉在水底,很少有上钩的。有一次晚上九点多,我在收钩时发现少了一副。第二天再去寻找时,看到钓钩被一条大鱼拖走了,在一个很隐蔽的地方,可能也是怕被发现。当我拿起竹竿时,鱼还在钩上,足有三四斤重。尽管鱼已是精疲力竭,为保险起见,我还是用网兜把它捞上来了。

渔叉也是一种捕鱼工具,但原始而粗鲁,就像电影中的原始人类捕鱼的样子,直接而简单,不同的是原始人用石叉或木叉,现在用的是铁叉而已。铁叉有五股叉和七股叉两种,铁叉固定在一根长约三米的竹棍子上,棍子的尾部拴上绳子。日出,鱼儿趁人还没有起床的时候都浮在上面喝露水,而且很奇怪的是扎堆在一起喝。当你悄悄走近时就会看到那一窝窝的小嘴在水面上一张一合,很像合唱团的演员在歌唱。这时你奋力把铁叉抛掷下去,十之八九就会叉到鱼。但这鱼往往未必就一定能抓到,还要看叉在鱼的什么部位,若叉在头上,那铁定就属于你了。若叉在尾部或背部,那就很难说了。如果碰上那些痛感不灵敏的鱼儿,三下五除二就会挣脱的。

有一次一叉下去,叉和棍子连同绳子都被鱼拖走了。那鱼太大了,我知道不能强攻,就跟它耗着,它在水里游到哪里,那棍子和绳子就跟着漂到哪里,我就沿着塘埂跟着它。差不多中午时分,棍子不动了,绳子也不动了,它可能已耗尽了所有力气了,我下水游过去将它拖到塘埂边,几乎没有抗争,一条十来斤重的鱼就被收入篓中。

引鱼是引诱鱼的意思,就是用饵料把鱼勾引到既定的地方再捕的一种捕鱼方式。在圩区水乡,很多水田与水塘水面基本相平。在田与塘相连的田埂上挖一个缺口,隔个四五天后就可以实施引鱼计划。但新挖的口子不行,因为鱼的智商也不低,它们对新出现的出口很谨慎。但毕竟鱼的脑容量小,过个几天就会忘记了。

饵料很关键,是将上好的米糠加菜籽油用铁锅炒至飘香,再将很稀的烂泥巴与炒好的米糠相拌,要反复揉搓。这是一项功夫活。搓得不好,泥巴与米糠融合不好,撒到塘里时,泥巴和米糠就会分开,那就一点效果都没有了。所以一定要充分搓好,撒到塘里时饵料一定要沉到塘底才有效果。撒饵料的时间也很讲究,一般会选择在天黑以后。这时塘口是安静的,不会有人从埂上走动而惊动了正在吃东西的鱼。此外,晚上十点后鱼不会在水面上,但它们在水底下的活动一直要持续到凌晨三点左右,这就相当于城里的大街上没有人了,但人并非都在睡觉,而是在家里干点啥事,比如抽烟、喝酒……

撒饵料也是另一个功夫活,撒的线要直,要细。线要是太粗了,鱼儿会很快吃饱,就不会再往田里去了。而且要从塘的正中心开始,通过田埂缺口一路撒到田的中心处,要在田中央早已挖好的大坑里撒足够多的饵料,否则,鱼就稳不住。一群群鱼闻到香味,就会争先恐后地沿着撒出的一条饵路往田里游。

鱼都很贪玩,吃饱了也不急着回塘里。它们长时间待在塘里,一下子跑到田里来,十分新鲜,吃饱了也会在田里嬉闹很长时间。但一般在凌晨三点前后,它们是必须要回家的。所以,我们一般会选择在凌晨两点,轻手轻脚地走到田缺处,突然就用"押刮"(一种晾晒谷物的木制工具)或别的什么家什把田埂缺口堵住。这时通常都会听到或看到正企图从田埂缺口回家的鱼受惊而引起的水响或出现较大的水浪在田里波动。这个动静往往是判断今夜引鱼是否成功的一个标志。动静越大,进入田里的鱼就多。

鱼被堵在了田里,再用泥巴把缺口堵死,剩下的活就是排水了,这是整个捕鱼过程中工作量最大的一项。如果十里长荡水位低,那就非常简单,在通往长荡的田埂上挖缺口放水即可,而且还快。但十里长荡更多的时候水位比较高,无法直接放水。因而,引鱼过程中更多的情况下需要人工排水。一块二亩见方的田,人工排水要很长时间。人工排水有两种方式,一种是用盆车水,另一种就是用生产队的水车车水。但那个时候,水车是生产队里与水牛并重的重资产,管理得很严格,一般情况下是根本不让私下里用的。不过我们几个发小不一样,我们是可以光着屁股的孩子,是不受制度约束的。所以,选择哪一天引鱼,生产队的水车在什么地方就是一个重要的因素,若队里的水车放在户外没有入库,那就是引鱼的好时机。因为用水车排水比用盆快十几倍呵。

农民起床都早,当天色在五米之内还看不清人的时候,就有人出来了。他们若经过我们的水车旁边,脸色就很难看,那是一种兼具责怪与生气的表情,但一般都不吭声地就走过去了,也不说话和打招呼。当然,我们是在偷东西用,更不能先出声,不说话也好,免得面子上难堪。但很少有当面责怪或呵斥的,因为我爸是生产队队长,我也就是鲍家庄的"高干子弟"了。

即便用水车排水,排干几亩田的水也是非常累的,但水干之后的逮鱼过程会让所有的烦恼和疲惫都飞到九千里以外。

水干了,最先暴露出来的是鳌鲦和鲫鱼,还有大头鲢子,它们都属于性急的鱼,一看水没了,就拼命地跳动与摇摆,在泥巴里到处乱串,傻傻地想闯出一条生路,殊不知渔夫早都算计好了,哪能让你们逃掉呢?

黑鱼比较狡猾,藏在脚凹里或烂泥巴里,一动不动,像什么也没有发生一样。你不踢到它,它就不会动,"扫帚不到,灰尘照例不会自己跑掉"。当然,当了业余渔夫那么多年,经验是不少的,我们会先站在田埂上走一圈,大致估计一下哪个地方有鱼藏着。一般情况下,这种估计八九不离十。就像我弟捉黄鳝的功夫一样,非常了得。下黄鳝笼子前,他先站在田埂上观察,然后脚用力一跺,用手一拍屁股,再看看田里的水面动静,这个田里有多少条黄鳝,他就估计出来了,再决定下多少个笼子在这个田里。其实无他,唯手熟耳。

再狡猾的黑鱼,当你找到它时它也十分老实,用脚一踢,它就会从泥巴里一摇头一摆尾地出来了。它摇摆的姿势很独特,头与尾朝同一个方向摇摆,也就是同时向右或同时向左,很是优美,可能这样在泥巴里行走会更快些或力量更大些。

醉鱼是1980年以后新发明的一种捕鱼方式。这种方式的发明源自一次喝酒时,蚊子很多,我们就点上蚊香,却发现酒杯里掉进蚊子,于是把蚊子捞出来放在大桌子上。当我们喝完酒后不久,蚊子又活过来了,原来它是醉了。既然蚊香和酒可以让蚊子醉,那也能让鱼醉,基于这样的想法就发明了醉鱼法,后来又逐步完善变成一种十分成熟的捕鱼方式。

基本方法是用酒把米泡好再将蚊香碾碎,然后放到一起充分混合并放置一天。第二天米也绿了,酒与蚊香也进入米里了,夜里十点左右,下塘把蚊香米撒进塘里。第二天凌晨,当你再次走进这个塘时,沿塘的四周已是一片晕头转向的鱼在浮动。有的原地打转,有的在乱游,有的不怎么动只是嘴一张一合的。但姿势非常统一,鱼肚的侧面向上,所以看起来犹如星星闪烁。

不过有个奇怪的问题到现在也没有解开,那就是这些醉了的鱼全部都在塘的四周,中间一条鱼也没有。

这些醉了的鱼就像醉了的人一样,没有清醒的意识,想逮它已非常简单。有时网兜都不用,直接用手把它抓住扔到塘埂上。

那时大生产队还有一种用农药毒鱼的现象,田里的苗打完农药后,有些人就会把剩下的农药兑上水洒到塘里,第二天早上,塘里会是一片白,鱼肚全部朝上,死了。这些鱼没办法新鲜地吃,家家户户都会用盐腌起来晒成干鱼吃,其实仍然有很浓的农药味。但在那个物资贫乏的年代,人们还是吃得有滋有味。随着分田到户以及人们对饮食安全的重视,这种捕鱼方式很快就消失了。

鱼鹰捕鱼据说历史最悠久,自古有之。那鱼鹰在千年前就被人类训练成捕鱼能手。鱼鹰的形态和鹰相似,只是天空中的鹰是飞翔的,而捕鱼的鹰是游水的。鱼鹰的那双眼让人印象深刻,像射电一样似乎可以穿透任何部位,更别说塘里的水了。

用鱼鹰捕鱼,要制作特殊的鱼鹰船,其形状像船但两头更翘,而船身只有三十多厘米宽。两船用木头连接,两船相隔四十厘米左右,渔人就站在这中间,而鱼鹰则待在鹰船上,一般鹰船出行都带上五六只鱼鹰。下塘捕鱼前,渔民都要用一根细小的绳子将鱼鹰的脖根子处拴住,以防偷吃,这样鱼鹰捕到了鱼就只能乖乖地浮上来送到船上。一般在捕鱼结束时会看到渔民解开绳子并拣些很小的鱼让鱼鹰吃。

我每每看到这种场面都会产生很多联想。首先想到长工与地主的关系、打工者与老板的关系,还想到,这鱼鹰为啥不去飞翔呢? 不去寻找自由呢? 它的生存能力那么强,也许这种生活方式它认为很惬意吧。

人往往喜欢去策划别人的生活。其实,这很不科学。每个人的基因不同、脑细胞不同、成长背景不同,三观也不同,所以存在千万种生活方式。而如今人们的生活方式趋同化,很多人想成功,想发财,想一夜成名,出人头地,速成、速读、速食成为时代的旋律。唉,细想下有时人还真不如鱼鹰那样踏实。

再后来偶尔回乡时我发现了更先进的捕鱼方式——电瓶捕鱼器——用两根金属棒子尖端发出极高的电压来电击鱼。这种捕鱼方式有两个严重的后果,一个是安全问题,有时电鱼的人却电死了自己;另一个就是鱼不分大小,全部电死对塘里鱼的再生与繁殖影响很大。政府出台很多政策禁止电鱼,但收效甚微,广阔的农村大地,确实难以管理。

农耕时代的捕鱼工具制作效率低,捕鱼效率也低,除了用渔具捕鱼就是干塘捕鱼,而抽水的工具只有水车,一口塘多少年才能干一次。但那时没有污染,鱼不仅多,而且味更鲜,那不只是鱼的味道,还有池塘里的水草味与泥土味。

如今,生产力极大提高,捕鱼的效率也在成倍提高,捕鱼工具却并没有多少革新,但靠埂泵的引进对乡村鱼类来说是毁灭性的灾难,原来很多年才能干一次塘,现在一年内都能干几次。每一次干塘,鱼鳖虾蟹都要灭绝一次。塘满水后再重生,如此重复。此外,农药的滥用也让鱼类丧失了原本强劲的繁殖能力。

市场经济冲击下的社会大分工,农耕时代职业和半职业的渔民已逐步消失,连同那捕鱼的工具及其快乐的抓捕过程也一同随风而去。村庄的渐渐消失就像城市化一样不可避免,谁还会居陋巷,曲肱而枕呢? 走在坚硬的水泥路上,不再留下脚印,乡村的景象也挂在云梢上。混凝土的丛林越来越多,银河的星星越来越少,一切都在此消彼长。物资丰富了,乐趣却少了。鱼多了,味却淡了。人老了,话也少了。农田连同田埂一起变少了,记忆却多了。故乡变得陌生了,眼泪却多了,因为那乡愁无处拴挂。

2017 年 9 月 8 日于小径湾

水性豆腐

贫穷的时代,也是自给自足的时代。穷是那个时候农村的共性,每个家庭都有各自的穷法,不尽相同。但相同的,是穷带来的热闹,穷带来的快乐,穷带来的忙碌,穷带来的真实,尤以过年为甚。

做豆腐,就是春节前一个家庭的重要活动之一。一家老小齐上阵,簸子、筛子、磨子同飞舞,或上下翻飞,或原地打转。一出做豆腐的经典剧目在每个家庭上演。点石膏,是每个家庭中男人的必修课。这门课没修好,那是十分丢面子的事。

做豆腐,不仅要有硬功夫,重体力,还需要软实力,那就是点豆腐的技术。除了这两点,在豆腐形成之前,不能有不吉利的言语出现。因此在开磨时,大人们就会用草纸把小孩子的嘴通通擦一遍。

尽管古人说"童言无忌",其实还是有忌的。若是大人们在做豆腐时,小孩子们说了些不吉利的话,那一锅豆腐多半会是半锅水加半锅豆腐渣,豆腐就飞了。做豆腐是水中求财,童言要忌,而小孩子的嘴用草纸擦了一遍,那意思是童言无忌,小孩子的话不算数。整个做豆腐的过程,即便小孩子说了不当的话,水神也不会计较。那豆腐依然是豆腐,而不会是水和豆腐渣的光景。

黄豆用水泡一天,就可以入磨了。推磨的一定是男人,家里的男劳力不够,就两家一起做或请邻居帮忙。家里的女人常常喂磨,就是把泡好的黄豆用勺子喂到磨眼里。

男人们一推一拉,再一推一拉,那石磨就均匀地转动并流出豆浆,白白的,有些豆汁味。磨架底下就是大木盆,两三个小时后大木盆里便装满了白白的豆浆,细腻而平滑,再用筛子一筛,汁和渣就分开了。那渣可以做成菜,也可以做成豆渣粑粑。富裕点的人家一般会用来喂猪。

那汁入锅,一个牛一锅里,满满的豆汁。底下就用豆秸(也叫豆柴)在燃烧。"煮豆燃豆萁",这句诗就是这么来的。豆汁开了,上下翻腾像跳舞又像是奔跑,曹植却硬说在哭泣。微风过后,上面一层厚厚的皮,那就是豆皮了,也叫腐竹。豆汁中最精华的部分,都集结在这豆皮里,一点也不"韬光养晦"。

据专做豆皮生意的人说,豆皮挑出十几次后,那豆汁就做不成豆腐了。看样子豆汁都在豆皮里是有根据的。一般家里挑出两三次豆皮后就不再挑了。滚开的豆汁直接入缸,最关键的时刻到了。这时,女人都会把孩子们支到别处,而女人自己也站在远处,只留下男人在那大缸边,一手端着盛着石膏水的碗,一手拿着长柄铲子在缸底搅动,边搅边加石膏水,一边还不断地用嘴吹着豆汁上面的热气,眼睁得很大,好看清楚从缸底搅上来的豆汁的变化。若搅动的豆汁有絮状,而且均匀地分布,就说明石膏水在豆汁里起反应了。当絮状的凝固物越来越多时,男人的脸上就绽出笑容,直起腰给大缸盖上锅盖。家伙什一放,点支烟就站在一边和家里的女人说着闲话,很自在,很享受,也很有成就感。

女人的话总是小心翼翼的,一般第一句话便是"成了吗?"。

男人一般答"成了"。

一问一答后,孩子们都不知从哪里钻出来了。刚才那种近似凝固的空气,一下子活泼起来。此时会有隔壁家的或隔壁的隔壁家的男人走过来,讨支烟是目的之一,交流经验和心得也是目的之一,但更多的是来祝贺下。

做豆腐是水里求财,不仅是求财也是求运。要是谁家的豆腐做失败了,预示着那一年,他家都不会有好运。一家人心里都是沉沉的,像是犯了错似的。

两根烟的工夫,打开锅盖,一缸热腾腾的豆花就出现了。大人小孩一人一碗放入红糖,豆花立马白里透红,水里生花,豆汁里充满着甜甜的味道,就像那贫穷且快乐的生活。那时人们对幸福的要求很低,这是快乐的源头。

接下来,当家的男人就和主家的女人嘀咕起来,主要是商量制作豆腐、干子、千张的比例。用大勺将豆花舀入铺了纱布的筐里,用小石头压着锅盖或木板,成型后便是豆腐。豆腐嫩嫩的,像大家闺秀,不可粗鲁,只可轻抚,要放入加水的缸里养起来。用中块石头压出来的便是干子。干子比豆腐老很多,也薄很多,取出纱布后用刀切成块,风干或水养皆可。用大块石头加杠杆压出来的便是千张,带着布的纹路,像布一样厚,可切、可叠、可卷,切成丝,与多种蔬菜联手可变出很多种菜肴。女人们坚持多做点千张,主要是想来客人时可多做几道菜而已。

豆腐是一种食品,但也不仅是食品,还是风俗、人情百味。曹植的自传中就说得很明白,豆腐也是一种文化。这种文化,体现在做豆腐的过程中,其间有男人与女人对生活的安排。豆腐的成型就像人的成长,不同的压力就会有不同结果,虽然初期的豆浆是一样的。

水性豆腐不仅意味着水中求财,还展示了豆腐的习性:像水一样,上善若水,居洼地而不怨。可与鲍鱼同碟入豪门之宴,不以为傲;可与牛肉为伍入大雅之堂,不以为炫;可与青菜为伴,一清二白地端坐穷人之桌,而不以为贱。豆腐犹似当今的好男人,上得厅堂,下得厨房,历经磨难,以求洁白,习性不改。

洁哉,豆腐!伟哉,豆腐!

2017 年 6 月 4 日于馨园

油　坊

在机械设备还没有走进合肥西乡的时候,木榨工具就是最先进的。袁店公社的油坊就在大房圩子里,厂房是圩主的老房子,解放后归公。每年榨油时节,那个香味可以飘到几里外,每每饥饿难忍时,闻闻那油香也是可以慰藉一下肚子的。

我的一个表叔叫品,外号"油猴子",是一名榨油工。小时候我最爱去他家,也最讨他喜欢。在他家,我可以像在自己家里一样自由自在,可以干任何自己想干的事。

当然,最让我开心的还是跟他一起去油坊、去车间,看他们榨油,那"哼咻哼咻"的号子声就很让我好奇。那号子不像船工的号子,在户外,声音高亢且嘹亮,清脆且传得悠远。油工的号子是低沉的、闷闷的、不张扬的,也许是空间狭小的原因,也许是油工之间距离近的原因。

每次去油坊,我都是光着屁股跟在品叔后面。是品叔要求我光屁股的。一开始我不知道为什么要光屁股,后来才知道,里面到处是油,光屁股进去玩,衣服脏不了。

那个时代,男孩子七八岁光屁股是常有的事,常惹得庄子里女孩子们的母亲抗议。可我才五六岁,光着屁股走在大人后面自然也就心安理得,一点害羞的心理也没有。

油工们都穿着衣服上班,可一进车间,门的右边墙上就是一排钉子。进门后油工们脱得一丝不挂,衣服就挂在那排钉子上,然后穿上工作服。所谓工作服就是一块粗纱布,农村手工织的那种,纱线很粗,黄白色,厚实,长一米多、宽约八十厘米的样子。因为长期被油浸染,那工作服很重,而且颜色也由黄白变成黄黑。

由于工作环境的特殊性,这件工作服,很少有人去洗它。一方面,油很难洗干净;另一方面,洗了也没用,因为一进车间还会弄油的。所以,油工的工作服基本是一年换一次,每次上班后往下身一围,下班后往墙上一挂,再去洗个澡,一天的工作就结束了。

换上工作服,油工们开始干活了,而我则自由活动,没有人管我,只是品叔有时会喊一两声,这个不能摸,那个不能动。

油工们按工序分工。第一道工序是整理油菜籽,几个人用一个直径约一点五米的大筛子给菜籽除杂,筛子上有两个交叉的木棒,在交叉点拴上绳子并悬挂在屋梁上,这样筛菜籽时很省力。

第二道工序是炒菜籽,这是关键的工序之一,菜籽只有炒熟了才能榨出油来。炒菜籽用的锅很大,大得可供三个人在里面洗澡。锅灶上三个人各拿着一把大铁锹在锅里不停地翻动,让其受热均匀,以免炒煳。

三个人中有一个人是大师傅,他需要时不时地停下来,从锅里抓把菜籽看颜色,看炒得如何,也就是看火候,火候差不多了,还要再抓一点往锅台上一放,再拿铁锹把去碾压,碾开菜籽再看里面是否熟了。

大师傅这个把握火候的任务很重要,火候把握得好,榨油时出油率就高,否则就低。火候首先取决于用什么柴火,柴火有草,有柴,也有煤;其次是取决于炒制的时间,还取决于翻动的速度与动作;最终取决于大师傅的那一看与一碾。

大师傅一声"起锅啦",那三把铁锹飞舞起来,速度非常快,每个人都拼命从锅里把菜籽铲出来。这个出锅的动作也很关键。因为,那个大而厚的铁锅余热很大,如果不以最快的速度铲出来,有的菜籽就会受热过度,从而影响出油率。

大师傅一声"起锅啦",像是一个命令,那个拉风箱的立马停下手中的拉杆,风箱那"呼哧呼哧"的沉重喘息声也随之结束,让人感到呼吸都畅快了许多。烧柴的人也迅速停止加柴,还要把锅洞里未烧完的柴火掏出来,然后一瓢水浇上去,屋内顿时升腾起烟气与水汽,此时一起升腾的还有油工们的呼叫声。

菜籽出锅后，就要快速成饼，这个过程也要快，否则菜籽会冷掉的。成饼的过程有一定难度，师傅们用锤熟的草和一些明晃晃的铁箍把炒好的热菜籽弄成一个个饼。我一直都没有弄明白，那一盘散沙般的菜籽怎么弄成饼状呢？

饼状的菜籽就进入最后一道工序——上榨。木榨，长约五米，高约一米五，宽约一米，四根木制大梁是主结构，里面还有四根小梁，两头有四条粗壮的腿。这是一个要承受大力冲击的器物，所有的结构都必须经得住冲击力的考验。

饼状的菜籽立马上榨，将菜籽一排排摆在木榨里面的四个小梁柱之间，一排长约四米的样子，之后加木楔子。榨油的过程就是加楔的过程，榨油的过程也主要是挤压的过程，那菜籽油就是菜籽在外部受力的条件下被挤出来的。

这个炒制、起锅、成饼的过程是最为紧张的，因为有时间的限制，也是最手忙脚乱的。往往就有油工把工作服给弄掉了，顾不上围，光着屁股一直到一锅菜籽上榨。那白花花的屁股就在车间里乱晃，形成了一道风景，时常引来一阵哄笑，但谁也不在意。人出生时就是一丝不挂的，掉了围布也只是回归原本。也有油工打趣道："虽然我们比不上城里人，但我们的屁股是一样白。"

木楔子，都是用很结实的、类似檀木这样的木头做成的，一头呈"一"字形刀状，另一头是圆形，楔子的圆头部分都是用铁包起来的，要接受千万次的锤打。

楔子就插在菜籽饼之间，这叫插楔，然后就是撞击木楔子。撞击物也是用很结实且很重的木料做成的，类似撞钟用的木槌，约三米长。一头粗约二十厘米，用铁包着，另一头稍细。中间有一个铁环固定在木头上，一根很粗的绳子拴在铁环上并悬挂在梁上。撞击时，一般为四人，先把木槌往后拉，然后再用力往前推。最前面的那个人是大师傅，他负责把握方向，每次锤打都要打在木楔子的铁头部位。

撞击是个力气活，品叔就是负责撞击方向的大师傅。那撞击的动作很是夸张，左腿斜直，右腿弓弯，身子往右斜，斜的幅度很大。四个人同时从右往左立起身体，狠狠地顺势推木槌。最前面的大师傅对准木楔子的铁头部位击过去，随着一声沉闷的声响，木楔子就前进一点，油饼也往前移动一点，那吱吱响的、热乎乎的油就往木桶里流。

那油发出的吱吱的流淌声就是油工力量的源泉，那微弱的声音，于油工而言，是音乐，是收获，是生活的基础，是辛劳，是回报，也是奖赏，更是一家人的希望。

油工在撞木槌时也要喊号子。喊号子不仅是为了齐心协力，也是为了集中精力，更是为了用力、省力、消除疲劳。所以，油工们的号子喊得很响，圩子四周都能听得到，喊出来的号子声铿锵有力，没有一点拖泥带水。

号子的内容是随口编的，人文地理、天上地下、动物植物皆可成词，有时不经事的油工喊号子时不懂规矩，还会喊出不雅之词，大师傅会立马制止。

油榨尽了，出油率才高。油是否榨尽，取决于大师傅计算木楔子的数量以及木楔子在木榨里的行程。这些是要精确计算的，出油率的高低与油坊的利润密切相关。

油坊在日常的管理中，有三件事是要摆在前面的。首先是每年的开榨仪式，要简朴、热烈而略带文采。烧香、烧纸、燃炮、敬神自不必说，还要请人写很多吉言，像彩条一样悬挂在油坊里。他们坚信，出油率的高低除了技术以外，还被别的不为人知的力量左右着。

其次是防止女人误入。油坊人一代代传下来的祖训就是女人禁入。至于道理何在，谁也说不清楚，但每个人都记住了这个祖训。

最后就是要防白老鼠。油坊里老鼠多，大家司空见惯，但如果有白老鼠出现，则意味着木榨要炸。木榨是油坊里最值钱的财产，木榨炸了，那油坊基本也就完了。

据油坊里的一个大师傅说，他在年轻时就经历过一次。有一次收工时他最后一个离开,就在离开油坊锁门时,他却突然看见一只白老鼠,从木榨边一闪而过,他心里一直惴惴不安。到了第二天上工时,他向大师傅说看见了白老鼠,那大师傅就特别关照说,今天打榨一定要小心,一定要少用力气,但还是发生了炸榨的事件。只是轻轻地撞击过去,那木榨轰的一声就散架了。

随着社会的发展,有了榨油机械,简单易操作,将菜籽倒进斗子里,一按动电钮,一边流着油,另一边就冒出菜籽饼,一个人就可以操作,但这样榨出的油不香。所以,电动榨油机出现后,油坊还存在了好久,因为,机械榨的油没有手工榨的香。

可随着时间的流逝,人们逐渐忘记了油的初味,而移情于便宜的机械榨油,失去了初味也就失去了对油的初心,似乎人们吃油时并不关心油的味道而只关注油本身。是啊,这多像人们的生活方式,追求财富是为了更好的生活。但追求财富是个过程,而美好的生活才是目的,现在有些人却把追求财富变成了目的,对生活本身不再关注。

2019 年 4 月 1 日于望园

铁匠的锦囊

铁匠宝子三十多岁,还是光棍儿一条,因为他家庭出身不好。他的父母我没见过。宝子家庭出身不好,但他人缘好,为人宽厚而大方,长得方面大耳,个子高挑。年轻时,生产队里有好几个姑娘都喜欢他,但那些严厉的目光扼杀了尚在萌芽阶段的爱的火苗,因为谁家家长也不会同意把女儿嫁给一个家庭出身不好的人。

那些喜欢宝子的大姑娘,虽不敢明目张胆地与他往来,但心里还是有他的。在经过铁匠铺门口的时候放慢脚步,悄悄往铺子里张望,有时也找些机会去铁匠铺里加工东西,弄一下锄子啦,接一下断了的洋叉啦,离开时趁铁匠不注意,丢下些零食,红着脸一溜烟走了。

宝子不是不懂,但他很安心,一直也没有非分之想。所以他也一直没有对哪家姑娘有进一步的行动,只是眼睁睁地看着那些喜欢他的姑娘成了别人的新娘。

这些喜欢他的姑娘出嫁时,他都要到场,出份礼,喝杯喜酒,礼貌而周到,微笑而从容,看不出有什么复杂的心情。他向来都是个平和的人,当然内心深处的涟漪肯定是有的,只是不足为外人知而已。

铁匠铺在袁店老街的南头岔路边,两间茅草屋,一间为住处,另一间门朝外的便是工作间。一个炉台,一个风箱,一个铁砧子长在那截粗木桩之上,还有一些打铁用的工具。

宝子是外来的,手艺很好,打的铁具耐用。所以,一开始就有好多人来当学徒,后来得知他家庭出身不好,就一个个散去了。没有了徒弟的宝子,打铁时颇为费劲,一会儿加煤,一会儿拉风箱,一会儿用小锤,一会又要抡大锤。拉风箱时,一连拉好几次,那炉火冒得老高,铁都快红过头的时候才快速起身,用钳子夹起火红的铁在砧子上锤打一番。

后来公社成立了各类合作社,还有农科队,从事农业研究。各类匠人也都集中到一块了,成立铁业社、木业社,不再收钱了,而是记工分。宝子理所当然进了铁业社,铁业社负责全大队的铁制农具的制作与修理。

铁业社就在宝子的铁匠铺,只是加盖了几间茅屋,多加了两个炉子、两个铁砧子、两个风箱以及各类打铁工具也各加了两套。这些都是其他铁匠带来的,那场面就大多了。

成立了铁业社,宝子没有当上社长,但铁业社里的人都把他当师傅。打铁的时候,宝子左手拿着钳子夹着一块火红的铁,右手握着小锤。他的小锤砸到哪里,其他的锤就砸到哪里,那小锤就成了指挥棒。

有时是一把小锤后面跟着两把大锤,有时跟着三把大锤,叮咚咚,或叮咚咚咚,那锤声便成了音乐,节奏感很强。一强二弱,是四分之三拍,或二强二弱,是四分之四拍,只是音韵低沉了许多。

1979 年铁业社解散了,铁匠各回各地,大铁匠铺只剩下宝子一人。宝子四十多岁了,比以前更加淡定,没活干的时候,我们就去听他讲故事。故事很多,但重复得最多的就是关于莎士比亚的故事。说有一天,莎士比亚经过一个铁匠铺时走了进去,把铁匠的铁件一个个往外扔。铁匠莫名其妙地问他为什么,莎士比亚说:"你正在破坏我的作品,我也要破坏你的作品。"原来莎士比亚听到铁匠在诵读他的十四行诗,没有句读,也没有顿挫,莎士比亚认为破坏了他的诗的韵味。

这个故事他讲的次数最多,只要我们一动他的铁件,比如锄头、铁锹这类东西,他就会停下手中的活,把这个故事很认真地讲一次。当然,他也讲别的故事,特别是鬼故事,常把我们吓得一愣一愣的。

分田到户后,农村里学手艺的又多了起来,而这时,来给宝子当徒弟的人也多了起来,最多的时候同时有三个徒弟。宝子的工作就更加从容了,有人拉风箱,有人抢大锤,那农具打得就更好了。

徒弟总有出师的时候,徒弟不可能一辈子为师父打铁。一天晚上,师徒一起吃饭时,宝子说:"你们的手艺可以混饭吃了,但我还有一样绝活暂时还不能教给你们,要等我百年之后。那绝活就在那锦囊里。"三个徒弟听了,也不便多问,只是各自心里想着以后要对师父更好点。

徒弟们各立门户了,在相距不远的村子里各自发展着自己的生意,没有恶性竞争,价格公道,对师父也是一如既往的尊重,三天两头在不忙的时候来师父这里嘘寒问暖。

宝子六十五岁那年,终于躺下了,没有去医院,就静静地躺在铁匠铺里等待着那最后的时刻到来。三个徒弟更加频繁地来探望师父。

一年后的一个早晨,大徒弟来探望师父的时候,发现宝子走了,很安详,没有痛苦的挣扎,只是枕头边有一个木匣子。当另外两个徒弟也来到铁匠铺的时候,大徒弟打开了匣子,里面是一块红布,再打开红布,里面包着一张纸,展开折叠的纸,上面写道:铁烧红了千万不要用手摸。

三个徒弟相视会心一笑,心里都想着这个谁不懂呢? 然后,他们仨厚葬了师父。

2017 年 10 月 14 日于小径湾

鹅毛挑子

鹅毛挑子也叫货郎担。在计划经济时代的农村,鹅毛挑子就是一个流动的微型商场与超市。不,它比商场与超市还多了一项功能——收购东西。鹅毛挑子在农村不仅是个多功能的商场与超市,还是一个信息港,就在这鹅毛挑子边上进行商品交换的同时,城里的、农村的各种信息,也进行着交换。此外,鹅毛挑子还是工业文明的传播者,把城里的新产品带入农村。

为什么叫鹅毛挑子? 没人考证过,我想大概因为货郎们卖东西的同时还收购鹅毛吧。鹅毛挑子,一根扁担挑两头,一头有一个木箱子,箱盖是玻璃的,好让人看清楚里面的物品,箱子放在竹制的大花篮上;另一头是个高大的花篮,里面是储藏商品的。也有的鹅毛挑子两头都有个箱子。

出门时花篮里装满商品,箱子里也摆满各种东西,边卖边收。当一天快结束时,带出去的东西卖得差不多了,两个大花篮也装得差不多了。货郎们有的当天出门当天回来,也有的一出门好多天才回来,走到哪里就卖到哪里也买到哪里。

鹅毛挑子的经营范围各不相同,但都以农村家庭日用品为主,尤其是女人用的东西较多,针头线脑、发卡头绳(杨白劳为喜儿买的那种头绳)、扣子、糖果,还有各类饰品等。小孩们的用品也多,气泡球、小笛子、橡皮泥、小纸贴、陀螺,当然糖的种类最多。

鹅毛挑子收购的东西也不尽相同,以各自的门路而定,但主要的东西大同小异,如牙膏皮、鸡肫皮、破铜烂铁、鹅毛鸭绒,也有收鸡毛的,还有收猪鬃的。这些都各有用途,鸡肫皮是中药材,鸡毛做掸帚子,猪鬃做刷子,而鸭绒则供城里人做保暖制品,破铜烂铁就进了废品收购站。

鹅毛挑子进村的信号就是摇动拨浪鼓。拨浪鼓,一面小鼓,直径约十厘米,带个小把,把长约三十厘米,鼓的两侧有两根对称的小绳子,绳子一头固定在鼓上,另一头拴上一个可以击打的小物件,也有直接用绳头打个大结的。鼓柄一摇动,两根绳头就敲打在鼓面上,"砰咚咚""砰咚咚"的声音一响,村子里的人就知道鹅毛挑子来了。

也有的鹅毛挑子不用拨浪鼓来吆喝,而是用一种竹笛子发出信号。这种笛子仅用于发出信号,所以,发出的声音没有太多音乐的节律。一进村子货郎就会吹出"哆瑞哆,咪瑞咪,拿鸡肫皮来换糖"的旋律来。虽不成调,但大家都知道是鹅毛挑子来了。

首先冲出来的是孩子,哇哇叫一阵就围到了那个带玻璃盖的木箱子四周。一只小手捏着几分的硬币,另一只小手就在玻璃盖上对着要买的东西指来指去的。那声音很大,底气十足,可能是因为手里捏着钱呢。

那些两手空空的孩子,声音就弱很多,大多仅仅是问一问,凑个热闹,饱饱眼福。也有的孩子看到了好吃的,转身就冲回家去拿钱。

孩子们买的都是吃的东西,以糖果为主,有的糖果是成品,也有的是货郎自己在家用红糖做的,别名狗屎糖,六角形,便宜,但也很好吃。

有了糖的孩子,一会儿就躲到角落里,相互比较各自的糖,还相互评价着。没糖的孩子也跟到角落里,眼巴巴地看着吃糖的孩子,那两眼的目光馋得都不知收了,还歪着头问好不好吃,嘴也跟着做嚼糖的动作,其实嘴里什么也没有。

更有胆大的孩子,趁大人不注意就偷家里的牙膏皮、鸡蛋或者破铜烂铁去换糖。偷东西换糖的孩子拿了糖心虚,不扎堆,只能躲在一个没有人的地方吃,想必是怕别的孩子去他家告密。

孩子们的活动结束了,就该轮到妇女们上场了。女人们不像孩子们那么着急,基本是不紧不慢的,手里做着针线活,眼睛隔着玻璃盯着箱子里面的东西看,嘴上说着闲话,彼此交换着对商品的看法和意见。比如一个妇女看中了一款发卡,就拿出来在头发上比画,并请别的妇女来评价。妇女们话比较多,评价的观点就多,难以形成一致的看法,弄得那个想买的女人也左右为难。

　　看中了某款东西的女人，就停下手中的针线活，撩开围裙，在口袋里掏。半天才掏出一个布袋子，打开布袋拿出一个布包，再打开布包，里面就躺着一些钱，有的是纸币，有的是硬币。那女人在付钱时也是十分小心的，样子十分舍不得，毕竟钱是那么珍贵。

　　女人们买东西的时候，也会有一两个脸皮厚的孩子跑过来，扯着妈妈的围裙要这要那的。有的妈妈就买了糖打发了事，但更多的是一巴掌打在孩子的屁股上，还附上一句"爬走啊"，那孩子就会知趣地跑开了。

　　除了卖东西，收购也是鹅毛挑子一项重要的生意，收鹅毛就是其中最重要的一种，也有收购其他农村特产的。拨浪鼓一响，谁家要是准备杀鸡宰鹅的，就会派孩子出来打声招呼。初冬是宰杀牲口家禽的时节，货郎一待就是大半天，有时也会帮忙拔毛。湿漉漉的毛是不收的，因为太重了，要摊开晒上一会。毛的收购价也很特别，不是根据称重，也不是根据体积，而是用两只手掐，以"掐"为单位计价，算一掐收多少钱。

　　货郎离开的那个晚上，就会听到大人打孩子的声音，那肯定是谁家胆大的孩子偷卖了家里什么东西。特别是大人的鸡蛋，那是准备用来换些油盐的，鸡蛋少了的话，是一定要打屁股的。

　　鹅毛挑子就是流动的商场超市，走到哪里，市场的气息就飘到哪里。小生意人的肩上挑着城市与农村经济链条的担子，这肩上的担子实现了农家人的生活便利与价值，也带来了物质文明，特别是工业文明，是农村经济贸易的催化剂。鹅毛挑子也是寂寞农村的一道亮光。

　　一阵阵拨浪鼓的声响，不仅是发布"我来了"的信号，也是一阵清风、一圈文明的涟漪、一串外面世界的信息、一种快乐、一种精神的慰藉。

　　"砰咚咚""砰咚咚"的拨浪鼓声，像春风一点点地生发了农村经济贸易的萌芽。

　　别了，鹅毛挑子，在与大人们的"偷与逮"的游戏中，我们长大了。挑鹅毛挑子的人也老去了，没有了继任者，那鹅毛挑子就成为一朵浪花消失了，成了久远的回忆。

几十年过去了,我的脑海里还时常浮现出一个中年男人肩上的鹅毛挑子,那挑子里装的有针头线脑、破铜烂铁、牙膏皮和鸡肫皮。那男人的肩连同那根扁担,担着多少代人的便利与需求以及对商品的渴望。

今天,商品丰富得都让人无从选择,成了负担,可我们又留恋起物质匮乏年代的鹅毛挑子,人真是个矛盾的物种。

2017 年 5 月 7 日于丁香苑宾馆

防 震 棚

自从 20 世纪 70 年代的唐山大地震发生后,合肥西乡袁店和全国其他很多地方一样进入全面防震、全员防震、强行防震阶段。一时间,家家户户都搭建了防震棚。有些家庭不以为然,随便搭个棚,也并非每晚都住进去,更多的时间是住在家里的。而有些家庭特别认真,那防震棚建得牢固、高大而宽敞。也有的人家搭建得像个蒙古包一样。

专家在培训时说,白天不可怕,人都醒着,一有动静就可以跑出来,没事的;怕的是深夜,熟睡中,晃几下,房屋就倒了,人就危险了。

因此,每个夜晚都是难熬的、心里不安的,特别是防震开始的那段时间,一看到天上有几朵云,或者刮了一阵大风,大家就担心晚上会不会有地震。每个人都是恐惧的。尽管在那个贫穷的年代,饥饿如影随形,但祖训有言:好死不如赖活着。这句话一直激励着很多人,即便在难受的饥饿时期,都要好好地活下去,还要有滋有味地活着。因而,绝大部分人的防震意识都是极容易被调动起来的。

开始防震的时候,"双抢"已基本结束,这是农村一年中最繁重最紧急的生产任务。"双抢"即是抢收抢种,要把早稻及时地收上来,还要把晚稻种下去,所以,时间就特别紧迫。农活事无巨细,"双抢"已过,但活还是很多,又是集体干活,效率不高,可以说,一个集体劳作的生产队几乎一年到头都有活干。

白天干活,晚上由生产队队长安排一个防震小组值班,队里一共有五个防震小组,每组三人:一个组长、一个副组长、一个组员,每五天轮换一次。夜里值班的主要内容:一是听广播,万一有震,广播一定会通知;二是观天象,主要是看天空有无异象;三是打开手电筒看井水,主要观察井水有无起伏涨落的异常情况;四是守着自制的防震仪;五是检查有没有人偷着回家睡觉,若发现要劝阻,劝阻不了的要报告。有的生产队的夜巡内容更是丰富,比如还要上田埂观察有无青蛙聚集等。

防震仪,政府没有统一配备,是各个生产队在专家指导下自行制作的,那真叫五花八门。我们鲍庄生产队设计了几个组合方案:一是大桌子上放一盆水,主要用来观察水面有无波澜,水面对大地的晃动更敏感;二是碟子里放五六颗黄豆,黄豆上面再放一个碟子,如此叠放五六个碟子,若地面晃动,则碟子也会动。也有的将十几个大碗叠放在一起,每个碗底放上黄豆,这个更灵,有时人经过,脚步重一点,碗都会动。

晚饭后,天黑了,值班开始。值班室在我家的大厅屋,煤油灯灯光如豆,昏暗而恍惚。恍惚的原因是,那灯没有罩子,人一走动,那灯火就跟着晃动。贫穷的年代,家里有台灯的已是中等收入家庭;有台灯且有罩子的,是富裕家庭;真正穷的,连台灯都没有,就捡个墨水瓶,再剪块牙膏皮,中间打个孔,穿过一组棉线,瓶里装上煤油,那就是一盏灯了。

尽管灯光昏暗,但值班的人都十分认真地盯着那些自制的防震仪。一开始觉得新鲜,还有许多不值班的人也来凑热闹,这里就成了信息中心。人们一整天听来的关于地震的事,不管从哪里听来的,也不管有多么离谱,都会在这里交流,有时会引起激烈的辩论,甚至有时因为实在不能苟同对方的观点而差点就打起来。一般十点后,不值班的闲人就会陆续离开,最后只剩下三个值班的人。

组长负责看井水,每隔一段时间他都要拿着手电筒去井台边,三节电池的手电筒光很强,直射井里的水面,看井水有无异常上升或不正常的波动,同时还要夜观天象有无异变。副组长负责盯着或听着室内的自制防震仪。另一个组员就更辛苦了,要不断地绕着村庄去巡查各家各户,看看是否有人偷溜回家睡觉了。

有了防震小组值班,睡在防震棚里的人也踏实,就像有人看护着牛和羊,那牛和羊就会安心吃草一样。加之农村的夜很快就会万籁无声,棚里的人安心睡觉,不一会那鼾声犹如呼啸之风此起彼伏。有鼾声的棚,值班员很快就走过去了;那些没有声音的,值班员就要仔细甄别了,人是在棚里呢,还是溜回家了呢?又不好意思掀棚门,又不能大声问话,一般都选择弄点动静或者咳嗽两声以观察棚内的动静,再判断棚里的人是否溜回家了。若发现人不在棚里,值班员就要立即报告给组长,组长会带人立即前往处理。一般情况下,组长一到,那溜回家的人就会抱着床单或拿着扇子,趿着硬板拖鞋连滚带爬地回到棚里。

那段时间,人人都很紧张,一时间可谓人心惶惶,没有人能理性地分辨哪些自然现象是地震前兆,哪些是正常的。

白天在一起干活忙着、聊着、闹着还好些,一到晚上,特别是天气不好的晚上,晚饭后气氛就开始紧张起来,各种令人捧腹的事不断上演。一次,一个父亲给儿子洗澡,女人在里屋忙着。不知怎的,女人弄出一个很大的声响,那男人条件反射地把儿子随手扔出大门外十几米,孩子哇哇大哭。大门口经过的人抱起孩子问出了什么事,男人才反应过来,冲出去抱起孩子,亲着他那青一块紫一块的屁股,并擦着孩子冒着泡的鼻涕。

防震后期,人们心理疲惫了,思想松懈了,认识也不统一了。就这样,在没有动员,没有决定,也没有文件下发的情况之下,各地的防震工作力度开始减轻了。防震棚渐次稀疏,一户先回家睡了,没人管,另一户就连棚也拆了。不到一个月,月光下,房屋外,星罗棋布的防震棚消失了,防震小组也解散了,那些村口、树干、马路边的标语口号也渐渐消失在蓝天白云之下。

地震终究没有发生。

2017 年 6 月 9 日于昆明机场

造　屋

在农村造屋是件大事。在那个贫穷的年代,造屋几乎是一个家庭最大的事。有时住比吃更重要,因为吃得好与坏、饱与饥只有自己的肚皮知道,而住的屋子,高耸在那里,一个家庭的财富与地位、尊严与面子,就都在光天化日之下展示出来了。那时的屋子不仅是用来住的,还是用来看的。居住是屋子的属性,就像车的属性是代步工具一样,但后来就变了,附加很多别的东西:面子、财富、地位、权力、尊严等。

农村的房子不仅用来住,用来避风避雨,还具备显示身份、财富、地位、面子等一系列除房子基本属性以外的附加属性。于是,盖房子的原始动机——住,就变成了多个动机。房子是每个家庭都极为重视的,造得大、造得好、造得豪华、造得威武、造得超过人家,几乎是每个家庭的梦想。

在合肥西乡的袁店,房子基本是土墙草顶。而草又以稻草为主,连麦秸秆的都少,因为贫穷。记得有一户盖的房子是麦秸秆屋,而这一户以前是佃农。乡宣传队为宣传农民生活的巨大变化,就写了一组诗,引起了反响。

这组诗是用快板表演的,我至今记得有这么几句:"麦秸屋扎大脊,高大又漂亮。四周墙泥得光,映人乱晃……墙上挂着《红灯记》、威虎山,彩色多样,学英雄见行动,大干快上。"

别看只是土墙草房,可造屋的过程极其复杂,甚至比现在的砖混结构和混凝土结构还复杂。首先是打好墙根泥,选好一块田泼水并用牛拉着石磙反复碾压,然后再一担担挑到造屋处,用缠草的大木段压打墙根,让其更加结实。墙根垒好后一般要三四个月甚至更长的时间风干与晾晒。与此同时,要进行土砖制作。土砖制作很费劲,先选好田块用水润湿,牛拉石磙反复碾压以使泥土密实;再由人拉梭刀,裁成条,用断刀断成块;最后三人拉揣刀,一人弯腰揣土砖,那一块块土砖就立在田里,晒干后再码成墙,盖上草自然风干。几个月后,土砖与墙根都干了,就可以盖房子了。

一家盖房子,一个庄子的人都要帮忙,有时候还要请来远处的亲戚。山墙在不断增高,到山墙尖时,再往上砌,难度很大。拿抛土砖来说,力气一定要大,否则抛不到山墙尖。在上面砌墙的人同样功夫要深,一块土砖十几斤重,而且抛到五六米那么高,底下的人要抛得足够高,上面的人要接得足够稳,否则都很危险。这两项都是技术活,得由大师傅来完成,农村不缺这样的师傅。

山墙尖上的最后一块土砖砌好了,架大梁的时刻就到了,这是整个建房过程的高潮也是关键,一座房屋是否成功就看这个大梁的就位顺利与否。大梁照例要挂上红布,有的人家还写上诗文,但更多的家庭只写上吉利的话,比如"大吉""大福"之类的。架设大梁的同时要放炮,还要撒糖果及别的东西,庄子里大人小孩都要来抢喜,场面越闹腾主人越开心,那梁也架得越顺。

人气旺,人缘好,运气就好,村庄里的人都这样想。架大梁想要顺利,那梁的选择也很重要,这是一个家庭实力的反映。条件好的人家会到大山里选上好的横木,贵但直且粗,不生虫,颜色也好,黄澄澄的。家里来人了,主人都要翻眼往上看,以引起客人的注意,更多的是炫耀,想获得一些赞美。

房子从屋面看,最好的是荒草屋,其次是麦秸屋,最差的是稻草屋。屋巴也是有层次的,芦席屋巴是最好的,黄黄的,像席子一样;其次是稻壳巴;最差的是草灰巴,买不起芦席与稻壳,就用自家锅灶里积累的草灰打屋巴。家境的差异还可从土墙上看出,好的人家墙泥光滑,外墙还要"穿"上防雨的蓑衣。

2017 年 6 月 28 日于余林村

第三辑

故乡的路

一顶军帽

在我的青少年时期，大街上衣服款式千篇一律，颜色也基本是一个色调，最扎眼的是那一身军装，家里有军人的，就算捡些旧军装穿着，那也是神气十足。后来市场上就有了仿军装的衣服，家境好一点的孩子，穿在身上耀武扬威的。

我家只有一个表叔在部队上，是个排长，他长得粗壮，衣服与我身材不合，所以，即便淘汰的旧军装也轮不上我穿。

家里又没有钱，我只能眼睁睁地看着伙伴们穿着各种军装神气着，既羡慕又嫉妒。解放鞋、武装带、军裤，还有那镶着红色五角星的军帽，这样的装扮走在路上相当神气，腰也直挺。一群小伙伴走在一起，那穿军装的总是被拱卫在中间，受人拥戴。有些军装还有口袋，可让人心动了。然而，直到军装热不再流行时，我也没有机会穿上一身来神气一下。

虽然我不曾拥有，但也曾借穿一下，神气了一会。记得差不多是在 20 世纪 70 年代末的一个秋天的晚上，我们同庄的三个伙伴去桃溪电影院看电影。文同学戴了一顶军帽，也不知他从哪里弄到的，上面镶着一枚鲜艳的五角星。

那场电影叫《闪闪的红星》，潘冬子头上那顶八角帽子，上面也有一颗红色的五角星。帽子虽灰了一点，但不减神气的格调，小小的冬子穿上一身军装比春芽子更具魅力，我深受感染，心里就痒痒的，想着要戴一回军帽。

电影一散场，我就和文同学说："帽子借给我戴一会儿吧！"他很大方，尽管他也是今天才戴上这顶帽子的，但仍然不吝啬地扣在我的头上。我可高兴了，用手不断地调整着帽子的位置，一会儿觉得帽檐似乎低了些，不太威武；一会儿又感到没戴紧，不够服帖，有时还做个敬礼的动作。

　　三人说说笑笑,还沉浸在电影带来的兴奋中。当我们刚走到龙潭河大桥时,桥的那头迎面走来三个人,三个比我们大的小伙子。我们有些害怕了,因为是只有不到三米宽的石拱桥,躲是躲不过去了。我仍走在前面,另两位伙伴为让路就走在我后面,三人形成一条直线。但对方仍然一字排开,很横的样子,更像是要找茬的架势。其中的那个高个子与我迎面相遇时,突然抓起我的帽子,并用帽子在我的脸上狠狠地打了一下,然后扬长而去。

　　那是晚上七八点,桥两头虽有人家,但都是黑灯瞎火的,我们没敢呼叫。回头看看,那三人像没事一样大摇大摆地走着,刚才的事好像没发生。我们遇到街混子了,我们三人心里都是这么想着,但谁也没有讲话,又走了一程。

　　文同学说:"脸打坏了吧?"

　　"没有,只是火辣辣的。"我的声音很小,但心里的声音很大,一种要怒吼的声音在心里憋着。又走了三四公里,我们三人坐在月光下,坐在风落河大堤上的一棵大树下。

　　"今晚不来看电影就好了,都怪我。"友同学发话了。

　　"那怎么知道就遇到小痞子呢?"文同学安慰道。

　　我一直没有吭声,心里盘算着,到哪里去弄一顶军帽还给文同学呢? 十点多我们各自回家睡觉了,分手时都是默默地,没有平时那么活跃,因为都有心事,当然我的心事最重。不仅是屈辱,更因为我背负着一种压力,一种偿还的压力,人生第一次产生了偿还的压力。这种偿还的压力就这样毫无征兆地压在我的头上与心里。

　　从此,我每天都盘算着如何去弄一顶军帽,哪怕差一点的也行,也算是交差吧! 以后的日子,我们三人像什么事都没发生过一样,除了上学,就是在一起偷瓜摸枣、捕鱼捉虾。虽然文同学没有提过这事,但我的心里从来都没有放下过,一刻都没有。

　　去要吧,到哪里去要呢? 本来周围戴军帽的人就不多,城里应多点,但乡下人去城里要东西好像很不靠谱。买一顶吧,又没有钱,也不知有多贵。想来想去,还是想办法挣钱去买一顶靠谱一点。

有一天,我独自一人上了舒城,在百货大楼里看到了军帽,和我被抢去的那顶差不多大小。草绿色,很扎眼,但比被抢去的那顶质地要好很多,可标价吓我一大跳:三元五角钱。妈呀,那时大米才一毛一分钱一斤,一顶帽子顶三十多斤大米呀。回到家,我沉思了很多天,咬咬牙开始挣钱吧!这是唯一的办法。

春夏之交,一个挣钱的机会来了,供销社开始收干槐树叶子,十斤鲜叶可以晒成一斤干叶,一斤干叶可以卖七分钱。于是,一场拼命打槐叶的活动开始了。我把弟妹也动员起来,小弟负责看晒,我就爬到树上打,两个妹妹在地上帮忙。一个槐树季节我共卖了三十斤干叶子,得了两块一毛钱。让弟妹干活也不能白干,三分钱一支的冰棒前后共买了十支。这次槐叶季,我最终得了一块八毛钱,还差得远呢!

不久,舒城井子岗那边又开始收购水蛇,听说蛇胆有很高的药用价值。蛇有什么用途并不重要,收蛇的给我钱就行。

那时农村的水蛇真多,田埂上到处都是。我左手拿一个化肥袋,右手握着火钳子,看到蛇,一火钳就夹住了,熟练地放入袋中。蛇虽有智慧,但它的视力很差,主要靠蛇芯子来探测信息,但也十分灵活,好在水蛇没有毒。当你走上一道田埂时,它们就会纷纷往小沟里蹿,动作很快,更多的是直接从田埂上掉到水沟里。你要是不迅速点,那田埂上的蛇就会跑光了。

积累了经验之后,我赤脚上阵,那样行走时动静就小了很多。但蛇仍很敏捷,这时就看谁的动作更快了。当一条水蛇正往沟里挤的时候,伸手一钳子夹住那蛇的尾巴,这样就逮住了。

那时候,农村除了挣工分,没有更多的能赚钱的门路,鱼和黄鳝都不值钱。收水蛇也是第一次,每个人都会抓住机会。每家每户老小齐上阵,一眼望去,每道田埂上都有低着头匆匆行走的人,同样地左手拿着化肥袋,右手捏着火钳子,当然也有人是左右手反过来拿的。

捕蛇的人多了,那蛇就难抓了,只有提高技术。平坦的田埂上蛇已不多了,而且随着蛇逃跑的经验丰富起来,逮住它们的难度也越来越大。我就去更荒芜的人迹稀少的地方去抓蛇。在潮湿的草地里找蛇是一件可怕的事,因为这些地方极易隐藏着毒蛇。这里最常见的毒蛇就是桑根蛇,学名赤练蛇,单那红花的色彩都会让你却步。好几次在找水蛇时我都遭遇了桑根蛇。土公蛇更麻烦,它和土的颜色一样,而且一动不动,因而更加不容易发现。当你碰到它时它张嘴就是一口,面对那致命的一口,谁都会心惊胆战。

一开始收购水蛇是按斤称的,每斤一毛五分钱,抓蛇的人不多,一天可以抓一两斤,后来抓蛇的人多了,蛇就难抓了。再后来收购蛇的又改为论条收,也许是卖蛇胆时以条为单位的缘故吧。暑假快结束了,我掀开席子,从床草里掏出卖槐树叶子及卖蛇的钱,差不多快三块钱了,离那顶军帽还差一点。

我又盯上了场地上从队里分到的一堆紫草桔梗。紫草在化学肥料普及之前是最主要的农业肥料,秋天播种,第二年春天再把它犁到泥土里沤肥。所以,紫草很重要,紫草种子更重要,每家每年都要留下紫草种子供秋天播种,所以种子也很值钱。

翻打草籽的灵感来自二老表,他就是通过翻打紫草桔梗换了一双泡沫拖鞋,很拉风的那种新式拖鞋。一连五天的夏日中午,别人在午睡的时候,我就在场地上用连枷拍打紫草桔梗,一遍又一遍,桔梗都打成灰了,最后用筛子除杂,一斤多黄灿灿的草籽就出来了。

第二天我就跑到舒城,一顶军帽终于买回来了,我如释重负。当我把军帽拿到文同学面前的时候,他愣了半天说道:“帽子的事我早就忘了。”并表示坚决不要。他还说他那顶军帽不仅是旧的,而且还是假的,是花了八毛钱从别人手上买的。

看得出他说这话时是认真和真诚的,但我不由分说地把帽子扣在他的头上,迈着几个月来从未有过的轻松的步伐离去。

欠物与欠情一样有压力与负疚感,心中无所欠才是好时节啊。

2017 年 10 月 8 日于珠海鱼林村

故乡的路

　　一直听说老家修路的事，一开始是说要修路了，后来说在修了，最后一次说是已经修好了，还是水泥路，一直通到村庄家门口。一开始我并不相信，说的人多了，也就信了，继而有些向往：田间地头横卧一条水泥大道会是什么景象呢？该不会有路灯吧？路上除了行人与车辆，肯定还有水牛、鸡和鸭。两边也许还栽了树，夏天会成为林荫道。浮想联翩时，回家看看的念头愈加强烈，可是忙于业务一直未能成行。去年国庆节，我下了一个很大的决心：哪儿也不去，什么也不干，就到家门口的水泥路上走一走。

　　那是一个阳光明媚的深秋的下午。天很高，也很蓝，收获后的田野一派休闲景象。稻田里，鸡鸭成群，大白鹅曲项向天，悠然自得，胆大的还"招摇过市"呢！杨桃路也比以前宽多了，两边还建了路牙。高大的杨树有的已形成拥抱之势，行驶其间，有穿过隧道的感觉。大约离柿树街道二公里处的左边有一块牌子："袁店三公里"，我知道该拐弯了。以前这是一条土路，即便是晴天也不能行车，而现在却变成了水泥路，虽很蜿蜒，但平实。正行驶着，一头水牛挡住了路，牛绳搭在牛背上，它不紧不慢地摇摆着尾巴，像是在拍打苍蝇，其实是在闲乐，低头慢行，又像在体味这份恬静。我不忍打扰，跟在后面走走停停，最终它还是走向一块空田。我继续行进了一段，到了廖渡村与袁店街道直角拐点的地方。

　　这是一块高地，向东远眺袁店中学，向南可隐约看见家宅的顶部。我下了车，双脚踏在路上，感觉是那么坚实。西下的夕阳，凉爽的风，让我眼前浮现出三十年前的羊肠小道、二十年前的半截土马路、十几年前的坑洼沙石路。

　　那是怎样的一条路啊！每到卖粮的时节，大部分家庭是靠肩挑肩扛，有的虽用起了板车,也得全家老小齐上阵,你推我拉才能前行。即便后来有了沙石路,可凸起的大石块和深凹的大水坑,让一般的车辆也望洋兴叹。这是一条艰难的路。这里的人祖祖辈辈也就艰难地生活在这里。廖渡村更是如此。它处于交通的尽头,这是唯一的一条路。因为它的南边有条叫天河的河,后来才知道那是丰乐河。河床深陷,河堤高筑,前有天河,后无通途,行路难,难于上青天。

记得上高中时,有一次卖稻子交二十五元学费,一板车拖了四百多斤稻子。那个天公不作美的下午,离粮站还有一公里多的时候,天突然下起了雨。无奈至极,我发现路边不远处有一个鱼棚。当我把稻子都搬进去的时候,我的衣服也全部汗湿透了。雨终于停了,可路面已成烂泥状,我只得从附近的亲戚家借来老牛才把车拖到粮站。

"嘀——"一声鸣笛,打断了我的思绪,一辆小车擦身而过,可能又是哪位游子回乡省亲了。我上了车,车轮轻轻碾过洁净的路面,心中荡漾起甜甜的笑。多少年乡民的梦啊!终于实现了,这岂止是一条水泥路!这是一条富裕路,一条幸福路,一条希望之路。

2013 年 10 月 15 日于盛名阁

飞雁投湖

据《许氏宗谱》记载,明朝时期,1456 年,许氏高阳郡三星堂一世祖许国泰任庐州知府时,将宗亲从徽州婺源许村迁至合肥西乡袁店乡一带,即曾经的芦苓乡、龙潭乡、青春公社,也就是现在的柿树岗乡。

为弘扬宗族传统,凝聚宗亲力量,彰显家风族规,传承耕读风尚,一世祖带领族人捐资兴建祖庙(即祖祠),取名汪神庙。汪神即许氏始祖许由。今天的袁店中学就建在汪神庙的遗址上,这里北距龙潭寺、南距凤落河均为六里。

2005 年,在袁店中学校址出土的一块"汪神庙重修碑记"的大石碑记录了关于汪神庙的部分内容。该石碑作为文物现被保存在袁店中学的转心楼里。

1865 年,即清同治四年,淮军将领唐定奎兄弟选址建圩堡时,也看中了这块地。此时,祖庙无人看管,破败不堪,但主体结构基本尚存。经过与许氏后人的一番交涉,祖庙被迁往现在的袁店村汪神庙生产队所在地重建,规模大大缩减。新建的汪神庙由于年久失修,在 1970 年前后,荒芜倒塌。目前,遗址清晰可见。

据史料与《许氏宗谱》记载,原汪神庙的南面,几百年前是一片水泽之地。泽湖相连,那时的南大塘与东大塘连同周边塘口,为同一片水域。

这片水域曾有个凄美的名字,叫"飞雁投湖"。由于水灾频繁,这里地广人稀,但水草充沛,水面宽阔清澈,微风拂过,碧波荡漾。其地理位置恰在北雁南飞的线路之上。因此,这里就成了一年一度西伯利亚的大雁南迁过冬时理想的中途补给站。

每年秋高气爽时,就会有阵阵南飞的大雁在这里停歇。一般只停留一两天,补充食物,休整体力,养精蓄锐,以便再度飞行,完成那几千甚至上万公里的远行。雁阵一般会选择在下午五点左右停落,大多在凌晨四五点起飞,也有的雁阵停留更长时间。

有一年深秋,一个雁阵停下来休整。当雁群又起飞时,有两只大雁仍然留在水面上,看上去情绪低落,心事重重。

原来,那只雄雁的一只翅膀受伤了,不能起飞,而另一只是其配偶,留下来照料雄雁,以期尽快恢复。一两周过去了,那只雄雁飞不到二三十米就又落回水面,看样子伤势未愈。就这样,两只大雁在这里艰难地锻炼恢复。白天,它们都浮在水面上,雌雁在前,不断把从水里捕到的食物放入雄雁的嘴里。雄雁在后,默默享受着这份夫妻恩爱。

晚上,它们又回到水边的埂上那个临时的家。每晚,雄雁睡了好久后,雌雁还守在雄雁的边上,直到夜深人静感到没有危险了之后它才入睡。这样一天天重复着,雄雁的伤势恢复很慢,雌雁更加细心与耐心地照料着雄雁。看得出来,雄雁很是揪心,因为冬天快要到了。

有一天,这两只大雁在水面上起了争执。这是一次激烈的争吵,两只大雁的脖子不断地摩擦着,交扭着。一会儿,雄雁把头高高昂起,然后突然插到水中。一会儿,雌雁侧着头,一只眼深情地看着雄雁,然后也一下子把头插到水中,并伴有咿呀咿呀的嘶叫声。雄雁声音强烈、急促,雌雁则轻柔、绵长。虽不懂它们的语言,但很明显:雄雁是在自暴自弃了,而雌雁不离不弃,一再劝阻。

争执中的咿呀声,明显不同于排成人字形或一字形的雁阵在飞翔时的咿呀声。后两者是相互鼓励,彼此关注,互相提醒。那是力量,也是歌声,更似人类的劳动号子。那咿呀声能消除长途飞行中的疲劳,也是对领头雁的赞许与感激。而水面上这两只孤雁的咿呀声,更多的是无奈与苍凉,甚至是绝望。

又一个黄昏,又有几个雁阵落脚在这里了,湖面上一下子热闹起来。除了疲惫的头雁早早地休息以外,那些年轻的大雁活泼地在水面上嬉戏,你追我赶,争抢食物,一条小鱼就被它们一头一尾地挣断了。这种争抢中,更多的是嬉闹与欢快。天黑了,湖面十分宁静,只有放哨的大雁在认真地值守。

黎明之前,湖面响起一阵杂乱的扑水声和嘶叫声。那几个雁阵又远行了,静静的湖面只留下原来的那对大雁。当雌雁照例把食物送到雄雁嘴边时,那雄雁紧闭着嘴,满脸的懊恼与灰心。它们不断伸缩着那长而优美的脖子,像在争执,又像在辩论,跟佛教辩经似的,更多的可能是安慰和劝说。

又一日早晨,那只雄雁不见了,只剩下雌雁,孑然一身,形影相吊。空旷的湖面显得更加冷清,没有一点生机。雌雁非常焦急,一会儿在水面上,一会儿又回到埂上,回到那个曾属于它们的家。一会儿,它又游在水面上,把脖子伸到最长,向四周张望,那是在寻觅,寻觅它亲爱的雄雁。

第二天,一具大雁的尸体漂浮在湖面上。雌雁不顾一切地贴着水面飞奔过去,它咿呀着,嘶鸣着,扑打着,狠命地扭动着那长颈,绞起雄雁的脖子高高地举起。但一切都已无济于事。孤独的雌雁朝天嘶鸣,咿呀声里是悲是痛,听了让人撕心裂肺。

再一日,湖面也漂起了雌雁的尸体。它随雄雁而去了,或许是在天堂里聚首了。

乡民们被这对生死相随的大雁感动了,他们划着木盆,捞起这对大雁,把它们埋在湖边的埂上。

后来,国泰公回乡省亲,也听到了这个凄美的故事。他当即决定重修大雁埋葬地,并取名"雁坟",还将这片水域命名为"飞雁投湖"。据说,人们还在"雁坟"边立碑记述了这对大雁的爱情故事。

道光十七年以及民国十三年的两部《许氏宗谱》,清晰记载着国泰公之后的六世子孙,计三十六座合葬墓,全在这"飞雁投湖"之滨。宗谱的坟图标明的方位,就在今天的袁店中学。

2017 年 8 月 13 日于珠海半山居

林海树王

　　合肥西乡的官亭,位于大潜山之北,江淮分水岭之脊,官亭这个美丽且富有诗意的名字源自一位帝王之行。

　　在淠史杭灌区还没有修成之前,这里的百姓基本上靠天吃饭,生活的水准取决于天意。

　　改革开放后,国家提出变对抗型农业为适应型农业时,镇上的铃书记审时度势,精心规划,建起了这座乳名叫官亭林海的国家级森林公园。大潜山就像亭亭玉立的公主,而林海就是那公主的坠地长裙,秀美、飘逸又充满诗性。

　　林海的最东头是大堰小学,校园里有一棵百年桂花树。据《孙氏族谱》记载,这里原是孙氏祠堂,建祠时族长亲自栽下这棵桂花树并取名睦桂。在树的十米开外,同时栽下一棵南天竹,距今已有二百七十年的历史,现已被列为"国家三级古树"而受到保护,堪称林海树王。

　　其被称为树王,并非浪得虚名,而是实至名归。它的美常让人不能自已,唏嘘不已。梅花形状的树冠,巨大而规则,伸展又内敛,低调而又不失轩昂,置身于它的边上,你一定会有一种美的重压在肩。

　　两个粗大的主干为连理枝,在离地面一米多的地方分叉。左干直且粗,左为上为阳;右干略细且略斜,右为下为阴,看似太极生两仪的形态,实为"天尊地卑,乾坤定矣"之意,阴阳协调,生生不息。一棵树的体型诠释了易学的灵魂,实在让人叹为观止。

　　枝丫密实、交错而又有序,绝无单枝独争风头而秀于冠外,所有的枝丫与树叶一律拱卫着两干,呈聚拢之态,象征好合与和睦。

　　《孙氏家谱》中还记载,族长规定,孙氏所有后人成亲时都要到睦桂下许愿并承诺白头到老的誓言。

那令人感动的誓言写在一条条红丝带上并拴在枝下。那丝带载着誓言随风飞舞,祝福小两口百年好合,一帆风顺。

静是它的另一种情态,若处子,若磐石,独处深深的祠堂,随风随雨,和那棵不到十米远的南天竹一起,护卫着孙氏后人枝叶繁茂。

祠堂变成了学校,麻雀般的娃娃们也不曾让它心烦意乱,它像一位老祖母,慈祥地看着绕膝的孩子们,静享天伦之乐。

每个清早,教室里的诵读声一浪一浪地溢出窗外时,那枝叶也一起一伏,像吸食甘露一样吸吮着知识,叶的轻响极似那沙沙的翻书声。天长日久,这睦桂便也有了学识。所以说,睦桂如此秀美,不仅有土里的营养,也有书里的。

飘香的时节到了,方圆几公里都会暗香浮动,那香便是睦桂的召唤:快来采花吧。于是,孙氏的男丁便携篮持杆直奔祠堂而来。一袋袋的桂花,带回家经女人的巧手,就成了一壶壶桂花酒,一点不亚于月宫中吴刚的那壶酒。一时间,孙氏门庭,家家酒香。

雨后的睦桂,绿得如祖母绿玉石,纯粹而透亮,清澈而娇嫩,让人有含在嘴里的冲动。

睦桂也活得很扎实,不乱方寸,看,那树根都伸及校外的田埂上了。扎实的树根让其茂盛,让其厚重,也让其自尊并自在。

常言道独木难成林,可这棵睦桂真可以一木为林。夕阳西下,千鸟晚归时,那枝丫间便是另一番景象。每一条枝,每一片叶,都在那鸟爪下舞蹈,是共舞并和着那音乐般的鸟鸣。

二百七十年呵,就这么立在这里,不曾移步,也不曾思迁,静观社会之沧海桑田,目视人生之沉沉浮浮,不以位卑,也不以寂叹,将人世间的一切纳入眼底,收进那如伞的巨冠之中,理解或不理解都受着、装着、捂着。

当有人拿着铁锹与绳索要把它卖到一个不知去处的地方时,它也不曾抖动一下枝叶,只是静静地看着,像是无声地抗议,也像在等待命运的判决。

枝叶虽无声,却产生了一股强大的力量,最终,那人退却了,或许不忍,或许不敢。

睦桂,当之无愧的林海树王,如今已是一颗璀璨的明珠。那万条垂丝之上,一双双新人用情书写着誓言,用心坚守着承诺,那睦桂又成了爱的守护神。

一个黄昏的下午,我独自立于睦桂与南天竹之间,思绪涌动。人们常说人生最重要的是选择,可这棵百年睦桂却告诉了我们,人生最重要的往往是坚守。

2017 年 12 月 2 日于香港维多利亚港

枸骨冬青

廖渡村杨小郢生产队有棵古树,是我们村的树王,两年前专业机构挂上了牌子,上面写的是树龄四百年,但祖祖辈辈的人口口相传的则是五百年。树王有许多名字,正名枸骨冬青,别名有很多,猫儿刺、鸟不宿、老虎刺、狗骨刺、八角刺、老鼠树。每个名字都有来历,带"刺"字的名字好理解,因为刺多。鸟不宿也与刺有关,因为刺太多,鸟没办法在上面留宿。而老鼠树则与树形有关了,这种树非常适合老鼠生活,老鼠可入洞,可入根,可上干,可上枝。

枸骨冬青在村里的位置是显赫的,因为它的长寿,因为它的灵性,因为它的高大,因为它的常青,还因为它给村民的恩泽。秋天过后,大地一片黄土色,或是冬雪初至,田野一片白茫茫,平坦的圩区田地,一两公里外就能看见它那绰约的风姿,四季不变的绿。伞状的冠,呈半球形,高而宽大,密而有序,一个主根生出四个主干相携而上生长,几百年来不失平衡,不失协调,和谐共生,像一个几世同堂而不分家的传统家庭,子孙满堂,枝叶繁茂,和睦相容,生生不息。

枸骨冬青成为树王,不仅因为它的长寿,也不仅因为它的美丽,还因为它给人们带来的物质上的丰富和精神上的慰藉。枸骨冬青的叶、皮、根、果皆可入药,补肝补肾养血,祛风止痛,对牙痛头痛、风湿劳损皆有较好疗效。现在都崇尚西医了,据老人相传,在西医还没有进村的时候,这棵枸骨冬青就是一个小医院,能顶一个郎中。谁家有人头痛脑热的基本都是靠枸骨冬青,其叶、皮、根、果或煲汤或泡茶或做成药膳,根据不同症状使用其不同的部分,都有很好的疗效。

除此之外,有人心神不宁,有人心悸心慌,有人焦虑难眠,只要在树王下面静坐几小时后,就会感觉轻松很多,像进入另一个境界一般。至于为什么有这般效果,没有人能给出科学的解释,更多的是传说,说树王成精了,可以给人以精气。我想大概是因为树王以自己的定力使人汲取自然的气息从而改变人的心境。

很多人身体或心情大好后,都会来还愿,拴上几条红丝带在树枝上,有的还在树下面点上菜籽油灯,以示对树王的感激与恭敬,还有好事者带来香炉烧香。后来有人提出烧香或点灯可能都会对树王有所伤害,才制止了这样的做法,但拴红丝带的做法几百年来一直延续至今。

树王不仅能输出精气,还有灵性,它的灵性主要表现在它对自然的感知并用自身的变化表达出来,告诉人们如何趋利避害。如果有一年它的叶子落得特别多,那么,次年一定有大水灾。久远的传说不足为证,但一些健在的老人说,1954 年、1969 年和 1991 年的大水灾,它都预测得很准确,特别是1990 年的秋天,树王的叶子掉了差不多一半,结果 1991 年的大水为有史以来最大的。如果有一年树王下面都找不到落叶,次年一定是大旱之年。村民说,1977 年的秋天,树王下面一片叶子都找不到,1978 年秋旱,数月滴雨不落,也就是在这场大旱之后,开启了农村大包干的序幕。

树王不仅会预测天气,也会感知农作物的丰歉。如果秋天它的果子红且大且多,次年一定会是丰收年,如果秋天它的果子结得少而小且色泽暗淡,次年就将会是收成不好的年份,无论是水稻、小麦还是其他作物。

农民进城了,杨小郢和其他郢子一样荒芜了,一同荒芜的还有这棵树王,它不再像以前那么受人瞩目、受人膜拜,它被杂草所包围,它对于村民的价值也大不如从前。现在谁家有人头痛脑热还会去采叶折根熬汤呢?田地也没有人种了,谁也不在乎它的肢体语言所预示的征兆。

虽然它对村民不重要了,但它仍一如既往地努力地生长着,一丝不苟,也认真地工作着,尽管它的工作成果已没有人认可或需要。它没有以前的风光但可以宁静地生活,几百年来,它为这带农民服务着,从没有像今天这样可以完全不被外界打扰地过着自己的生活。

与家乡渐行渐远，每每回想到树王，都有想去看看它的冲动，但都没有成行，不仅是因为忙，还因为它已无法靠近，只能远远地对它张望。今年的清明节，我下定决心去看看树王——这个曾经的乡村郎中。

这是一个阳光很好的下午，我带着镰刀，边走边砍，差不多离树王还有三十多米的距离，实在无法前行了，因为那里的杂树太大了，镰刀已对付不了。就在这儿吧，我端详着久别的树王，它又长了许多，高度和冠径都在十米以上，叶也是绿绿的但明显缺少了些油亮，树形有些散漫，像个奶孩子的少妇，全然没有姑娘时的精致。但四个主干还像以前那样协调而平衡，没有哪一个横斜逸出，也没有哪一个独自向上，仍像以前那样和睦而相互关爱着。

站在齐人高的杂木丛中，树王与我无言而视，可我的思绪却全然回到了小时候。那时几乎每个夏天的夜晚，老人们都要讲述关于这棵树王身世的故事。

说是明朝正德年间，这里有一对青年结伴要去杭州经商，一个叫张明，另一个叫王阳。他俩到了宣州的时候，张明就生病了，一种古怪的病，王阳带着他不断地寻医问药，一转眼，半年过去了，所带盘缠全部用光了，也不见好转。张明让王阳独自前行，王阳说他俩必须生死相依，就这样他们住到了一个破庙里，白天王阳出去要饭，晚上回来喂给张明吃。

要不到饭的日子里，王明的眼光就转向了庙前庙后的枸骨冬青，叶、果、皮、根都可用来煮着吃，王阳还变着法子加进去一些好点的东西一起煮，以期多点营养。尽管王阳竭尽全力小心照顾着，但张明的身体还是每况愈下。

有一天王阳要饭很晚才回来，发现张明躺在床上已没有了气息。手边放着一张纸，上面写道：王阳，我的好兄弟，连累你了，我回不去了，只能到这里了，请你帮我带回一棵枸骨冬青吧，栽在我家大门口的正前方，告诉我的父母，这棵冬青就是我，想我的时候就看看它。

　　王阳含泪葬了张明,精心地选了一棵小苗,栽在瓦盆里,又过了一两个月待冬青成活后,王阳抱着瓦盆踏上了回家的路,历尽千辛万苦带回这棵来自异乡的冬青,一棵附有张明灵魂的枸骨冬青。

　　　　　　　　　　　　2021 年 4 月 26 日于珠海鱼林村

家乡的轮车垱

　　2016年底,启动了《许氏宗谱》的续修工作,我的任务是研读道光二十九年和民国十一年所修的两部宗谱。当我一页页翻过一世祖国泰公迁到合肥西乡以来的五百多年的历史时,我发现了一个惊天的秘密——轮车垱。这是袁店境内一项五百多年前修筑的至今仍在发挥作用的水利工程。宗谱里对这一工程写得清清楚楚,并标明了方位图。

　　轮车垱,也就是现在乡人所说的十里长荡,其实它的长度远不止十里。所说的十里,是指从廖渡小学北面的那座石拱桥(原为木桥,被1969年的大洪水所毁)至下游拴马桩边的团堰闸。从石拱桥往上,可溯源到界河街边约八里路,往下从团堰闸至龙潭河约五里路,这样算来上中下相加约二十三里路。但上游和下游基本以沟的形式出现,只有中游被称为十里长荡的一段(廖渡小学至团堰闸),水面开阔,最宽处有二百多米,水势平稳,可长年存水。

　　轮车垱说它是塘,不准确,因为其形状像河而且长十多里,再大的塘也没有这么长。当然,除了安丰塘。说它是河也不准确,因为只有在夏季排洪时,水才是流动的,其余时间水面都是平静的,只接受长荡两边农田的排水和取水。说它是荡也不像,荡一般都是自然形成,大且深。轮车垱主要的功能是为两岸农田排水和取水灌溉。其中,长荡以北以排洪为主,灌溉为辅,而在长荡以南,则排灌并重。

　　长荡的水系十分发达,从上游开始,北边的第一条水系为南闸沟,从袁店老街南头经过流入长荡,再往下是袁大庄边的大水沟,不知是否有名字。而南边的第一道水系为大垱头。两口大水塘与长荡相通。这条水系是蓄水与排洪相结合。再往下就是姚沟;这条水系是排水与取水相结合。再往下游还有很多这样的灌与排相结合的沟渠。长荡的南北水系流向也不尽一致，北边水系基本是从北向南流，进入长荡，而南边水系则灌溉时从北向南流，排水时从南向北流。这种设计真是独具匠心，也十分奇特。

十里长荡的起点原先是座古木桥，十分壮观。桥长约三十米，北端抵在北堤上，而南桥头则处于长荡的中间部位，桥的南端与南堤相连处是一段略高于水面的低矮堤坝，目的是为了洪水期的行洪，也同时减少建桥的费用。桥面为大木板铺就，中心上凸，整个桥面呈上弦月形，十分优美。桥下是六排大木柱，每排两根支撑整个大桥，均匀分布。

20 世纪 60 年代中后期，木桥失修。桥面上的许多木板脱落，有些还被人偷回家了，于是桥面就不完整，走在松散的桥面上咔咔作响，让人有些害怕。1969 年的大水后，这座桥被彻底冲垮了。

大概是在 1975 年，为解决交通问题，政府修了现在的石拱桥。与老木桥相距约七十米，老桥两端的桥头墩子现在尚能辨认，遗址仍存。

在没有石拱桥前，大队引进碾米机后的那段时间，十里长荡又多了一项水运的功能。一则是下游的村庄用船，准确地说是特大型的木盆，把征购粮运到木桥头，然后再用公社的拖拉机把稻谷运到粮站。二则是在老木桥的南侧安装碾米机，以柴油为动力，家家户户就用大盆把稻子运来加工。一时间，这里就形成南北两个微型小码头。

古人对待工程，敬畏而严谨。从遗存的基础设施来看，工程质量非常高。处于廖渡鲍家庄的姚沟古涵闸非常坚固，涵闸呈四方形，四边由大青石砌成，一边约八十厘米。长荡涨水时，就从北面用木板扎住不让水倒流进姚沟。蓄水时，就从南面扎住，排水时就把木板抽掉。几百年过去了，那青石板仍结实得像个硬汉，整个涵闸保存完好。

十里长荡的末端是团堰，形似一口大塘。解放前，堰的东堤坝有木闸，根据水量开闸、关闸，解放后改修成水泥涵闸。清末著名淮军将领唐定奎兄弟贩欢团的故事就发生在这里。团堰闸的下水口约二百米处，就是拴马桩。在没有修中心排洪沟（现在叫桃花渠）时，十里长荡的出水是从团堰经三叉河流入丰乐河。

十里长荡的南北大堤形态功能各不相同。北堤由于水系支流更大，与长荡的入口处形成喇叭形，没有桥相连，就形成若干断堤，也就难以以堤为路。南堤则不然，大堤连续而平直，自然成为附近村庄的通途，而且是唯一的出路。1977年，廖渡村的中心路修通后，十里长荡的南堤才失去了通途的功能。

干旱时节，长荡两边的淳朴村民用他们的智慧与真诚，解决着瓢水碗稻的问题，那是一道风景。长荡水位低到要分水的时候，两岸的村民会很守规矩地筑起河床拦水坝，一庄一段。据我的老爸回忆，他从没听说过，也没有亲历过两岸村民为抢水而发生类似电影《老井》那样的人命关天的争斗。当拦水坝形成时，鱼也分清楚了，谁家的地盘谁家的鱼，从没有发生哄抢的情况。

小时候的冬天，十里长荡的功能又多了一项——溜冰场。那厚厚的冰可以承受很多人，人们肆无忌惮地在上面滑行，还有人做出各种姿势。那时候虽然都还没看过真正的溜冰，但这并不妨碍人们自创各种溜冰动作。

轮车挡不仅是一项水利工程，还是一处军事设施。清末，淮军在最兴盛的时候，十里长荡就成了唐定奎训练水军的水域，锻炼水军水性，演练进攻与防御阵型。百舸争流、战舰竞发的场面十分壮观。这也为他们日后渡海赴台湾作战打下了水上基础。

"轮车挡"这一名字让人十分不解。从《辞海》上查阅，"挡"的意思有两个。一个是为便于灌溉，而在低洼的田地或河中修建的用来存水的小土堤；另一个为与坝相关的地名。由此，从名字上可看出，这是一项水利工程，而非自然形成。而"轮车"的意思却让人有些费解，从十里长荡的堤坝现存状况来看，基本属于就地取土，不存在用车运载。因此，这个名字与修堤时的运载工具无关，更大的可能是与提水用的水车有关。

在没有修轮车挡前，整个圩区的小水沟密如蛛网，环绕田间地头，种田提水时只要一个水车即可完成。轮车挡相对于小水沟来说要大得多。河深坝高,当种田用水时,一辆车是无法满足的,必须要几盘车同时逐级提水,方可把轮车垱的水提到田里。这种轮车的提水方式可能就是这个名字的由来。

五百多年的轮车垱水利工程还有许多待解之谜。据九十多岁的老人说,从他们的祖辈开始就口传说轮车垱从来没清过淤,可十里长荡依然河床平坦,没有淤积。不像前面的丰乐河,河床抬高,河堤也越抬越高,这里面应有什么奇巧设计或是玄机。此外,五百多年来,轮车垱也没有改过道,且河堤保存十分完好,特别是南堤。更离奇的是,在袁大庄和涂老郢的那段河,河床同样平坦,河床下面的烂泥巴却约有五米深。是什么力量让这段河床底部的烂泥巴五百多年还没有硬化? 一般来说,不要说几百年,就是一二十年,再烂的泥巴也会硬化。这些未解之谜,只能等待考古专家来解答了。

2017 年 6 月 15 日于珠海鱼林村

鲍家庄的老井

廖渡鲍庄的那口古井,在远近是颇为知名的。改革开放前,家用压井还没有出现时,周边村庄的饮用水主要靠矾净化的塘水。有些生活不讲究的或者比较穷的,连矾净化水也没有,直接从塘里提水回来放几个小时就使用。但有些生活讲究的人家,会经常来鲍家庄挑井水。特别是逢年过节,更多的人家都会来鲍家庄担井水回家吃。

老井的井口只有六七十厘米,挑水时除了一担大水桶外,还要带只小水桶,俗称小量子。井水很深,用来拴小量子的绳就长,一年四季有些区别,但一般情况下有四五米吧。挑水时先用小量子提水,有时小量子放到井里了,可它就那么立在水里,不吃水。有人就使劲地抖绳子,想让小量子的口扎到水里汲水,可作用也不大。有人开始想办法,在小量子的小拱梁上的拴绳处加块铁或者石头,这样小量子一下水,小量口就扎进水里。

由于距离远,打水时都会打得很满,可路上经常会晃出许多,特别是跨田缺(农民为了农田进水和排水,在田埂上挖开的缺口)时更是洒出很多水,实在可惜。于是就有人开始想一些五花八门的防水晃出的办法,有的人家给水桶盖上盖子,但缝隙处仍会溢出许多。有人把编成的直径比水桶小的草垫子放在水上,但由于草垫子平直而没有弹性,仍然会有水外溢。

有一天,我看隔壁庄盐行仓的一个叫叶传务的人挑水,水桶里直接放的用草绕成的草团子,直径约十厘米。我很是好奇,他挑水时我就跟在后面看,这草团子能起什么作用呢? 我惊奇地发现,这个草团子真管用,一点水都不洒出来。我认真地思考了一下,草团子呈球状,三分之一浮在水面上,三分之二在水下面,而且又很松散,对于水来说,可能更容易防止水花的形成。是啊,有些事其实很简单,可往往搞得很复杂,反而不得要领。

鲍家庄的整个庄台呈长方形,前面是一口大秧塘,其他三面是壕沟环绕。庄台的中央是一排房子,有二十一二间的样子,八九户人家,老井就在庄台最东边一户人家的东南向。井口的三面是用条形大理石围着的,两长一短,便于人们挑水时放桶及扁担,也便于人们洗衣服、淘米等。井口套也是大理石凿成的,六七十厘米见方的一个井套,呈"口"字形。井套的下端口是平的,而上端口的四边则呈弧形,四个拐角高高突出,不知这样设计有何缘由。

这些大理石都是褐色的,略带黄白斑点,十分坚硬,几百年过去了,居然没有一点磨损。井口的另一边,放了一块非常大的矩形红石。这块红石立在紧靠井口处,立方体,高约一米,与另外三方的大理石组成一个水井平台。原来这块巨型红石是块磨刀石,古人虑事真是周到。农耕时代的农具中铁器需要打磨,日积月累,这块磨刀石向外的那一边已磨损掉二十多厘米。

老井的水冬暖夏凉。炎热的夏天从农田里回来,大汗淋漓。冲回家的第一件事就是提着小量子从井中取水,直接对着小量子就喝。那甜丝丝的井水会让你一下就感到凉爽起来。冬天,特别是隆冬,井口就一直冒着热气。周围聚集了很多人,以女人居多。洗衣、刷碗、淘米、担水,因为水温热不冻手。同时,有些没什么事的女人也会来凑热闹,好奇心强的男人也会过来。老井台四周就成了活动中心及信息交流中心,东家长西家短的,边干活边聊天。女人们说到开心处,笑声就飘散到村庄外的农田里,惊起了地里麻雀,引起阵阵共鸣。

井挖在庄台上,四周都是壕沟,可井水位始终比四周塘水要高出一米多。据老人说,在井的南侧距井水面约两米的地方有个泉眼,直径有六七厘米,每次淘井(给井清淤)时都必须对付好这个泉眼。

我小时候也经历过一次淘井。三根大木头架在井口上方,吊上木质滑轮。几个男人站成一排拉绳子,其他人负责把水桶往井里放,差不多要一个小时才能将那个泉眼露出来。这时,一个瘦小点的男人就会被快速地吊到井下,手中还要拿个用泥筋裹好的草团子,把那个泉眼堵住。这个人就一直留在下面,水面越来越低,井绳越来越长,水桶难以快速吃水,这就得有人在底下处理,这样加快提水。

这口老井井口小,但里面大。泉眼是不能完全堵住的,用东西堵只能影响出水量但不能完全堵住。所以,每次泉眼堵上之后,整个场面就更加紧张起来。要快速提水,否则就很难将水车干。越到后来,井越深,提水越难,水也越浑浊了,到最后基本就是泥浆。泥浆提上来倒在地上,马上就会有人拥上去捡东西,其中有剪刀、菜刀,还有硬币、纸币,1969 年淘井还淘出一个炸弹。谁也解释不了,这井里怎么会有炸弹.后有好事者考证,说是日本人放的炸弹。可从史料上查阅,日本鬼子并没有来这一带,好生奇怪。

对这口老井,鲍庄的每一个人都充满了感激,不只是感激还有景仰与崇拜,即便在那个牛鬼蛇神都无法生存的年代,这里的人也从不怀疑这口老井里有井神在守着。

记得小时候,有个小孩三四岁,不懂事。有一天他和另外一个小朋友,对着井撒尿被人发现了。这真是天大的事,不知这童子尿是否能像电影《红高粱》里演的那样有助于造酒,但这最主要的是对井神的不敬,井神会发怒的。于是两家人一连好几天都在这井边对井神忏悔,还叩头焚香以求井神的原谅。看样子井神最终是宽恕他们两家了,因为后来没有发生什么惩罚之类的事。我小时候非常好奇井神的传说,可大人们谁也不能给出一个具体的解释或活生生的案例,但每个人包括我在内,都坚信真的有井神。尽管,谁也没有真的见过井神。

1990 年,住在井边的人家,想扩充下地盘,就在自家的门口前箍了个院子。院门朝南,这样井则变成在东院墙的中部外侧,离墙很近,远没有原来那么宽敞。除了他家,其余人家挑水都要从他家的院子外绕道。由于极不方便,井台边作为活动与信息中心的功能就大大减弱了,由车水马龙变成门可罗雀。大家心里都不快活,但几十年相处都顾面子,谁也不会去当面较真。

院墙箍起来的第二天中午,吃饭时,他家两岁的儿子突然就口含一块白干子,吐不出来也咽不下去。由于被井神文化熏陶这么多年,大人的第一反应就是井神生气了。所以,他们没有去医院,而是直接去了界河问大神了。他们一进门,那童子就立即告诉他们真的是井神生气了。几百年了,还没有任何人对井神不敬,要他们立马回去把院墙扒掉。

下午三点多,他们到家后立即请人帮忙扒了院墙,并极其认真地将院子完全恢复原貌。就在推倒围墙的那一刻,他家两岁的儿子一声大哭,口中的白干子吐了出来,一切正常。这事听起来像个故事,但是真实地发生了。这个男孩现在都三十多岁了。每每谈及此事,他也说不清,一小块白干子,为何吐不出而又咽不下。

在鲍庄关于井神的故事很多,但即便是近百岁的老人也没有亲眼见过井神,只是祖祖辈辈口口相传。不过,这次的院墙风波,总算解释了人们百年来对井神的崇拜只有传闻却没有实例的疑惑。

庄子里的八九十岁的老人回忆说,这井少说也有五百多年的历史,从《许氏宗谱》上可查。明朝中期1456年,许氏三星堂一世祖许国泰带领族人,从徽州婺源许村迁来时,其中有一支就定居鲍家庄。后来他们不断扩大规模,修壕沟,建大理石井台,还有两排共三十间的四马落地房子。前面的一排房子,在人民公社时期,被扒掉用来当柴烧饭,因为是木头建的房子,柴火多。后一排从我记事时起至1991年止,还有六间四马落地房子。其中我家两间,隔壁的二叔和小叔家各两间。

1991年的一场大水,摧毁了这里的一切,连同那仅存的六间四马落地房子。那口老井,再也不能为人们提供冬天里温热的水和夏天清凉的甘甜了。我想,它深埋在地下,也好休息休息,毕竟工作几百年了。只是我还有些担心,那热热的能量,那喷涌的泉水,长期不外溢,会不会憋得慌呵。

2016 年 1 月 23 日于望园

上 月 桥

　　合肥西乡的廖渡小学与袁店老街之间，轮车垱的上游有一座古木桥。什么时候建的？是谁出资建的？连村子里九十岁以上的老人都说不准确，只是说他们的祖辈告诉他们，很久很久以前就有这座桥了。

　　史料已查不出，修桥的善举之人在人们的心中只是一个美好的谜了。这个谜长久以来让人感激，尽管不知感激谁，但有一点是可以肯定的，那就是这个人应是西乡这一带的人。

　　桥的所建年代无考，但桥的损毁时间则是确定的。1973 年，当大桥的最后一根大梁柱倒下时，桥就不是桥了，因为再也无人可以通过。

　　不久后，公社在距离古木桥西边约五十米的地方修了一座石拱桥。据说是为了廖渡村运公粮时，方便拖拉机行驶。

　　古木桥倒塌已有四十多年，但木桥的遗址仍清晰可见，北边的桥墩位于轮车垱的北堤之上，而南边的那个桥墩则处于长荡的中间位置。南桥墩的南边与南堤之间，是一道高于水面约一米的低矮土堤。一说是为了缩短桥的长度而节省成本，另一说是为了夏天雨季方便行洪。我想第二种说法可能性更大吧，因为整个轮车垱的设计都有防洪与灌溉的理念在里面。

　　几十年过去了，历经风雨侵蚀，但两个土桥墩姿势不改，让人联想到岁月侵蚀之苦，更让人想到兄弟般的隔河守望之情，它们的坚忍也许与相互守望有关吧。

　　深秋时节的枯水期，那几根深埋水中的大梁柱隐约可见。梁柱被剥蚀得厉害，木肉已烂去，但木筋仍直立在那寂静的水中，就像哨兵，几百年来以一个姿势支撑着人们行走，更像定海神针，锁着水龙不能肆意作恶而引发水患。

古木桥名叫上月桥,因桥形似上弦月而得名。桥长约三十米,宽约一点五米,平水期,桥离水面四米多,六排十二根高高的梁柱支撑整个桥面。梁柱上是木质横梁,横梁上再铺木板,木板之上用黏土覆盖着,保护其不受雨蚀。

梁柱、横梁、桥面木板皆用桐油漆过,但什么样的桐油能保证木头在水里存在那么长时间呢?或许不是桐油而是其他什么防腐材料。

前面的凤落河、北边的轮车垱把长条形的廖渡村几乎与世隔绝了,好在有了上月桥,才使廖渡村向北行走比向南方便得多。

小时候,上月桥是小伙伴们玩耍的好地方,也是我们所知的最重要的或是最大的人工建筑了。放牛时,把牛绳往牛角上一绕,牛就在河堤上自由行走啃草。放牛的同放鹅的小伙伴们就聚拢起来,在桥面上玩起了抓小子,跳房子,跳橡皮筋,更多的时候是打宝。个高臂长的小家伙一用力,那宝是翻过来了,但力气过大,那宝就掉到桥肚底下。于是,大孩子就派小孩子下去捞,由此也少不了要发生争执。

孩子们的游戏往往如夏天的云,说不准何时就起了风雨,打斗是少不了的。一开始没地域概念,谁和谁起了冲突就事论事而了结。但后来有地域的分界了,一般都是有了冲突马上站队,大桥南边的孩子为一边,大桥北边的孩子为一边。双方往往为一件事争执不下。这时,对不对都不重要,重要的是站队。若是大桥北边的孩子帮了大桥南边的孩子讲话,他就会被视为叛徒。所以,一旦有事发生,双方以地域为界泾渭分明。

记忆中的好多次冲突,北边的孩子都占据上风。并非理由充分,而是因为北边的孩子大都为袁店街上的。街上有好几个店铺,也有饭店。由此,相比廖渡的孩子来说,他们更像城里人,所以有心理优势。或许他们并没有,但我们心里是这么想的。

夏天到了,那上月桥就更热闹了。跳水是孩子们最快乐的活动,从大桥之上一跃而下,比的不是跳姿,也不是水花大小,而是勇气。那一跃真的需要点胆量,后来胆子都大了,排成队,一个一个跳下去,特别像下饺子。不一会儿,那水里就是一片黑头,一个个拍打着水花争抢着爬上来,再跳下去。再后来,花样就多了。两个孩子抱着一起跳下去,那砸起的水花有些真的都溅到桥面上来了,那双人跳的水声也比单人跳的更加响亮。

跳水的姿态更是五花八门,屁股入水是蹾着跳的,双脚入水是直着跳的,还有胆小者不敢跳被推下去的,基本是横着入水的,直着入水时,好多次双脚都插入淤泥里。

直到好多年之后,看了电视才知道正确的跳水方式是头先入水的。一开始我们还真的想不通,为啥要头先入水呢? 还以为自己那么多的跳水方式,至少有一种是先进的或是科学的呢。

1969 年的大水,应是对上月桥最大的打击了。据说洪水漫过桥面,冲刷着桥面的木板,也冲击着横梁与梁柱。自那年起,古木桥就像上了年纪的老人,经历一场风寒后,一年不如一年。到 1972 年,桥面的土基本流失殆尽,露出木板甚至横梁,那桥更加不敌风雨了。后来,木板松动,便有人取下木板偷回家。一而再,再而三,桥已不能称为桥了。到最后一块木板丢了以后,桥彻底不能称为桥了,因为失去了桥最基本的功能。

之后,一座石拱桥诞生了。那石桥要比那木桥结实许多,但也短了许多。也许对行车而言,石桥更加方便,但对行人而言,石桥真的不如木桥那么有文化品位。你看那直立的木桥梁柱多像擎天的巨人,威严而守责;还有那横卧的梁连同那木板,就像母亲,承载着多少委屈与重负;那修长的上弦月,若美女般婀娜多姿,似英雄的弯弓。再看那石拱桥如同暴发户般土头土脑,丝毫没有内涵。

离桥越来越远,然而跳水的场面却越来越清晰。我时常想,如果有人引导与培育,说不定我们当中就会走出一个世界冠军来。我时常认为世界冠军是培养出来的,更是发现出来的。

2008 年 4 月 1 日于鲍家庄

青花赏瓶

博物馆是一个城市文化与历史的完美展现,有文字,有实物,有图示,有的还有视频,有实力的博物馆还会有文物的场景展示,让人有身临其境的感觉。所以,了解一个城市的历史与人文,去博物馆是最好的选择。

去年9月我去辽宁营口出差,照例参观了营口博物馆。馆不大,也不豪华,更准确地说,有些陈旧,馆藏也不多,但一件青花瓷瓶引起我极大的兴趣,看得出这是馆中比较珍贵的文物。

这是一只青花赏瓶,瓶的全称是光绪青花缠枝莲纹赏瓶。赏瓶,是中国陶器艺术的珍品,为雍正年间出现的一种器型,专作赏赐之用,赏赐有功之臣。赏瓶的器型源自玉壶春瓶。瓶高为39.5厘米,口径为9.5厘米,底径为13厘米,撇口,细长颈,口沿外侧饰有海浪纹,颈饰蕉叶纹及回纹,肩分三层,以两道凸弦纹相隔,肩绘缠枝莲纹和如意云头。圆腹,圈足,腹饰缠枝莲纹,下部饰仰莲纹,圈足绘卷草纹。底部有款名:"大清光绪年制"青花,为楷书款。

赏瓶,纹饰固定,外形俊秀,线条柔美,比例协调,深得清朝中后期君王的喜爱。有功之臣得赏瓶后,为彰显荣光与受宠,都会将其置于家中显眼的地方,一方面便于观赏与招摇,另一方面,感受皇恩浩荡。青花缠枝莲纹赏瓶的"青"代表"清",而"莲"则代表"廉",以提示臣子,为官一任记住青与莲,即清与廉。帝王用青花与莲枝作为赏瓶的图案,这不仅是一种褒奖,也是一种警示,喻示为官要清廉,这里包含了希望时政清廉之意。

听着讲解员优美的声音与专业的解读,我的思绪已飘到四十多年前的袁店中学,即唐五房圩。那是一个春天,一个种冬瓜的季节,班主任彬老师不仅带我们学农、支农,还要求我们学种冬瓜,瓜地就选在转心楼的西侧,三

(1)班教室北面的那一大片荒芜的土地上。

这是一片不知荒了多少年的土地,繁茂的杂草下面是大堆乱石,看上去像个小山包。开垦这片地,首先要清理杂草,其次要移开石头,最后才是翻挖土地。

三(1)班四十来位同学,力气虽不大,但人多势众而又众志成城,两天的时间,就将杂草与乱石清理完毕。只是过程中出现了惊险,一只土蛇差点就把稳同学的脚给咬了,好在那瞎呆子一口咬在鞋帮子上。另外,一条十几厘米长的蜈蚣也引起一阵骚乱,青黑色的背,红黄的爪子,看上去就让人害怕。好在大家都很小心,每次都是有惊无险。

翻土并不难,长年的杂草与乱石之下,土质松软,同学们各自从家里带来铁锹,分成两排从中心线处向后翻挖。在大约开挖至两米的时候,廖德荣同学的锹碰到了石头,铁锹从石上滑过,声音十分刺耳,像瓦片刮锅的声响。我本能地往左一看,一个弧形瓷片样的东西露了出来,像一条细长的月牙,在那黑色的土里特别显眼。

我用锹捣了一下,想确认一下是个什么东西,只听到一个轻微的声响,那弧形瓷片就裂开一个口子。我小心起来,用锹挖开四周的土,很快一个花瓶就露了出来。花瓶的周身及里面都是土,那种潮湿的、黏性的黑土,散发着一种特有的地下物品的气息,有些没有泥巴的地方露出十分好看的花纹,看得出瓶身是白色的,而花纹是蓝色的。

花瓶有个细长的颈子,我手抓细长颈把花瓶从土里拎出来的时候,同学们都放下手中的锹,围过来,七嘴八舌,有的说是个值钱的古董,有的说只是个花瓶,还有的说,不过是个瓷坛子。于是,有同学建议送到彬老师的办公室,有的说应送到校长办公室,我说先去南大塘洗洗干净。

花瓶一尺多高,不重,加上周身的泥巴也不过十来斤的样子。我一手握着颈部,另一手托着底部,十分小心,被同学们簇拥着向南大塘走去。

土黏性很大,也可能在坛子上附着太久,很难清洗,半个多小时才将外表清洗干净。清洗里面时,坛口太小,我的手伸不进去,让廖德荣试了一下,但她的手臂太短，够不到最里面。有同学叫慧同学过来，说她的手小且臂长而细，果然她的手小臂长，不一会就把里面也洗得干干净净。

当把坛子放在南大塘埂上时，我们都惊呆了，它实在太漂亮了。这是一只青花瓷瓶，喇叭口，细长颈，肩部有三道1厘米宽的白箍，肚子圆而大，底部是个圆圈。颈部为叶形图案，但看不出是什么叶子，肩部为莲花状的图案，腹部为蔓藤缠绕，像花像叶又像浪花，蓝纹与白底互为映衬。整个花瓶，身为白色，图为蓝色，明媚的阳光之下，更显得朗润而清新，十分抢眼。

在农村，人们只见过粗窑瓷，好多都是没上釉的土瓷，即便上釉也只是清一色的黄或清一色的黑，表面粗糙，谈不上精细的纹与图，也谈不上造型优美，一切以实用为主。见到这样的瓷瓶，大家都充满了好奇，都在猜想着这只花瓶的身世与身价。

不一会，彬老师来了，迈着带着风的步伐，显得特别高兴，像摆弄一块豆腐一样摆弄着这只花瓶，边看边作思考状，翻过来，瓶底还有一行小楷：大清光绪年制。当看到这行字后，他得出一个结论：就是这只！就是这只花瓶！我们都是云里雾里的，不知道他在说什么，好像这是他家多少年前丢掉的宝物重回手中的那种状态。他一连说了好几次：就是这只，就是这只。兴奋涨红了他的脸，他显得有些语无伦次，还追加了一句：还有一只。我们更加糊涂了，我心里想，彬老师可能是激动得糊涂了，听他那说话都有糊涂的意思了。

校长也赶来了，左看右看没有发表评价，只是要我们把花瓶交到校办公室。我们一行人像护送宝藏一样隆重地把这个花瓶放在校办公室里。

一只花瓶的出现打乱了我们开荒种冬瓜的节奏，因为彬老师说还有一只，而且他断定就在这不远处，让我们以这只花瓶的发现地为原点向四周开挖过去。以寻宝为目的开挖与翻土种瓜为目的的开挖，显然不一样，不但要挖得小心，还要挖得深。大家都没有考古的经验，只是一味地小心为上，每每碰到硬物时就更加细心以防误伤了花瓶。

四十来号人在那片地上又挖了三四天，也没有发现另一只，大家都累了不想干了,彬老师也没有信心了。一天下午我们就围坐在他的边上,有的同学坐在地上,有的坐在大锹把上,有的蹲在地上,听彬老师讲两只花瓶的故事。

原来,清朝年间唐定奎抗日保台归来,功勋卓著,沈葆桢向朝廷奏报他保台之功。在李鸿章的引荐下,慈禧在坤宁宫东暖阁接见了唐定奎,并赐花瓶一对,就是朝廷里专用的赏瓶:青花缠枝莲纹赏瓶。唐定奎感到莫大的恩宠与无上的荣耀。回来后,他在转心楼的一楼,专门布置了一间房,取名"赏瓶精舍",还雕刻一块牌子悬于门头之上。

房间的后墙上挂着一幅中堂画,画的两边是一副对联:沐浴皇恩精进报国忠为上清为先;体恤社情天下为忧民为本廉为根。画的下方是雕龙画凤的新案几,案几的中间放着两只赏瓶,赏瓶下面是十分名贵的黄花梨木底座,上面雕刻有各类鸟兽图案。赏瓶的两侧是两只香炉,香炉的两侧各一个烛台,烛台上插着大红的蜡烛。

精舍的两侧山墙下是两组红木椅和茶几,每边三椅两几,可坐六个人,精舍的正中间是一组蒲团垫子,一次可供三人膜拜。蒲团由大红的绸布包着,蒲团一边高一边低,便于行叩拜大礼。

赏瓶精舍有专人上香点烛,负责安全与卫生,唐定奎每早都要来拜上一拜。每每来客人时,这间房是必到的,感受皇恩,沐浴荣光,警示清廉。每当这时,唐定奎照例都要以赴台抗日为起点开始自己的故事,一直讲到老佛爷在东暖阁赐青花赏瓶,这个过程约一个半小时,然后才引客人去会客厅,上茶并交流。

光绪青花缠枝莲纹赏瓶就这样一直被供奉在唐五房圩转心楼一楼的赏瓶精舍里,受人膜拜,警示后人,感受皇恩。直到1949年解放军南下,这两只至高无上的赏瓶的命运也开始了蹉跎。

据唐定奎四世孙唐思群(苏州市原政协委员)回忆,当解放军解放了合肥的时候,他们家人开始准备离开,并决定能带的就带走,不能带的一部分挖坑埋,一部分扔井里,一部分扔南大塘和东大塘里。为便于日后回来再找,要求无论是埋在土里的还是扔在塘里的都一律打上记号。这两只花瓶就是埋在土里的。据其他唐氏后人回忆,当时花瓶里还装进去不少珠宝,而且在埋瓶的地方栽了两棵树,以作识别。

后来刘邓大军进驻唐五房圩,再后来,圩子变成粮站,又变成了袁店中学。在这斗转星移的二三十年中,唐五房圩也经历了沧海桑田。圩子里的一栋栋建筑在消失,包括炮楼和南大塘埂上的太平军东王杨秀清妹妹杨秀梅的秀花楼与感业寺。圩子里的地貌也发生了巨大的变化,青花赏瓶如何从地下被刨出来的?那珠宝呢?那树呢?后人都不得而知。到我们上中学的时候,只剩下转心楼与即将倒塌的大礼堂。

一只青花赏瓶见了天日,另一只却不知寂藏于何处,原本是一对,如今天各一方,原本是无限荣光的标志,如今只能以无言来陈述一段历史。我时常在想,唐氏后人在出走时为何要丢下青花赏瓶呢?它们可是最珍贵的财富,是最荣光的见证,是一个家族辉煌的历史,也是一个家族地位的体现。但是,相对于财富、地位、荣誉、成就来说,生命才是唯一。

2020 年 6 月 21 日于湖山大境馨园

盐 行 仓

盐作为商品,在人类历史中的地位是无可比拟的,任何商品几乎都可以找到替代品,唯有盐不可替代。人体盐分一旦流失过多,生命就会出现危险。

盐不仅是一种商品,更象征着政治与权力、文化与历史。古罗马时期,给士兵的报酬就是盐,英文单词"工资"(SALARY)就是源自单词"盐"(SALT)。WORTH ONE'S SALT 的意思是"值得他的薪水"。

盐的特殊地位在中国也一样,春秋战国时,齐国就是靠海盐成为霸主,齐国的大管家管仲最早提出盐的官方垄断经营方案。汉代的桑弘羊扩大了官方对盐的垄断经营并引起著名的"盐铁论"。

中国历史上只有隋朝与初唐时,盐可以民营,其他朝代,盐都为官方垄断经营,称为官盐,与此对应的是私盐,官盐与私盐从未停止过斗争。历史上的大盐枭还引起过巨大的政治动荡。晚唐靠私盐起家的黄巢,发动的起义直接导致唐朝的灭亡。盐在中国的历史长河中占据着重要的位置,盐史,悲壮、持久而又厚重。

历代政府都有自己的盐运控制网,而盐仓就是这个网格中一个节点,也是一个基点。盐仓大都设在官路之上,或水路,或陆路,全国有几十个叫盐仓的地名或一级政府机构名。

廖渡口边的古盐仓遗址就是现在的盐行仓生产队,这里曾是水路与陆路的交汇处,是官路的枢纽。水路,从这里出发沿丰乐河向上可深入大别山区腹地,向下可达南京、上海;陆路,从渡口向南经舒城可达江南,向北过淮南,渡淮河可达黄淮之间。

廖渡口的盐仓始建于明朝末年,是明朝官盐网格中的一个节点,主要经营海盐与淮盐。京杭大运河、长江与巢湖并丰乐河,便捷的水运条件通过官盐的网格连接产区与销区。廖渡口的盐仓,一方面为官盐的储备地,另一方面是官盐的运营,所以,这个盐仓规模很大。

镇压太平天国运动时,廖渡口的仓房与盐仓又成为清政府军粮与军盐的供给基地。仓房作为军粮基地,一直延续到抗日战争与解放战争。解放后仓房作为军粮库的功能消失了,移交地方后,成为周墩生产队的仓库。而盐仓在太平天国运动之后就逐渐衰落,最终失去盐仓的职能,从盐仓退化为盐行,后又成为卖盐的商行,盐行仓生产队这个名字就这么产生了。

廖渡口的盐仓最辉煌时有二十多个盐工,这些盐工都是外地人,并非当地农民。盐工们来自四面八方,操着不同的口音,与当地的农民交流很少,不忙时,他们的时间大都耗在渡口的客栈与青楼里。

盐工的主要工作职责是运盐与管盐。一船船盐到达廖渡口码头时,盐工们就会忙碌起来,把盐一担担地从船里挑到盐仓里。盐仓是露天的,巨大的沙石场地上,有四个二十厘米高的平台,这便是盐仓,盐就堆在这里。

如果说挑盐是个力气活,那么堆盐与管盐则是个技术活。将盐挑到盐仓的平台上后就要开始码堆,有的盐库堆成四棱锥形,极像金字塔,又高又大,也有的堆成圆锥形。盐堆的每个面都必须平整,每个面的坡度相差很小,因为,盐堆还要穿上蓑衣,以免风雨侵蚀。

蓑衣的材料和编法与人穿的蓑衣差不多,只是结构要简单得多。茅草就是一种耐腐的荒草,用绳子编穿起后,从盐堆的底部开始,一圈圈地往上围,上一圈蓑衣的梢子就搭在下一圈蓑衣的腰部,如此向上,密实而坚固,风不透,雨不漏。

蓑衣穿好后还要从四周和顶部襻上绳子加固,最后是"戴帽子"。给盐堆"戴帽子"是极其讲究的,帽子的形状是个大圆锥形,但编得密实而厚重。"戴帽子"的人选也有考量,比如身材高大、方面大耳、一表人才等,不知有没有根据,反正每次都这样。盐工里就那么几个人可以上去"戴帽子",是一种荣耀与名誉。

盐库的北面有两排共三十来间房屋,几间作为办公,其余的皆为生活用房,主要是宿舍和食堂等。办公房间中较为特别、与众不同的那一间,最为牢固,看守也最严,因为价值连城的盐引子就存放在那里。盐引子比盐重要,比钱重要,没有盐引子,盐还不如土。

围绕盐仓的生意,附近就多了很多挑夫,来这里进盐的商人大都就地雇用挑夫,官方调盐时也会雇用大批挑夫。这些挑夫就成了渡口繁荣的因素之一,干完一趟活直接算脚力钱,拿了钱他们就会去消费,去饭店或青楼。

盐工的收入较高,尽管盐工与周边的农民往来较少,但闲来无事的时候,这些离乡背井的盐工,还是和一些妇女生出一些绯闻来。于是,夜幕下的丰乐河湾地里,就诞生了许多最终总是夭折了的爱情。有些爱情还真的催人泪下,让人死去活来,但几乎都没有结成果实。

盐仓的盐运功能,一百多年前就消失了,但盐行仓作为一个行业的名字却长久地保存了下来。盐行仓的农民讲到盐,或一锹就挖出盐的时候,他们是自豪的,因为,他们这块土地曾经辉煌过,曾经阔过。今天,至少在合肥西乡这大片土地上,盐行仓这个名字,是颇具历史感、文化感的存在。

2020 年 5 月 17 日于盛名阁

龙 潭 寺

　　龙潭寺遗址是现在的龙潭寺小学,尚有碑和碑拓文稿,共有七块碑,其中两块被人偷走了,一块为唐朝时重修的碑文。

　　紫蓬山西庐寺下设两院,明教寺和龙潭寺。西庐寺有个雄钟,龙潭寺有个雌钟,西庐寺钟鸣时,龙潭寺的雌钟也跟着鸣响,一月一次,无人撞击而自鸣。有一次,西庐寺撞钟时,那龙潭寺的雌钟突然飞了,飞到龙潭河的最深处,怎么拖也拖不上来。后来一个老和尚经过此地说,要想抬出这个钟,必须要十个亲兄弟一起抬。可那时到哪里找十个亲兄弟呢?

　　寺里主持到处寻访并悬赏。不久有一个老人自称有十个儿子,于是就让他们从龙潭河抬大钟。排完水大钟就露出来了,兄弟十人用一根大梁加五根小梁,一边五人开始抬钟,那钟的确很重,也可能有外部的考验力量。十个兄弟用力起腰,钟开始松动并渐渐起来,快脱离水面时,其中一人喊道:"姐夫加把劲吧!"突然钟又落回泥里,而且迅速地不见踪影了。原来老人只有九个儿子,后来喊来女婿,说是十个儿子。不想这一喊,那雌钟就迅速隐身了。从此这大钟千年沉睡龙潭河底,只是夜深人静时,有人会隐约听到那雌钟的鸣声。

　　千百年来合肥西乡这片土地上,极严重的干旱也有几十次,可龙潭河的雌钟所在的那一片水域从未干过,不管你怎么抽水。这雌钟可能因为雄钟的移情别恋而心灰意冷,隐入泥中造福一方百姓。

　　雌钟飞入泥潭中,但挂钟的那棵树还在。1983年龙潭河小学要扩建没钱,人们打起了这棵古树的主意,联系了很多买主,最后四合的一位老板出价六万达成协议,并交定金一万。

　　学校收了定金就开始积极准备锯树的行动。第一步要做的就是砍出一条迈向古树的路,那是一片千年荆棘,杂草杂树交集,极像原始森林。还有许多百年、几十年的大树,都要砍掉,否则人进不去,车也进不去,那古树即便放倒了也拉不出。

校长从村里请了十个人,砍了两天才快到古树跟前。第三天早晨一大早,校长和几位老师顺着新开的路走向古树,快到时一个个吓得目瞪口呆。原来古树上盘着两条碗口粗的大蛇,见有人来也没动,仿佛在示威,在宣示:谁也别想砍这棵古树。校长一行人吓得撒腿就跑,打消了卖树的念头。此树现在仍屹立在龙潭寺边,与那雌钟厮守。

龙潭寺的地底是空的,传说里面住着狐狸。民间传说中,狐狸与村民一样很久以前就居住在这里,彼此友好相处。村民对狐狸也见怪不怪,二者互不伤害。村民看大戏时狐狸也一排一排蹲着听戏,甚至深更半夜,学堂里也能看到座位上坐着一排排狐狸,讲台上有一只老狐狸在讲课。它们很通人性,下课后把学堂收拾得干干净净。

有一次一个村民,因为一只鸡被咬死就怀疑是狐狸干的,看见一只小狐狸就一锹下去切断了狐狸的一条腿。小狐狸逃跑了,回家告诉了妈妈。那一夜那个农民家里失火,失火前就有人看到老狐狸翘起着火的尾巴跑到那人家的屋顶上一扫,大火顿起。后来调查,结论是火从外部烧起的,应是有人纵火,但查了一两个月不了了之。

传说,龙潭寺旁边有个人十分霸道,在当地人见人恨,但又都畏而远之,因为他不仅性格强悍,而且家族势力大。有一天,他在家睡觉时突然人就不见了。家里人到处找,能找的地方都找遍了,连周围多少里的沟、塘、渠、河里都找了,仍然活不见人死不见尸的。

第五天了,一个放牛的孩子闯到龙潭河的院子里放牛,那里无人驻守,院子里青草茂盛。无意中就发现灰尘满地、蛛网密布的院子里躺着一个人,一动不动,像是尸体,更像一块木头,而且是存放了好久的木头。那小放牛的,牛都没来得及牵就跑来向村里人报告。一行人不相信,来到院子看个究竟,开门一看大吃一惊,原来正是那个失踪的人。他眼睛闭着,看不出呼吸的样子,但脸色红润。被叫醒后,他一骨碌爬起来,自己也莫名其妙,只感觉在昏睡,但不知道是怎么进来的,更不知在这里已有四天之久。

院子铁门确实是锁着的,铁门也确实是放牛娃当天才撬开的,面对这些离奇的现象,一家人喜极而泣。

从此,那个蛮横之人也像换了一个人,一改以往的霸道行径,变得和善而谦逊。

2017 年 9 月 1 日于盛名阁

仓　房

仓房是个小郢子，只有三户人家，是分到的房子，于廖渡口向东约五百米的凤落河大坝上。解放后仓房主人是我的表叔。解放前的仓房主人是淮军将领唐定奎的后代，也就是唐五房圩子的主人。整个仓房有十几间，表叔家住三间，余下的作为生产队的仓库。

小时候常去表叔家，那时候仓房完好，但仓房的围墙及偏房已开始衰落——明显的标志是那长条形砖开始松动，甚至脱落。队里的社员就偷偷地把砖往家里搬，有的用来砌鹅笼，还有的用来砌灶台。特别是作为生产队仓库的那几间仓房，年久失修，高大的窗子、厚重的大门、厚厚的荒草屋顶都开始加速破败了。

后来，凤落河圩堤加高时，仓房便似蹾在了大堤的半坡上，屋顶与堤顶齐平，仓房消失的速度也就大大加快了。

大包干分田到户后，仓房彻底无人看管了。那砖、那梁、那门、那窗，一切可用的物料都以"蚂蚁搬家"的方式消失在周墩生产队的社员手里。不久，又以灶台、鸡笼、堂屋的形式出现在社员的家里——原来并没有消失，只是换个形态，挪个位置而已。

今天的仓房，在凤落河最后一次加高加固后彻底被埋在了大堤里面，黄土之下，不留一丝痕迹就此消逝在人世间。

仓房始建于民国三年，即 1914 年，由淮军将领唐定奎后代所建，同时还修建了一个水码头，就在仓房南的凤落河边。西大圩区是丰产田区，盛产水稻，良田大部分为唐家所有。粮食收集后，就在凤落河仓房码头装船，经巢湖，过长江，直抵芜湖、上海等大城市。

仓房作为粮食的周转与储藏之所，建设标准非常高。那砖，青黑色，长约三十五厘米,比常规的砖要宽与高许多,一块砖足足有四五斤重,一个小孩未必搬得动。

墙砌得也高,屋檐有五六米高的样子。脊顶则更高,七八米的样子,大概是按标准的粮仓所建的。仓房的木料一律是从上海买来的,都是非常好的木头,我们那里叫横木,具体是什么树谁也讲不清楚,反正,横木就是好木头。

屋巴也是用木板铺就的,一般的农民家盖房子用的都是草灰巴,有钱的人家也只能用得起芦席巴,用木板做屋面实在是太奢侈了。当然作为仓库,这也是标准配置吧。那屋顶盖儿没用瓦,而是用荒草。在农村造房子,一般分为四个等级:一等为瓦房,二等为荒草房,三等为麦秸房,四等为稻草房。

这样的分类基本基于耐腐程度而言,瓦的耐腐程度自然不必说,但价格太高,是没有人建得起的。荒草房也极少,这种荒草长在山里,高、硬且滑,用来造房子,使用寿命长,但也很贵。只有个别人家才会有钱造荒草房,当然,家住山里的农民也基本是荒草房,因为就地取材,造价低。圩区的农村里大多数是麦秸房。住稻草房的人家,应是最穷的了。所以在农村,麦秸房是最受欢迎的,有诗为证:麦秸屋扎大脊,高大又漂亮,四周墙泥得光,映人乱晃。赞美的就是麦秸屋。

繁华时,仓房有几千石的粮食吞吐量,从这凤落河的码头出发,一路漂向外埠,漂向芜湖与上海的码头,进而再流入各大米铺,又进到千家万户的锅里,这个仓房码头便成了纽带,把农民的"田"与市民的"锅"联系起来。

民国中期的廖渡口也十分繁华,有青楼,有饭店,有当铺,有米行,为仓房与码头,也为过往行人提供齐全的服务。一到收粮与运粮季节,船帆云集,搬粮的小工迅速增加。夜里运粮时颇为壮观,马灯从仓房门口越过堤顶再下坡至河边码头,蜿蜒起伏,像元宵节时的龙灯。马灯穿梭,形成了动态的龙灯。

一船结束后就当场结算,那搬运工领了工钱直奔渡口去潇洒,或吃酒,或玩乐,不亦乐乎。

　　民国后期,唐氏后人势力衰弱,田地的收成也锐减,码头与仓库门可罗雀,风光不再。直至抗日战争爆发,国民党军队把仓房作为军粮库,把从圩区里征集到的军粮从这个仓房与码头运到各战斗区域的军队中。仓房又热闹起来了,有一个排的兵力把守,征粮、管粮、运粮。一度落寞的仓房又灯火通明起来,仓房的功能比以前扩张得更多了,还要征粮,摊丁入亩,当然,地方政府也是积极配合征粮。

　　淞沪会战那会儿,前方战事吃紧,后方的军粮系统也更忙碌,为了确保前方粮食所需,仓房挨着水码头,直接船运才更便捷快速。于是,更大范围的粮食都要从仓房周转,规模比以前更大了,人也更多了,码头与廖渡口都进入更加繁荣与昌盛的时期。

　　更重要的意义还在于,仓房运管军粮,那码头就变成军用码头了,变得更加神圣与威严了。于是,一块牌子就立于仓房的前面:“闲杂人等,不得靠近”。

　　日本投降了,人们正想着仓房即将冷清时,不料内战又起,这里再次变成军粮基地与军用港码头,为国民党军队提供给养,直至一个排长与一名廖渡口青楼女子私奔而告一段落。

　　排长老家是合肥西乡小庙镇的,离仓房不过六十华里。他长期驻守仓房寂寞难耐,与廖渡口青楼里的一名女子好上了。这是一位见过世面的女子,从上海漂到三河镇,又从三河漂到廖渡口,长相自不必说,关键是有情意。

　　两人时常在临河的窗边,对着河面清冷的明月互诉衷肠。女子为误入风尘而泣,男的也为家里有个“母老虎”而落泪,同病相怜,于是决定私奔。

　　私奔的那天夜里,月黑风高,他们先到南七作短暂停留,准备天亮后再去合肥火车站坐车外逃。不承想,就在当天夜里,国共两党的军队在南七开打了,枪声越来越近,最后就在他们住宿的酒店附近激烈交战,住店的人都抱头鼠窜,拼死奔跑。就这样,他们俩也跑散了,从此天各一方。

　　直到1982年,一封从台湾寄往小庙镇的来信才揭开了谜底。原来,就在那个黑夜里拼命奔跑时，女子误入一个临时指挥所。一个国民党军官看她姿色甚美，便据为己有，命她换身男装就随军了。不承想国民党一路溃败，直至逃往台湾。

收到这封信时，那个排长已过世十几年了。当时在混乱的奔跑中，排长误入共产党临时指挥所，进门就被捕，因为他的国民党军装虽然换了，可军鞋却没来得及换，当即就被收容了。"文革"时，这段历史无法说清，他不明不白地死了。

世事真的难料呵，一桩爱情就这样阴差阳错地挂在半空中。这仓房，几经衰落，几度辉煌，都不曾是仓房主人或仓房自身所能主宰的，人的命运何尝不像这仓房呢？

2017 年 12 月 29 日于湖山大境

故乡的河

生命起源于海洋,人类却成长于河流。远古时代,人们都是逐水草而居。所以,文人笔下常把河叫作母亲河,比如长江和黄河。也有人把河比作保姆的,比如艾青的《大堰河——我的保姆》。河流就像母亲一样,哺育着这方水土上的民众。由此,人们对河是崇拜的,是感恩的,是热爱的,也是倍加思念的。

我的家乡也有一条河,叫丰乐河。这名字有些土气,既没有沧桑感,也没有历史感,更缺乏诗意。据老人说,原先这里只是一条大水沟。后来,水患很多,老百姓就不断加高堤坝,最终就变成如今的丰乐河了。

丰乐河,离我家的房子——那个被它摧毁了好几次的房子——尽管只有不足五百米,可我从来没有把它称作过母亲河,也没有多少感激与热爱,因为它从来没有给我们家带来幸福与财富,却不断地掠夺我们。打记事时起,丰乐河就带来两次风卷残云式的扫荡,一次在 1969 年,一次在 1991 年。它让我们一次次家徒四壁,无家可归;还一次次地没收我们的庄稼,让我们食不果腹。它的恶还不仅于此。因为它,我们家的南边平添了一道屏障。路之痛,横亘于每一个人的心中。

与家乡渐行渐远后,偶尔会想起那条丰乐河。如今,怨恨的心结已渐渐地滋生出一丝丝淡淡的怀念,总想回忆点它的好来,有时也能想出一点。小时候,河堤和河床是放牛的好地方,也是割牛草的好去处。把牛往那里一丢,牛绳绕在牛角上,我们就可以尽情地疯狂,直到日薄西山。不过这些好处似乎太小了点。有时,我也怀疑自己是否过于挑剔,看不出它深藏的更博大的恩情来。又是一个悠闲的日子,在另外一条河边漫步时,我突然又想起家乡的丰乐河,这一次倒是真的想到它的好了。

那是 1978 年的夏天，一连很多天，老天都不落点雨。田里的秧苗都开始发黄了，可仍没有下雨的意思。大队领导决定开展自救，动员能干活的男女老少到河里筑坝拦水。坝址选在大湾与廖渡村交界的那段河床。共同的利益很快把大家拧成一股绳，沙坝在一点点增高，拦截的水也在一点点上升。可以抽水灌溉了，大人们紧锁的眉头开始舒展，脸上也渐渐地堆起了含着些许希望的微笑。整个工地上弥漫着轻松的气息。干旱的年头，水就是财富啊。

此后很久，我都不再想起这条河了，任凭隐隐约约的回忆与思索在大脑里萦绕。直到有一天，在一个黄昏，我静坐在宁波的甬江边。这是距入海口只有十公里的江段，江面宽约一百五十米，水流平缓，波澜不惊，偶尔有些船只过往。江河的气息，又一次让我想起家乡的丰乐河，眼前立马浮现出它的景象来：春天青草依依，水牛食草河湾，放牛娃嬉水河滩；夏天河水暴涨，两岸的农民通宵达旦保卫大堤；秋天叶落草衰，是农家妇女积聚柴火的好时节；冬天白雪皑皑，一片银装素裹，只河床底部有一汪涓涓细流以及横卧其上的临时人行木桥——廖渡口。

正想着，一个同样在江边散步的农民模样的人坐到我的旁边和我聊起天来，他说："这条江，现在经过拓宽改直后，温良驯服多了，可很久以前，这里经常洪水泛滥。那时，河面很窄，河道弯曲，此岸和彼岸的农民为了各自的庄稼和财产，不断加高加固大堤，结果河堤更频繁地溃破……"

治水宜疏不宜堵。原来，是因为农民们那时候没有遵循治水规律。噢，丰乐河，我终于明白，你无大惠于你的那方水土，过不在你。我的心里渐渐升起了敬意，激起了怀念，并最终凝成轻声的呼唤：丰乐河，家乡的河，你虽是一位坏脾气的母亲，但你并未失去母性的善良。

2008 年 3 月于宁波甬江

故乡的雨

大约是几岁的时候,有一年天不停地下雨,下得天昏地暗,连小孩子们的心情也很懊恼。低洼处已是白茫茫一片,老天还在发疯,庄稼渐渐地没了顶,河水一个劲地往上蹿。一个严重的问题连几岁的孩子也不得思考起来——那就是决堤。

巢湖及其河流边的圩区是经常决堤的,洪水常会摧毁人们的家园与财产。大人们忙碌着,绷紧着脸,很是严肃。那时,我开始关注老天,期盼上苍能露出笑脸,太阳能洒出些许阳光,让那发霉的心情连同发霉的思绪得到晾晒。这是我对雨的第一次关注、第一次期望。虽然后来还是决堤了。

就在决堤前的短暂时间内,父亲用船载着我们一家六口和一些牲口及家什漂到不远处的高坡上安营扎寨。随后的夜晚,房屋不断倒塌,像爆竹声似的,听着感到撕心裂肺。我们已没有了家。从那时起,我对雨一直是恨恨的,再热的夏天我也只喜欢太阳,至少它不会毁我家园。

再大一点的时候,农村开始包产到户。我家分了十亩农田,收获了金色的稻浪,接着又翻了一遍土地。笑容挂在每一个人的脸上,丰收了,肚子不再受罪了。然而,开心的笑容还没有从人们的眼角完全消失,愁容已爬上了每个人的眉梢。因为秋种就要开始了,可已有两个多月未落点水。河流与池塘几近干涸,坚硬的泥土很难侍弄成适合播种的样子。

为了收成,为了生存,为了免受饥饿,每个家庭都以顽强的意志与惊人的力量在默默地与天抗争。铲土平地,打井取水,几乎通宵达旦。月亮早已爬得老高,可田间地头仍有很多影子在移动,或行走或弓腰。无声的劳作,无尽的疲惫,钝化了人们满心满脑的愤懑与委屈。人们在播种着一点一点的希望,播种在田地里的种子或早或晚地挤破土皮,探出嫩芽。潮湿一点的土里的菜苗又粗又水灵,像城里的孩子,而干涸的土里的菜苗则需艰难破土,又细又弱,恰似农村饥饿的儿童。为了来年的希望,大人小孩齐上阵,从很远很远的地方,或从很深很深的井里取水,一点一点地滋润那嗷嗷待哺的幼苗。

时光在人们忙碌的身影中溜走,一直溜到一个本应银装素裹的冬季。可这个冬季却没有雪,连一场像样的雾都没有。艰难的日子伴随着地球飞旋。毫无色彩的春节,在几声稀疏的爆竹声中结束。开春了,大地仍在饥渴,菜苗仍在饥渴。天黑了,熄灯了,心里又开始不断地祈祷,在祈祷声中进入梦幻,在梦幻中存有希望,期盼一睁眼时,就能见到满地满天飘雨。可一次又一次的希望,变成了失望。抬眼看,晴朗的天空不挂有一丝云彩。又一个夜晚临近,又开始一次新的祈祷,又一次期待梦中的雨。

突然有一个声音在大叫:"下雨了!"那是爸爸的声音。随即,我听到隆隆的雷声,伴着哗哗的大雨点,敲击着地面及屋脊。接下来,雨便畅快淋漓地倾盆而下。我一丝不挂地站在雨里。雨水、泪水冲刷着我的每一寸肌肤。那是我人生中第一次激动的泪水。那一夜,我对雨感激涕零。

时光荏苒,我长大了。追随着改革的步伐,我站在潮头。1991年底,我离开工作的银行到深圳打工。很快,我掘了第一桶金,很快我又收购了一家国有破产企业,后来就成了老板,接下来又成了青年企业家。企业像滚雪球一样膨胀,一圈又一圈美丽的光环加在了我的头顶,一切都在不经意间或出其不意间成长,那时真可谓春风得意。

古人说得好:物极必反,否极泰来,盛极必衰。鲜花的背后往往暗藏着杀机。就在事业如日中天的那一年,市场风云突变。我的航船在短暂的飘摇中沉没,几乎来不及挣扎。我沮丧到了极点,整天像只流浪鼠。

在那些揪心而又无所事事的日子里,我又一次期盼着雨,期盼着天天都有连阴雨。当无尽的细雨漫无目的地敲击着周边的建筑物及地面,我就可以心安理得地回忆,平心静气地痛苦,没有压迫感。暗淡的光线,阴郁的天空,是一个躲藏在屋内睁着眼睛睡觉的好时节。我期盼着雨,在那些忧郁而又苦涩的日子。

　　雨常给我希望，也常给我灾难，我常在雨声中沉醉。雨来自自然，不管你爱与不爱，怨与不怨，它都按自己的节奏运行，它很自我，不像我们人类，更多的人是为别人活着，特别是为更多毫不相干的人活着，其实我们更应该崇拜雨。

2005 年 11 月 9 日于宁波姜山

渡　口

据老人说,原来的廖渡口,非常繁华,有两家妓院、三家米行、一家当铺以及多家饭店与客栈。但没有形成街,店铺大多散落在渡口两边的河堤上,靠堤而建。河里行走着帆船和纤夫,偶尔还有号子声。

这是凤落河上的一个重要渡口,距上下两个渡口都有二十多里远。陆路是条官道,向北沿山南过官亭达古城寿县,向南过龙舒达安庆和江南。水路向西溯流而上是大别山区,那里的山货与农产品是主要的货源;向东顺流而下是千年古镇三河,经三河入巢湖可达芜湖、上海等大码头,货物上下流动,这船口就是个歇脚地。

解放后,政策变化,公私合营,妇女从良,米粮归公,供销合作,私人的商业营生几乎没有空间。渡口的辉煌从此消失,但作为南来北往的通道功能仍然存在,吕氏人家就成了守渡人。直至改革开放后,改道,架桥,农民进城,这个渡口才彻底退出历史舞台。

自我记事时起,我便对这条凤落河连同那由河而生的渡口心生怨气。它阻隔了我们与外部世界的联系,它让我们的生活变得更加艰难。生活在这一带的人,特别是男人,很少没有在这个渡口摔过跟头的:或一担珍贵的白花花的大米从河堤坡上直挂而下至河床,像天女散花;或一头耕牛连同牵牛的人一同滚下,那巨大的水花在河面升腾,那牵牛人摔在树根下号叫。洪水咆哮时,常会有人殒命。

有人说凤落河是害河,也有人说廖渡口是恶津,这些说法不准确。凤落河是条害河,这是公认的,但渡口虽然难走,还是会给人以一些渺茫的希望以及一线向外张望的缝隙。

那一年的春天,我去舒城化肥厂买化肥,用大板车去拉。由于坡太陡化肥拖不上堤,我就先把板车架子扛上堤,再把车轮子扛上去,接着把架子扛到渡船边,最后把轮子也扛到船边。然后等船,等了好久才有人过来。

过了河,用同样的办法翻过另一道堤,才到平路。这里到化肥厂十六里路,只有几个小坡,一个半小时就到了。我去财务室交上十袋化肥的票和钱,很快就从仓库提了货,立马往回赶。

到了大堤,先扛了十袋化肥到堤上,再扛板车与轮子,非常吃力。下坡时,研究半天,想省点时间,又想省点力气,觉得下坡总比上坡容易点,就想着偷点懒,扛下两袋化肥到河边,剩下的八袋打算一车推下来。

坡很陡,为减少风险,我用两个肩膀扛着板车的把手拼命托举着走,一开始还行,慢慢地往下移动,可没走几步就感到往下的惯性越来越大,脚刹不住了,一步都不敢动,就僵在那里。不敢松手,不敢移动,更不敢再前进,心里紧张地想着办法。就在此时,一个放牛的小伙子跑过来帮忙,帮我顶起板车的另一个把手,我一下子轻松了许多。

我们小心地往下移动,一点点,尽全力但不敢快,可越接近半坡时,车往下坠的惯性越大。我们俩拼命抵抗,使出吃奶的力气扛着车把手,但仍无济于事。此时,我的两条腿都在打战,脚都拱到土里了。

我意识到了危险,一旦被车连带着卷下去,后果将不堪设想。从侧面瞄了一眼,小伙子脸都憋得通红,可还在使劲。我果断决定弃车而跑,我说:"不行了,扛不住了,我俩快跑。"小伙子说:"那车与化肥呢?"我说:"不管了,我喊一二三,然后我俩快速往两边跑,一定要快,不能让车给拖住或挂上。"小伙子点点头,"三"一喊出口,我俩同时松开车把手,迅速跑向两边,都摔趴在坡地上。

只见车连同车上的化肥,借着自身的惯性,像脱缰的野马,腾跃而下,直奔河床而去。车架子滚落在坡底处,车轮翻几个筋斗,最终飞到河里,砸起巨大的浪花。有几包化肥没有散开,但也七零八落地分布在坡上,呈蛇形般扭曲状。有四袋化肥直接炸裂,那么珍贵的白花花的化肥像冬天的雪花,一堆堆、一片片地洒在坡地上或草丛里。

过路的人无不啧啧怜惜,几个过路人还顺手把那几袋整包的化肥抬到河边。我俩惊魂未定,那小伙子说:"我回家拿扫帚和畚箕。"我第一件事是去检查那板车架子,掀起来一看,还好,断了一根掌子,还可以用,就把车拖到了河边。

车轮还在河里,由于是初春,河水很浅,那个车轮的一个轮毂在水里,另一个则露出水面,看起来好像有一点责怪的意思,但更像是在嘲讽我们力气不够。

春寒料峭,当我把车轮从水里拖上来时,那双腿冻得像胡萝卜一样。太阳一照,冒着热气,先是像针扎一样疼,继而奇痒无比。

小伙子已把化肥扫成一堆堆的,我捡起破袋子,用草把袋口捆一捆,刚好能装下扫起来的化肥。上船、过河、下船,再上堤,再下堤,小伙子一路陪着我折腾,差不多花了三个小时,我终于可以拖着板车回家了。我对着那个放牛的小伙子千谢万谢。他说不用,他家就在堤上。

冬天时,船家想省点心,就用茶马做支架,铺上木板搭起一座木桥,两百米长的木桥,木板只有三十厘米宽,只一人能通过,一头有人上桥,对面的人就得等着。挑着重担子的走在上面,那木桥就吱吱作响,没点胆量还真不敢走。

有了木桥后,吕氏船家就轻松多了,不用在大冬天还要起床撑船。只是收入要少一些。这船是私船,虽有牌照,但政府不承担费用,得靠自营。收费方法有两种,一种是周围的村民"打秋风",就是每年秋天,收稻子的季节,船家就会挑着担子挨家挨户收点稻来,就当作是过河钱了,当地人都叫"打秋风"。

外地人要经过则当场收钱,一毛两毛不等,也有没带钱的,那吕氏船人也厚道,只说一句,下次记住呵,并不再作纠缠。有了木桥,这部分的钱就收不到了,即便白天船家也不会在桥上拦着收过桥费。现在想起来,这私渡还真是慷慨。

春天的第一场雨过后,木桥就会被拆掉。因为,一场大点的雨很可能就会把桥冲走。一根钢索很快就会悬空而架,两头固定在大堤之上,那船用一条链子拴在钢索上。没有船工的时候,路人也能自己过河。

有时夜深了,行人要过河,船却在对岸,久不见来人,急了就扯着嗓子叫船。船工懒得起来就装着睡着了。停了一会儿,那叫船声更响了,老远的村庄都能听见。有时船工拗不过就愤愤地起床撑船,摸索地走着,嘴上还不停地嘀咕着:这么晚了还要往回爬。

用"爬"来形容人的动作,是不友好的,甚至还会起冲突。听到了嘀咕,那路人并不消停,通常也会回上一句:看你今年还要不要"打秋风"? 说的声音很小,看来并不想让船工听到,目的只是求得心理的一种平衡而已。真到船上时,还是要打个招呼,客气一下。

夏天的第一场大雨过后,那钢索也是要拆掉的。因为河水随时可能暴涨,水位比较高,撑船过河会很危险。此外,水位再高点时会没过钢索,船也无法继续行进。

没有木桥和钢索的季节,过河等待的时间就更长了,因为要用摇橹划船过河,那可是个功夫活,没有专业训练过的人是万不可开船的。这样一般要等五六个人才能渡一次船,洪水时,要等十几个人才能过一次河。因为过河的难度太大了。

有洪水的时候,行船前,船工先用篙子把船沿岸边往上逆行两三百米,然后再用橹摇,这样斜着顺流而下,刚好可以停在对岸的码头。

洪水满河时,从那白浪滔天的水面上的一叶小舟上往往会传来惊叫,也有把不住橹的时候,那船就会漂出五六里,再找个适合的坡地上岸。

当防汛通告发出之后,那开船的指令就不是船工说了算了,而是由公社干部说了算,主要是考虑安全问题。

有一年发洪水,河水与大堤的顶齐平了,两岸的堤上人山人海,都是被组织起来防汛的。每年防汛时都执行战时指令,没有人敢违背。

一天下午,突然有个村民病得很重,要过河去县城医院抢救,经公社书记同意开船并命令安全渡河。吕氏父子不敢怠慢,不仅领导有令,更重要的是人命关天,他们迅速从家里取出两个黄澄澄的桨和拐子。桨约三米长,前大后小,前面叶的部分,宽处二十多厘米,窄处十几厘米,后面小的部分是个圆把手。我从未看到过,它们那么漂亮、那么黄,我想应是放在家用布包着保存的。

小船工先把拐子插进船帮的方形孔里,拴好挂绳,再挂上桨,一个靠左前方,一个靠右后方。老船工在前操左桨,小船工在后操右桨;老船工在前把握路线与方向,小船工在后提供动力。

一行人全部上船后,老船工要大家全部蹲下以降低重心,减少晃动。老船工一脸严肃,全无平日里的幽默。再次检查停当后,口中念念有词,小船工也跟着念念有词,没有人听得懂说的是什么,可能是跟河神交流吧,也可能是父子俩的行话,但肯定不是船号子。

老船工用桨轻轻一点,小船工就跟着动起来。老船工摇桨的频率越来越高,小船工摇桨的力度越来越大,很快地,船在我们眼前渐渐变小。岸上的人全都伸长着脖子,踮起脚注视河面上的滔天大水与那一叶小舟。过了很长时间,船稳稳地靠在对岸。

此岸的人都松了一口气,也都说大开眼界了,传说中的老船工的船桨功夫,今天真的显示出来了。

如今,农民用脚抛弃了这渡口,几度繁荣的渡口、几度荒芜的渡口、千年艰难的渡口,又回归它初始的状态,而村民再也回不到他们出发的地方。

2019 年 1 月 3 日于馨苑

故乡的三条河

我的老家在合肥西乡,那里有三条河:龙潭河、凤落河、轮车挡。以长短排序,凤落河最长,约八十公里;龙潭河次之,四十多公里;轮车挡最短,五六公里。以方位排序,凤落河最南,龙潭河最北,轮车挡居中。从功能来看,凤落河与龙潭河为纯粹的排洪河。干旱时,田无水,河亦无水;雨涝时,田水泛洪,河亦泛洪。而轮车挡则是以灌溉为主。

肚里稍微有些墨水的人都会把故乡的河称为"母亲河",像母亲哺育孩子一样,一方的河都会滋润着一方土地,养育着一方人。但我们的龙凤二河,虽然有着高大上并赋有诗意的名字,但实在名不副实。

龙潭河像个青涩的二愣子,动辄怒气冲天,吼声如雷,带着泥水裹着石块就冲向了我们的池塘、我们的农田。那一汪清水的池塘,没有一点挣扎的力气与机会,便被蒙头覆盖。那禾苗也伏地叩首,一蹶不振。

那个二愣子,没有同情与怜悯,三番五次地咆哮。每次顽劣之后,村民的肚子没着落,就只能节衣缩食度饥馑,而那龙潭河仍像白龙一样威风凛凛,毫无愧色与歉意。只是等到雨季结束,北边的丘陵不再大雨了,河床荒芜,河底朝天,它才安静下来,像一条死蛇,横卧在肃杀的荒野里。

如果说龙潭河是一个顽劣的二愣子,那凤落河就是一个年迈的、粗鄙的、没有修养的暴君,它不顾孱弱的乡民的饥寒与苦楚,一次次地摧毁乡民的家园,一次次席卷人们的财富。

二愣子龙潭河每次发作只是殃及禾苗、池塘和庄稼,而凤落河这个暴君不仅摧毁了人们的财富,有时还要索取村民的性命。

每当大别山大雨滂沱时,它便挟山洪之威,一路从西开始,向着巢湖推过去,浩浩荡荡、耀武扬威,所经之处,河之北或河之南,就会哀鸿遍野、荒无人烟,人们不得不背井离乡。

除了洗劫乡民的财富,或不断折腾乡民去防洪防汛,凤落河不曾做过一件有益于民的事。天无雨,农田一片干涸,它比田还干,河底朝天,干涸如烟。天大雨,农田洪涝,凤落河也"盆满钵满",容不下一滴多余的水。

除此之外,村民对它还要小心伺候,敬河神、敬水神,枕戈待旦,严阵以待,一不小心,河北之堤或河南之堤溃破,白茫茫一片,房倒屋塌的巨响与乡民的嘶喊之声相互交织。

与龙凤二河相比,弱小的土生土长的内河轮车垱倒真像一位母亲。雨水多时,它尽可能撑大自己的肚皮以呵护村民的农田,呵护村民的口和胃。久不降甘霖时,周边的农田又汲取着它的乳汁。

不仅如此,它那内涵丰富的母体,还养育着不计其数的鱼、鳖、虾、蟹,丰盛着老百姓的餐桌。

春天,两岸厚实的大堤,满坡的茵茵青草,那是耕牛与牲口的食粮,农耕文明时代,耕牛的重要性不亚于会思考的乡民。

秋冬时节,那堤上的劲草又是乡民锅洞里火红的燃料之源,让乡民得以食饭,得以温暖。那沤了一冬的河泥,在初春的时节,也是孕育新苗的营养。

说轮车垱像母亲,不仅是因为它贡献多,还因为它有涵养、脾气好、少有泛滥、少有发作。它的那种隐忍、那种平和的内在,是因为博大、因为爱心、因为知道自己存在的价值。

偶尔回乡时,我也会去大堤上走走,远眺双崖——村民已远去,只剩下人去楼空的家园和荒草碧连天的农田以及沟沟坎坎。

2017 年 9 月 1 日于半山居

湘 妃 竹

竹子作为一种植物来说,那真是百般受宠的,盖因文人墨客的吟诵。有人把竹子列入"四君子"里,也有人将竹子描绘成"岁寒三友",板桥先生的画上也自题:"衙斋卧听萧萧竹,疑是民间疾苦声。"东晋时的文人达官厌烦了官场与尘世就躲到竹林里清谈,便有了"竹林七贤"的故事。咏竹诗中也有:"未曾出土便有节,及至凌云仍虚心。"

竹子受青睐,理由也是充分的,首先是它的气节,无论土蛰,无论凌云,那气节是分明的,不为所动,不为所变,可谓"不忘初心,方得始终"。其次是它的竹格,贫瘠不嫌,几乎世界上的每块土地之上都有它的风姿,威武不屈。雪和风于树是灾,于竹却无损。再次是它的虚心,稚为毛笋,老为修竹,它的心始终是谦虚的。竹为诗,竹为画,竹为文,竹为品,不是浪得虚名,也不是为赋而言,是它千万年修为的结果。

记得刚上袁店中学时,校门口外不远处的雁窝蛋,校园里小花园边南大塘与东大塘的交界处,操场北边跑道至北壕沟边都有几处竹子。雁窝蛋与小花园处的竹子很少,不能称为林,只能称为丛。一处约十几株,另一处约三十来株,竹子上斑斑点点,一点也不好看。操场边的竹子要多些,可称为林,竹子清亮,但都不高,是小竹子。

小时候,我就爱竹,只是爱得世俗。那时的竹子,在我眼里没有美的概念,也没有节的欣赏,有的只是功用性能,比如可否做根放牛棍,或者做根鱼竿。

由于学校的那些竹子都不符合这些功用的要求,所以没留下什么印象,倒是操场边的那片竹林成为我们逃课的好去处。

每当大王老师的政治课"上演"时,那竹林里就像来了一阵麻雀立即热闹起来。有些胆量的同学都在竹林里,因为先生那政治课上得实在比让人饥饿还难受,当然也不能怪大王老师。除了政治课外,还有山老师的英语课,在那个"不学 ABC 照样干革命"的年代,班上除了少数几个同学或真或假地上英语课外,其他的差不多都在竹林里悠闲了。

离开袁店中学后的三十多年中,我时常回学校走走,去年的深秋照例又去学校转转的时候,小花园水井边的一小片竹林吸引了我,竹子有三四十棵的样子,刚移栽过来不久。再一细看,青青的竹竿上斑斑点点,有的像疤痕,有的像泪滴,颜色也有深有浅,三四米高的样子。这不就是原来雁窝蛋与大塘埂边的那种竹子吗?同行的斌老师看出了我的疑问,笑着对我说,这叫湘妃竹,从千里之外的湖南而来,为曾国藩所赠,生长在这里都有一百五十多年的历史了。

湘妃竹是斑竹的一种,它的名字来自一个凄美的故事,说是远古时期,潇湘大地有九条恶龙为害百姓,那里的百姓民不聊生。舜帝心系民生要亲自前往消灭恶龙,经过几年的搏斗终于战胜恶龙,而舜帝却永远地沉睡在潇湘之地。

舜帝的二妃,也就是尧帝的二女娥皇与女英,思夫心切,决定千里寻夫。她们经过九死一生来到湖南的九嶷山下,却只见到百姓为舜帝筑起的高高坟墓,坟墓的四周是高密的竹林。娥皇与女英围着舜帝墓日夜啼哭,滴滴泪水挥洒在竹林里,竹子上从此留下斑斑泪痕。娥皇与女英,泪干泣血,最终因痛不欲生,双双投湘水为舜帝殉葬。后人便称此竹为斑竹,即湘妃竹。

曾国藩弥留之际正是直隶总督李鸿章辉煌之时,此时李家已替代了曾家,而淮军已取代了湘军。曾国藩自知来日无多便千里修书:"此次晤面后或将永诀,当以大事相托。"总督李鸿章不敢怠慢,千里策马赶到江宁(现南京)曾的府邸。

见到学生如此迅速赶到,曾自是喜不胜收,三杯二盏之后便移至府中的竹园艺篁馆开始煮茶品竹论英雄。

一番时势纵论之后,曾对李说:"我爱竹犹爱湘妃竹,这竹园里,那大片的是一般的竹子，而这一小片的则是湘妃竹。因为，我从湘妃竹上的泪滴上看到了一种血性，一种知其不可为而为之的血性，一种以死报答知遇之恩的血性，一种至死不渝追求目标的血性。"

作为学生的李鸿章对恩师的点化了然于胸，这湘妃竹承载了"当以大事相托"的全部内容，他适时地说道："恩师，赠我一些湘妃竹吧。"

"这些湘妃竹是从洞庭湖边君山上带土移栽过来的，共九十棵，送你五十棵吧，回去后分些给你的兄弟们。"曾国藩会意地笑着说道。

次年春天，李鸿章将恩师所赠的五十棵湘妃竹带到合肥，除在他的老家磨店李家庄种了十棵以外，其余的都赠给了唐定奎等淮军著名将领。

此时，五房圩刚刚建成，小花园也雏形初现，唐定奎对恩师赠予的湘妃竹另眼相看。在小花园的边上，另开一处竹园取名"师恩竹苑"，十来棵竹子占据了一大片园地，园丁们也对湘妃竹护爱有加，没多少年十来棵竹子便成长为一大片湘妃竹林。

沧海桑田，世事难以料定，圩子衰落时就殃及湘妃竹。五房圩子成为粮仓后，那些花花草草不受待见，被践踏乃至铲除都不能发出一点痛苦的呻吟。后仓库又变成了中学，这些湘妃竹的命运也没有多少改变。

今天，这些不屈的湘妃竹终于迎来了生机，在可以预见的将来，这些湘妃竹或许会有一片自己的园地，一个受人呵护的家。

夕阳西下，微风刚起，当我和斌老师起身离去时，那摇曳的湘妃竹似在作别，亦是在昭示着它们的血性。

2017 年 11 月 5 日于山水郡

大 栗 树

我家门口有棵大栗树,距门约二十一米,距前面的秧塘约两米。树根部距水面大概两米。这棵树树干高大、树形好,三边的丫枝一律向上伸展;对着我家门口那边,却横向生出一枝,横向一米多后又向上伸展,像一只手臂在招呼来人,很有力量,也很友好。

据父亲说,这棵大栗树已有一百六十年的历史,但树干只有大黄盆口那么粗,因为生长极为缓慢。倒不是因为土壤不肥,而是由于栗树的生长特性。这棵大栗树就像个踏实朴素的农民,慢条斯理、不紧不慢地生长着,安静地立在那里。

这棵树在我们家的门口,也在鲍家庄的中心地带,自然也就成为人们聚集的中心。中午吃饭时,大人小孩都会扛起一大碗饭向大树下集中。说是扛着一碗饭,是因为在来的路上,碗一律都在肩后部,是扛着的。左撇子就用左手扛着碗,右撇子就用右手扛着碗,只是到了树下才把碗放下,捧在面前享用。说笑声便开始在树的周围环绕。故事一个接着一个。有的人一碗饭吃完便快速回家,再盛一碗过来。有时有特别好笑的故事,有的人还要求等会再讲,说"等我盛碗饭来"。

尽管那时候都很穷,但每家的经济条件还是有些区别。所以,吃饭也不仅是吃饭,除了填饱肚子之外,还有些别的意思。比如,有的人家碗里有肉或肉炒菜,别人眼里就有了羡慕或是嫉妒之色。但一般都不用正眼看,怕被人瞧不起,大部分会瞥一下或偷看一眼,目光迅速又回到自己的碗里或讲故事人的身上。

在深秋或冬季时,咸肉上市了。一些人,特别是孩子,得了一块咸鹅、咸鸡或咸猪肉,吃第一碗饭时,就把咸肉摆在饭头上。第二碗时,肉还在碗头上,并没有吃或没有吃完。那是面子,我有时也这样显摆一下。记得有个小女孩,甚至一顿饭都结束了,那块咸肉还在。回家后就用一张纸包住,在上学的路上边走边吃,引得我们流口水。

不仅是吃饭,没事时大人小孩也都喜欢坐在树下闲谈,东家长西家短的,有时也会生出很多是非。比如东家死了一只鸡,经过多人转载,再会聚到大栗树下时,就变成西家死了一头猪。而传闻死了猪的那家又不同意这种夸大,认为这是存心不良,在诅咒他们家的猪。这时候,一场口舌之争就难以避免了。

我们庄子许多女人间的吵架,也与这棵大栗树下的"信息中心"有关。有时也不是故意的,比如有几个人在大栗树下聊天,去老井挑水的人经过时听到了一些传闻,再加工传播开就会失真,就容易引起事端。

大栗树不仅是信息中心,也是我们小时候最快乐的游戏工具。那北向的横枝,我们在上面荡秋千,有时荡得与树枝一样高,虽然很危险但谁也不怕。最有威信的孩子一般都会被荡得最高。有一次,一个孩子一不小心从秋千上了飞了出去,直滚到秧塘里,摔得鼻青眼肿。他父亲就来问罪,首先就冲着我。那人是老师,他心里想着除了我,谁敢把他孩子荡飞出去?其实,那次我真的没参与,但我没有解释,更没有供出是谁干的,因为大家都不是故意的。

大栗树是信息中心,我的家门口就成了孩子们的娱乐中心。那时流行一种游戏——打壳。大家把各自等价的硬币放在地上专门挖的一个小坑里,四周画个圆圈。谁要是把硬币从小坑里砸飞出圈外,那飞出的钱就是谁的了。

我和我父亲一样不喜欢赌钱,但这种游戏我喜欢。因为这不仅是力气活还是智力活,首先一轮一轮地砸,轮到你时要选好对象,选准哪枚就砸哪枚硬币,平躺在坑里的和平躺在坑外圈里的,我一般都不考虑,因为砸出的可能性小,只选那些黏着土、半竖起或完全竖起的硬币,打壳时从底部砸入,很容易撬起它们飞出圈外。

有的孩子只会出大力,不看方位狠命地用力砸,要不就把硬币砸到地下更深处,要不就给别人砸出好的位置,就像斯诺克一样。此外,打壳时我们也立了很多规矩。硬币都只选二分币。打壳时多用铁片、瓦片或大铜板,每次打壳前都说好,今天是用瓦片、铁块还是大铜板。那时农村的铁很少,其主要来源是坏了的犁耳,以至于生产队的犁耳坏了,尤其是被砸碎了,首先就怀疑是我们干的。瓦片比较容易找到,谁家的缸坏了,我们就会让它变得更坏点,直接弄成碎块,我们就顺理成章地捡些来作为打壳工具。

大铜板类似民国时期的"袁大头",但更大更厚,是铜质的,打起来省力,但太轻不过瘾。所以,我们打壳,首选瓦片,其次为铁片。我们规定当硬币搭线时超过三分之二才算赢,但那圈线也很粗糙,且硬币飞出时全身带土搭在线上,难以辨认是否超过三分之二。孩子们围着那硬币,一圈人坐在地上讨论半个小时也是常有的事,有时实在达不成一致结论,他们会对我说:"大存子你说吧!"这时我基本上判赢。

由于父亲极不喜欢这种事,所以我们就偷着干,打完后再用些土把那个坑填上,但依然好几次不注意都被父亲当场抓住并呵斥一番。后来我们动脑筋,每次打壳时派一名围观的小孩爬到树上瞭望,看到大人回来就立马报信,好处是每次报信得五厘,记账累积到一分或二分时,由两次的赢家支付。这时,大栗树便变成了瞭望台。有时候,孩子饿了盼着大人回来吃饭时,也会爬到大栗树上观察庄台两边塘坝的动静。

秋天到了,大栗树也会结果子,虽然我们知道那些栗子咬不动,但每年仍都会在地上拾起很多回家剥开外皮,晾晒干后再用锅炒,形状极似板栗,但不是板栗味,又涩又硬。也许这棵栗树本来生在这里就不是为了产栗子的,而是有别的作用,特别是用作瞭望台或聚人气的。

1991年,一场大水淹没了有百年历史的鲍家庄。为了交通方便,大家都把新居建在村中心路边了,那棵大栗树的辉煌时代也结束了。庄台变成遗址,而大栗树也被遗弃在那里。我曾动过心思想把它移到新屋的门口,可它太苍老,也太大,怕它经受不了。每次回乡时我都会走到秧塘外,远远地张望,那时通往庄台的路已经走不通了。

我时常想起它的孤独,突如其来的孤独,从门庭若市到门可罗雀,再到孑然一身,这命运的跌宕起伏,它能经受得住吗? 好多次,我就站在秧塘的外埂边默默地与大栗树交流着:我好想把你带走呵,可我带不走你呵。你太沉重了,你承载得太多了,我在异乡为你祝福。它似乎听懂了我的话,报以一阵叶子的沙沙声。

有时候我也安慰自己,它尽管孤独些,但生活环境真的好了。没有人攀爬瞭望,也没有人扯着树枝荡秋千,更没有人在它的眼皮底下生是非。热闹少了,安静多了,大栗树这个年纪应该可承受了吧? 当然,也并非每种生物都会像人类这样爱扎堆,凑热闹,或许宁静更符合大栗树的初心。

有一年气候干燥,秧塘干涸了,我终于走到了它的身边,看到它更加茂盛,我心安许多,有些风,它就摇起来,我知道它想和我说说话呢。我们说了好久好久,掌灯时分我才起身离开。可是不承想,这是我俩最后一次的交流。

庄台被遗弃后就成了一块荒地,每家分一块,并没有按照原来的居住地分,而是按等份抓阄,每家都在上面种植旱季作物。我不知道父亲为什么没要我家的那块宅基地,可能与我家早已进城有关系吧。

大栗树旁的那块地分给一个邻居之后,他在那里种花生。不久,他嫌树冠影响作物生长,竟一刀一刀把它砍倒。听说他原先准备用锯子锯的。有人说这树太古老了,有灵性,用锯子锯,他会倒霉,但可以用斧子一斧一斧地砍。

我不知道这个过程是怎样的,但我能想象那该有多痛呵。那一斧一斧地砍呵,那一刀一刀分明也砍在我的身上,后来听说砍了一天多,大栗树才不情愿地倒下。大栗树倒了,永远地倒了。

我回来时,突然远远没有看到那挺拔的大栗树,立马眼泪就下来了,立即跑着冲过去。秧塘的水还很深,我顾不了那么多,卷起裤脚走过水塘跑上庄台。那黄盆口粗的树干倔强地斜躺在那里,那粗糙的树皮全部张开,像在大声呼叫自己的冤情:我并没有影响谁呀! 是的,它真的没有影响谁,因为它的树冠大部分伸在水面上。可树同人一样,往往也会遭遇不白之冤、飞来横祸,可自己事先却全然不知。

　　我的大栗树,我童年的伙伴。我们诀别已有二十年之久,可每次远眺那个被遗弃的庄台时,我的眼角都湿润了,我都期盼着会再有一棵小栗树在原地生长。会吗? 我的大栗树!

2017 年 3 月 12 日于湖山静苑

打 年 货

开始打年货,离春节就不远了。打年货,于大人们来说是一件大事,也是一件难事,难在穷,没钱,但还是要想着尽可能地充足,想把年过得丰盛,还要顾及礼节与面子。正月来亲戚,招待是件大事。所以,物质丰富的想法与囊中的羞涩就出现了不和谐。除此,距离远,路难行,也是打年货难的原因。

农村在自给自足的条件下,许多年货都是自家产的,比如豆腐、千张、部分糕点、酱、水产品、元宵、粑粑,还有的人家自己做糖果。当然,大部分年货还是去城里购买的。

我的老家在村子的尽头,任何车走到这里都只能掉头,不能前行。因为前面有条凤落河,乡人称天河,河并不大,但两个大堤很高。没有渡船,谁也过不了河,有了渡船,那上上下下的坡,空手走都是一件困难的事,挑副担子就更加困难了,真的是过河难,难于上青天。

大人们难,但孩子们不感到难,打年货可能比过年本身还要带劲。因为打年货可以跟大人进城,进城就是开眼界,见世面,孩子们一年只有这一次机会,好多孩子一年连这一次机会都没有。此外,进城打年货还可以跟大人在城里的饭店吃顿饭,这是一件非常了不起的事情。进城吃一次回来至少要吹上半年,把城里描述得天花乱坠,把那城里的菜说得让人垂涎欲滴。没进过城的孩子听着听着就流出了涎水。除了能吃饭,运气好点的,还可以从大人那里央求得到一两样自己喜欢的东西。打完年货,运气再好点的,还可以去洗个澡。城里的澡堂那是个真正洗澡的地方,那么大的池子,那么多水,澡堂里到处都是热乎乎的,不像在家里洗个澡,盆那么小,还那么冷。

于孩子们而言,打年货比过年还开心,但也比过年累很多。首先得要早起,差不多凌晨三四点就要出发。我们村距城里二十里,全部要靠脚去丈量,大人们还要挑着一百多斤重的大米,要赶在天亮前到达农贸市场,迟了就不好卖了。卖了米才有钱去打年货。好在农村的男人们力气大,挑着沉重的担子,扁担两头颤悠着,差不多换个七八次肩,就到城里了,只是孩子们受罪了。记得有一次,我都走了好久,眼都还没有睁开,就只能抓住父亲的稻箩绳子往前走,有时绊了一下脚,清醒一点,然后,眼又半闭着,直至走到渡口。

渡河是我们那一带多少辈人的烦心事,圩堤越来越高,上下的难度也越来越大。雨天过河就变成了一项功夫活,有时山洪来时还要封渡,过不了河的人就会站在河对岸扯着嗓子传达紧急的事。

平时河水小时,没有船工守着,就只能等,等到对方有人过河时才能上船。冬天的时候,基本不用船过河,船工会搭好木桥,几个茶马撑在河里,那三十厘米宽的木板一架就成桥了,胆小的人走在上面都颤颤巍巍的,担心随时都会掉下去。

经过渡口的这般惊险,瞌睡基本就跑得不见踪影,但还要跟着大人再走十几里,仍是一件很难的事,走着走着就想歇一会,但大人们不让停,就呵斥着快点快点。直到一股刺鼻的味道飘过来,精神一下子就振作起来了,那是到了化肥厂的地段,离农贸市场就很近了。记得小时候进城,一过河就想着闻到那刺鼻的味道。有时刮南风,即便闻到了那味道仍然要走好远才能到城里。

舒城县城不大,从北门进城,经过窄而弯的七八条巷子就到了农贸市场,巷子里摩肩接踵都是进城打年货的人。卖米的地方在飞霞农贸市场,有米行收,也有小贩子在收,米行有正规的店面,规模大,安全,但价格低一些。而小贩子出价高,但风险很大,往往很容易被骗,比如称重时,趁你不注意会有人用脚托着稻箩底部,这样一担米就会少称十几斤。更可怕的骗术是钱被调包,称好重,当着你的面数钱给你,当你接过钱的时候,小贩子会说,给多了,再数一下。这时小贩子就会玩起魔术来,再把钱给你的时候已不是原来那沓,可你全然不知。当你去打年货付钱时才会发现,可那贩子早就跑了。这样的骗局在这个农贸市场反复上演。只是苦了那些被骗的农民,回家后还得吵成一团,一担米的钱呵,十几块呵。吵完后,年还得过呵,再从家里挑出一担米去打年货。

大人拿着卖米钱去买东西的时候,小孩们就在稻箩边上看着,地点大部分选在九龙塔边上。那是一座古塔,明朝就建了,塔座周边开阔且是水泥地。好多村子里的孩子都聚集在这里,有说有笑等着大人们回来。家里富裕点的,一般都是夫妻带着孩子一同上城。因为,除了年货,每人还要买点衣服;家境差的,没有衣服要买的,女人就守在家里。

年货采购结束,大人们带着孩子去吃饭,饭后就要回家了,每条巷子都挤满了进城的乡下人,担子轻了,步伐也慢了,显得晃晃悠悠的,有的还面红耳赤。孩子们个个欢天喜地,炫耀着大人们买的好东西,得到贵重东西的孩子,头自然也昂得高,孩子们的炫富就这样真切而生动。

一路走一路笑,成群结队的,不知不觉就到了渡口,快到村口时,各家的女人们,都已挤在村口等待着自家的劳力归来,叽叽喳喳的,一脸微笑迎接着自家的男人、孩子和年货。可一转身就会听到有人家在吵嘴,甚至还有打架的,焦点在于劳力们买的东西不合女人们的心意,时不时会听到女人们的号叫:"我跟你说得那么清楚,你还是买了这么个东西。"仔细想一想也确实难,男人干活有力气,可以去打年货。但买东西的活计,男人真的不擅长。对于男人打的年货,女人没几个满意的,但她们更多选择沉默,选择理解。

多少年之后,每当我站在那荒芜的渡口,眼前就出现夜行打年货的场景。夜幕下,大人们的扁担头挂着一盏马灯,走一步晃一下,微弱的光能照见一两米远的路,微风吹过,那灯光也会一闪一闪的,忽明忽暗。碰巧人多时,扁担头之间就会有轻微的触碰声。一条灯路,首尾相连,虽不明亮,却也壮观,寒冷的夜色下,渡口也温暖许多。

打年货,年复一年,绵延千年。它是过年的预演活动,是过年的热身过程,是一种文化,是年味也是情味,是一年收成的总结,是一年劳作的结尾,是一个幸福家庭的年度展示,是亲情友情的物质储备。

今天,乡村打年货的活动没有了,年味淡了,人情味也淡了。追求富裕的路短了,可拥有财富的身却乏了,拥有财富的心也累了,几乎每个人都忘记了来时的路。

2018 年 8 月 9 日于鱼林村

闹 花 船

我小时候，接触到的文学与艺术的形式很少，电影只有战争片，戏曲只有"样板戏"，书籍也很少。而合肥西乡的正月"闹花船"就显得特别有文化气息。

从正月初八开始，大队支委就组织花船队到各村去演出，一般一个晚上安排一到两场演出，在相邻的两个村庄进行。我们大队有二十多个村庄，所以，每年的闹花船都要持续到正月底才结束。

制作花船也颇费心思，船的中间是一个突起的顶篷，有点像绍兴乌篷船的篷，前后是大小一样的甲板。顶篷的四根支撑柱又是船的四个"脚"，歇停时就立在地上。船的四周皆用红布装饰，甲板及顶篷的其他三面是用纸糊的，四周船帮用各色彩条装点，那顶篷的四周更是打扮得五彩斑斓。

船的内部结构支撑大部分是用竹子的，以减轻重量，一些小点的支撑结构还有用麻秸秆的，因为这个更轻。但两根长主梁与两根副梁是用木头的，因为这几根梁柱支撑整个船体并决定船的形状，所以选材一要直，二要硬，不能有弹性。顶篷的内部，一根粗软的带子拴在两根主梁上，"灯芯"就靠这根带子把整个花船给挑起来。

整个船体中，顶篷的设计是一个重点，顶篷的前面有一个窗口，有帘，一般帘子是敞着的。顶篷位置突出，是整个船在舞动过程中的"指挥中心"，但更重要的还是"灯芯"在那里面，也是整个闹花船过程中目光聚集之处，卷帘就是为了展现"灯芯"的那张脸。

"灯芯"就是挑起整个船舞动的那个美女，"灯芯"的人选很重要也很难，一要个子高，否则挑不起来；二要身体结实，一条花船少说也有五十来斤，挑在肩上舞动一个多小时，没有结实的身体是应对不了的；三要长得漂亮，特别是脸蛋,要让大部分人都能接受,得是村里最漂亮的。否则,那一年闹花船就会有人有意见。"灯芯"的相貌,嘴唇不能太薄,下巴不能太尖,颧骨不能太高,眼睛不能太吊,牙齿间隙不能太小,总之形象要庄重大方,少绯闻,若无男友更佳。

闹花船的活动中,其实最难的就是选"灯芯"。因为条件太苛刻,所以,一般选好一个"灯芯"都要干好几年,直到出嫁为止。大队支委会一般会在"灯芯"出嫁前两年开始物色新的"灯芯"。

"灯芯"跳的舞一般为前几步,后几步,左几步,再右几步,这是直来直去的简单步伐,这种舞步与"忠"字舞相搭配。哪种舞步多就看体力了,由"灯芯"自己掌握。

船的两侧前方是两个船拐子,也有的玩法是一个船拐子,即"船老大",一般为小丑打扮,一顶破草帽、一件破棉袄,腰间还系一根草绳子,手撑一根长篙。他的舞蹈动作基本以划船的动作为原形,但夸张搞笑。其实船拐子在花船表演中就是个丑角,现场的逗乐、打趣和调节气氛主要都靠他。

船的正前方,是两个挑花灯的女孩,两盏花灯里点着蜡烛,两根挑灯的扁担很细很软,因为两盏花灯就是纸糊的灯笼,很轻。随着舞步,两盏灯就像两只蹦蹦跳跳的兔子。但挑花灯也是功夫活,因为里面点着蜡烛,舞步走得不好,那蜡烛会灭的,这是最忌讳的,因为不吉利。但舞姿要求有跳跃感、起伏感、波浪感,演的是船,花灯要随船的起落进退而动,这就是难点,因此两个挑灯的丫头也不好选。

在船的前头约五米远的地方是鼓乐队,他们集体站着,有锣、鼓等乐器,七八个人的样子。锣鼓是花船的指挥,锣鼓急切且铿锵,表示船在大海里乘风破浪,那"灯芯"的步伐也走得大且疾,那花船摇晃的幅度也很大。挑花灯的姑娘,需把两只灯笼抖动得活蹦乱跳。那船拐子的动作最为夸张了,看上去仿佛吃奶的力气都用上了,此时观众都会奉上最热烈的掌声。

风平浪静时,锣鼓声缓且弱,"灯芯"基本不移步,只是两手扶着内梁柱,用身体带动船晃动,极似岸边的小船在轻风中摇动的感觉。花灯姑娘也不紧不慢的。看那船拐子,紧闭双眼,手中长篙支在一点上,随身体的摇晃而作顺水划船状,一切像极了风和日丽的海边场景。

闹花船有两大活动内容,第一部分是唱花船;第二部分是猜宝。活动开始是唱花船,唱花船之前有一阵密集的锣鼓声,那花船、船拐子、花灯也都极力舞动,锣鼓一停,唱腔便起。唱腔基本是固定调式,类似唱门歌的调子,唱词不限内容,天上地下、树上水里、斗星明月、鱼鳖虾蟹皆可入词。有人唱时,那花船、船拐子和花灯便作摇摆状,恰似微波轻推小船。唱花船的人以观众为主,那个时候大家对任何活动参与度都极高,唱的人很多,但组织者还是准备了替唱的人,以防冷场。

一曲唱罢,一阵掌声与喝彩,一阵密集的锣鼓声。那船拐子动作很大,给人感觉就是船在逆水而行,艰难上行。四只花灯也在欢快地晃动地跳跃着,那烛光就更加摇曳了,"灯芯"挑着花船大幅度地前移后退,前仰后合,像在冲浪中行船。锣鼓一停,下一个人就开唱,船又恢复到摇动状态。

唱花船一般会持续近一个小时,接下来就是猜宝。一张大桌子上,倒扣着一个脸盆,那脸盆下面的物品就是要猜的东西。每个村庄在选宝时都绞尽脑汁,如果太容易被猜出来,一方面猜宝的时间就会太短,另一方面也会显得出宝人没水平。

猜宝的过程也是唱的,唱腔与唱花船差不多,只是唱词不一样,要围绕着盆下的宝物去猜。每次猜之前,出宝人都会有点提示,提示的范围先大后小。比如地上的或水里的,若猜不中就会缩小范围;比如提示一下是水里的动物,若还猜不中就再缩小一点范围,比如能吃的等等。猜宝的调式相同,唱词的格式也差不多,比如有人会唱:"今晚我来闹花船,船拐'灯芯'真漂亮;既然要猜水中物,我猜盆中是螺蛳。"

为防止出宝人出题太刁钻而一直没人猜中,影响整个活动的进程,每次猜宝前,出宝人都要向组织者交出谜底。组织者在大家长时间猜不中的时候安排一个人去唱猜,以确保闹花船活动能在正常时间内结束。

整个闹花船的活动时间总长一般为两个小时,唱花船一个小时,一般唱十来支歌,猜宝一个小时。

一般猜宝六七个回合就会有人猜中。屡猜不中时,观众会有情绪的,认为是故意刁难,有些时候还会生出事端。

一旦有人猜中,出宝人翻开脸盆,当场确认以显公正,有时也会有猫腻。主要是出宝人运气不好,或走漏风声,两三个回合就被人猜中了,那场面就难堪了,怎么办?调包是常用的手法,以保证活动按节奏进行。

有一年正月初十的晚上,村里的闹花船安排了两场,第一场在我们庄子,第二场在隔壁庄,一晚安排两场,时间就紧了很多。表演场地选在老井旁边,队里开展活动一般就选两个地方:我家的大栗树下面或老井边。队长说了,井神也累了一年,喜庆的活动,井神也应享受一下。

汽油灯高高地挂在树上,举起一大片通亮,点惯了如豆般的煤油灯的大人小孩,见到这种雪亮的光,每个人都是兴奋的,邻庄、邻队、邻村都有观众过来,一时间人头攒动,人声鼎沸。

一阵急切的锣鼓声之后,便开始唱花船了。唱的人十分踊跃,都抢着唱,欢呼声一阵高过一阵。唱词人也多有墨水,好几个人唱的内容,实在是让人大开眼界。

观众和演员情绪高涨,船拐子和"灯芯"也格外卖力,那船拐子把船摇得上天入地,那"灯芯"也把船开得波涛汹涌,现场一片祥和与喜庆。整个表演顺风顺水。

在热烈的掌声中进入了猜宝阶段,边唱边猜,不急不躁,观众也信心满满、跃跃欲试,都想猜中盆中的宝物。可进行到第七轮了仍未有人猜中,大队长急了,示意叫"备胎"来猜,以便快点结束,"备胎"即组织者知道谜底后安排的那个人。

只见"备胎"脸上满是旗开得胜的自信,开口即唱,一曲唱罢锣鼓又响了一会儿,可掌宝人的手仍按在脸盆上,显示着没猜中。组织者急了,这是在捣蛋呵,说好的谜底呵,出什么问题了?大队长盯着老队长,老队长盯着掌宝人。

　　闹花船也有许多规矩,如果一直猜下去也猜不中,而是由出宝人揭开脸盆亮出宝物的话,那就是对组织者的挑战与不敬,甚至可能会闹出砸花船的事来。

　　那晚出宝人是四表叔,外号"四聋子",他其实不聋,只是别人说话声小了他听不清而已,但庄子上的人都把他当聋子看待,都记住了,聋子不怕雷。

　　不知为何今年会安排他来掌宝。大队文支委急了,凑到老队长面前不断耳语,意思是今晚还有一场,时间也到了,要尽快结束。老队长又去与四表叔耳语,先是表扬他今晚出宝水平高,猜了这么多轮都猜不中,说得差不多了,又咬耳让他交出谜底。

　　老队长正准备再次将谜底交给"备胎",恰此时,那个四聋子开唱了:"欢迎各位来捧场,今晚花船闹得响;只是猜宝总不中,原来是个来尿宝。"

　　来尿宝,是一种树上长出的虫茧,外形长约两厘米,宽约六毫米,茧长在树枝上,那虫就住在茧里面。来尿宝太少见了,也就十分难猜了。

　　四聋子的声音一落,现场的人不知怎么回事,都把目光集中到大队文支委的脸上。他的脸上极不自然,红一阵白一阵,显然很生气,但毕竟是正月又是演出,不好发火。只见他手一挥,就在他做出让大家走开的动作的刹那间,年轻的生产队刘副队工哗地一下把原本应撒在地上供大家抢的糖果撒到了花船的前甲板上。观众蜂拥而上,你争我抢,顷刻间,那纸糊的前甲板已成稀巴烂,船拐子极力用长篙驱赶,但毫无作用。

　　在那个物资匮乏的年代,糖果太有吸引力了,大家不顾一切地哄抢。那"灯芯"有力气,也有责任心,挑着破船就跑,船拐子与挑花灯的姑娘也跟着跑,场面十分混乱,糖果抢完了,人们都在开心地吃糖与嬉笑。

　　队员们似乎正在为自己出了口气而庆幸时,一个年轻的后生跑过来说,文支委在骂人,老队长火冒三丈地问:"怎么骂的?"那个年轻人说:"他骂鲍庄人没教养,让人猜来尿宝。"

　　老队长手一挥,绰家伙,大家迅速行动,有的扛着锄头,有的手提木杆,老队长自己拿起一把铁锹,浩浩荡荡地追过去。

文支委一行带着船和花灯，走得慢，才走了三四道田埂那么远。回头一看情况紧急，就迅速调整队伍，让花船与花灯先行，他带领大队一行人走在后面。这时文支委的三个助手掉头走过来，想作些解释，可根本没用，一句话还未讲完就被挤到那刺人的浪田里。

文支书一看势头不对，好汉不吃眼前亏，他知道这是冲他来的，急中生智，大踏步地跑到浪田中间站着，连声说，误解，误解了，一定是误解了，并请求原谅，正月里大家都要给点面子。

得饶人处且饶人是老队长的一贯做法，看到文支书站在冰冷的水田里请求谅解，尽管还有人要下浪田追赶，老队长还是开口了，说算了，大正月的，点到为止。

这个世界上没有无因之果，也没有无果之因。原来，这个冬天大队要在凤落河堤开个口子做涵闸，老队长争取到这个工程，工程报酬为400斤稻谷，冬天没什么事，带领队里人干这个工程也是一项收入。

可不承想，正准备去开工的时候，文支委又安排给了别的队，于是他们就这样结下了梁子。

那时，社员们有自身的处事法则，表达意见直接而粗鲁，虽不文明但也敞亮，以眼还眼、以牙还牙，穷得裸露、穷得血性、穷得自尊，也穷得快乐，吵一场或打一架就完了，没有人纠结地活着。几天后，一场冲突就像没发生过一样。那真是个简单的时代。

2017 年 6 月 11 日于西昌邛海边

吊 瓢

　　吊瓢是合肥西乡袁店一带的乡村习俗,类似于闹婚房一样的活动,闹得不可开交,被闹的人还不得翻脸,被吊瓢的主人虽然满脸尴尬,但还要赔着笑。那笑也都是挤出来的,似肌肉在抽动,而心并没有笑,甚至有些怨气。

　　所谓吊瓢,就是将舀稀饭用的那种大铁勺子,用绳子拴起来吊在水梁上或桁条上,还要用铁制品,比如镰刀或菜刀敲击,不仅要敲还要唱:这家主人真抠门,招待客人不真心,一小把米五碗水,一人两碗不够盛。

　　当当的敲打声响起,客人们便起哄起来,有唱有和,邻居们也会来凑热闹,闹得主人家脸红脖子粗,直至躲到后屋方才罢休。农村人是好客的,即便在那个食不果腹的年代,也不会真的为了节省而不让客人吃饱。吊瓢实质是一种游戏,是一场斗智斗勇的博弈,客人们一看锅里的饭食还有很多,便正常吃饭。而一旦发现锅里的饭食有可能被吃光,就一起用力,硬撑硬胀,直至锅底朝天,目的就是为了吊瓢。吊瓢的目的是为了寻开心,是一种看似不文明而内心快乐的游戏。

　　吊瓢一般发生在正月初一至正月十四之间亲戚集中走动,相互拜年的时候。人多便于吊瓢活动的进行。到了正月十五之后,农民便开始有了活计。可谓:正月十五大似年,吃块肥肉好下田。十五一过,就没有那么多闲工夫去吊瓢了。

　　吊瓢大多发生在平辈之间,长辈与晚辈之间是很少会发生吊瓢这样的游戏的,因为有违祖制,有伤大雅,即便吊起瓢来恐怕也没那么尽兴。平辈之间就不一样了,玩起来是没有边界的,能玩得哄堂大笑,花费的力气不亚于一项体育运动。

　　我爸有三个舅舅,所以我爸的表兄弟就特别多。正月拜年时,就像麻雀一样一阵一阵的,到哪里都是黑压压的一片。每年正月初一,我的表叔们连同他们的孩子,也就是我的表兄弟,还有我们家的男丁都要去我爸的大舅家拜年,在他家吃早饭和中饭,然后,在我家吃晚饭。听爸说,这种拜年的方式已持续了快二十年。

在我家吃的晚饭,基本上有两种类型:面条加豆末粑粑、稀饭加年糕。每年轮换着来,很有规律。但没有规律的是,到底这顿稀饭要煮多少。我家的锅是牛二锅,一锅饭一二十人吃是差不多的,但问题是这些表叔往往都不好好"吃",这就让这顿饭煮多少变得很难估算。煮多了,他们就会每人只吃一点点。"人走茶凉"之后,大半个牛二锅的稀饭就成了问题,没有谁家有这么大的容器来盛这么多的剩饭,有一年连洗脚盆都涮涮干净来装。煮少了,那就更麻烦了,他们会逮住机会,死撑硬胀地吃光,直指吊瓢而去。那瓢就吊在水梁之上,敲打着,唱和着,取笑着,脸皮再厚往往都难以抵挡得住这样的阵势。

由此,每年正月初一下午三点一过母亲就开始焦虑并在村头张望,等待爸爸派出的"密探"报告中午那边的吃饭情况。这个"密探"多由我充当,而考察中午的"饭况"主要的"参数"是两项,一是观察他们吃多少,因为好几年他们在策划吊瓢活动时从中午就开始了。若细心观察,他们不仅会有些耳语,而且好多人都只象征性地吃一点。其次是酒喝多少,也是一个重要判断,中午酩酊大醉的人多了,晚饭自然没有战斗力。母亲就是根据这些情况再决定如何煮这顿晚饭。

有一年初一,下午三点刚过,我就偷偷地跑回来报告,表叔们中午吃得"认真"且有好几个都醉了,看样子今晚他们没有吊瓢的计划。言下之意,今晚可以煮少点,母亲开始张罗。晚饭是稀饭加年糕,大半锅的样子,很快就煮好了,可左等右等就是不见来人。原来,下午四点刚过,他们正准备来我家,发现大舅爹家的牛跑了,跑到凤落河床的湾地里去了。牛跑了,那可不得了,牛是农村里最大的资产。当然那牛也不是大舅爹家的,是生产队的,只是正好轮到大舅爹家看管。生产队的牛就是公家的牛,要是牛丢了,后果太严重了,每个人都清楚。所以不由分说,人人都参与找牛的过程中。好在天太冷,牛也没有跑多远。牛回到牛屋不久,表叔们也就来到我家。

寒暄落座,一下子屋里就热闹起来,可我那个捣蛋的三表叔却并没有消停,悄悄地溜进了厨房,按惯例他要去"侦察"一下动态,估计一下锅里的容量与胃的容量。若锅里的容量更大一点,大到不可战胜,他会用各种表情来传递今晚无戏的信息。若胃里的容量撑一撑可以舀干那锅稀饭时,他就会传递一种今晚有戏的信息。于是,大家一上大桌,狼吞虎咽,争先恐后,只见那锅里的粥一个劲地往锅底滑去。

其实,当三表叔在传递表情的同时我们也意识到今晚有动作,但他们发起进攻的速度之快,你想偷偷再做点,时间都来不及。他们嗖嗖的吸食声,那筷子与碗的碰撞声,让你感觉他们不是在争食,而是在战斗,一场闪电战。此外,他们在进攻的同时还有防守,那就是有人站在厨房里吃,目的就是阻止你再增加。当然,我们也不是完全任由他们去吊瓢,对策除了增加稀饭以外还有两个办法:一是加盐,让稀饭变咸,这必然会减少食量;二是还可以加辣椒。有时这样做是会起作用的,但今晚没起作用,因为他们感到太有戏了,离目标太近了。

"见底了,见底了!"有人就兴奋地叫着。

"把瓢拿来!"一个表叔在喊。

"快去找绳子!"另一个表叔边嚷着边去门拐里找绳子。

终于,我家那刚才还在盛粥的大铁瓢,就被吊在水梁上,瓢上还滴着汤,像刚干完农活后大汗淋漓的样子。三表叔毫不手软,抄起镰刀就敲起来了,那大大的铁瓢传出了清脆的声音,边敲边唱,其他人在边唱边起哄。邻居也赶来看热闹,大厅屋的顶都快被掀掉了。

母亲随父亲在厅屋里赔着笑,那笑分明是极不自然的。"好多年都没有被吊瓢了。"母亲有些不服气地说道,"明明是够吃的,你们硬是死撑烂胀。"表叔们并不理会母亲的说辞,一阵开心的大笑后扬长而去。

"都是穷开心,别在意。"父亲在旁安慰着并解下铁瓢,收拾残局。

吊瓢的习俗随生活的变迁,和其他的乡村匠人的活计一样慢慢消失了,但在我的脑子里却长久地存在,不曾消失。我时常想,在那个年代,人们快乐的源泉到底来自哪里呢?来自于暂时的饱餐一顿?来自于无意识地活着?来自于穷快活?也许更多的是来自于那个时代人们朴素而单纯的人际关系吧。

2017 年 12 月 19 日于珠海鱼林村

故乡的粑粑

　　粑粑也叫年糕,在合肥西乡袁店那一带,手工制作粑粑盛行了好多年,直至乡村的消失,这一传统技艺才渐渐淡出视野。因为现在人没有那么大的胃口,没有那么大的地方,也没有那么大的力量,更没有那么多因为攀比带来的吸引力和荣誉感了。

　　粑粑在我的故乡,远超出了食品的范畴。改革开放前,它是一种象征,地位的象征、财富的象征。它也是一种文化现象,一种远超出食品范畴的文化现象。粑粑的制作过程,就是一场非物质文化遗产的演绎过程。

　　从记事以来,做粑粑就是一年中最隆重、最费时、最繁重的一项年前的活动。整个村庄不知道为什么都会选择在那几天里做粑粑。或许是由于在那几天集中做,各类工具便于相互借用吧。

　　做粑粑要从和米开始,把粳米和糯米按一定的比例和匀。我家一般每年会做一石多米,大约400斤的样子。这么多米一下子和均匀是件困难的事,父亲就把家里夏天用的席子全部拿出来铺在地上,把粳米和糯米倒在上面,用木锹一锹一锹地翻动,至少要翻来覆去五六次才能和均匀。

　　米和匀了,选好两口大缸,那缸大得连十几岁的我坐在里面都不露头。米要在缸里加上水泡一周。这泡米的水很重要,不同的水做成的粑粑,感觉是不一样的。我们庄有老井,附近村民都会赶几里路来挑老井的水回家泡做粑粑的米。

　　米泡好了,最艰难的工作也就开始了,那就是推磨。我们这里都是靠人力。一般两人,也有三人推磨的,推着磨担架让石磨转动。此外,还得有一人往磨眼里添米。米里加的水适度而均匀,推磨的人会轻松点;米干湿不均,水偏多或偏少,推磨的人就会很累。

每家对粑粑的口感要求不一样,做法也有区别。有些人家首先讲究黏性,和米时糯米要多放点。其次是对细腻程度的要求,有的人家很讲究,把粑粑做得很细腻,吃起来特别滑,那就得在石磨上做文章。在磨米前,得把石磨的齿凿得很细很细,这样磨出的米面也就特别细,吃起来口感也特细腻;而不讲究的人家,就用粗眼磨,石磨的齿粗,磨出的米面也粗,吃起来就会有颗粒感。

正式推磨前,要用草灰堆成长条形的圈状,草灰上面再放上潮湿的床单。石磨卡在上面,转动的石磨流下来的米浆就直流淌到床单上。用草灰的目的是吸收米浆里的水分,便于切块蒸煮。这草灰可有讲究了,讲究的人家一般用荒草灰,而一般人家直接用稻草灰。两者有什么区别谁也说不清楚,但蒸出来的粑粑确实味道与口感有差异。据说荒草灰里面有些元素,对粑粑的口感有影响,当荒草灰隔着床单吸米浆时,也会把这种元素渗透到粑粑里。有一点显而易见,用荒草灰吸水快。当全部磨完后,差不多一小时米浆就变硬了,就可切成块蒸煮了。

蒸粑粑是另一个重要环节。一般在做粑粑前,都要检查上一年用的草制大蒸笼。那蒸笼真大呀,直径一米多,套在牛一锅上,锅膛里多加些柴火,上面就一笼一笼地加。火力始终要大,蒸气始终要足,这样做出的粑粑才更有黏性,口感才更清爽黏绵。

蒸的过程中,这燃料也有讲究的,有些人家用稻草来蒸粑粑,蒸出来的就不好吃,用木柴做燃料就要好很多,但不同的木柴也有不一样的效果。其中,檀木最好,燃烧值高,能保持锅膛内的火力大、均匀且持久。这就类似于饭店里用大火炒出的青菜,脆且色鲜,而用小锅炒出来的青菜,软且色衰。两者或许是一个道理。

蒸粑粑的那一夜,每家都是灯火通明,直至天亮。当然,那一夜也是孩子们最热闹的时光,从一家跑到另一家,报告谁家已磨完,谁家已上锅蒸了,还有谁家正磨着,磨架就突然坏了……全都是与做粑粑密切相关的信息。大人们在家里忙着的时候,对村子里各家的动态都可了如指掌。

做粑粑也是一场竞赛,比速度、比口感、比特色,还要比多少。有些小孩子从一家跑到另一家,给各家的粑粑打分:谁家的最黏,谁家的最细,谁家的最好吃,当然有时候也不准确。

记得有一年,大姑妈家做得比较早,我去时她就给我一块,太大了我吃不完,又不好意思扔掉,就转了一圈后又回到大姑妈家,坐在锅洞旁和大姑妈聊天。

大姑妈说:"你的粑粑凉了,我给你在锅洞里烤一会吧。"我说好。烤好了拿出来,我说:"你先咬一口吧。"大姑妈吃了一口问:"谁家的?"我说:"二老头家的。"她说:"那比我们家的黏多了。"

我一下子笑翻在门口,手背还被柴火划了好几个印子。我告诉她,这块粑粑就是她刚才给的那块,是她家的粑粑。她也乐得哈哈大笑。

从草灰池里把粑粑切块入笼时,一般切成长方形,一块一斤重左右,也有更大点的。大部分人家这么大块头地蒸熟了也就结束了,但我的父亲不行,他认为这样太丑,吃的时候还要再切成一片片的,太麻烦。

他每年都要进入下一道工序,比推磨更重的劳动便开始了,那就是捣粑粑。这时候,要把一笼一笼蒸熟的粑粑倒入大木盆里。木盆很大,底部直径足有一米多。然后,把铁锹的锹头取下来,用锹把的小拐柄在长方形的粑粑上捣,那真是太费力气了。十几岁的时候,我也替父亲干过一会,可没捣几下,就气喘吁吁,喘不过气来,可父亲很有耐心,也有力气。

多少年了,他就这么一锹拐一锹拐地把几百斤米做成的条状粑粑捣成糊状,再捏成条形。冷却后,再切成一片片的,极似初十的月亮。这是我们家有形有味的粑粑。

父亲岁数渐大,我也就成了捣粑粑的主力,有时候我累极了就说些牢骚话。好多次当着父亲的面说:"我以后分家另过了,我就不会做这么多粑粑。"

父亲每次都是那句话:"我知道你不会做那么多,因为你家根本就没有那么多米。"

父亲是在讥讽我，他一直认为我平时做的农活达不到他的要求，也不出力，以后在家务农没收成，没饭吃，还做什么粑粑？

其实做粑粑还有另一层深刻的含义：做粑粑不仅是为了吃，也为了看。谁家做得多，且做得好，那是实力的象征，也是威望的象征。一般几个大户人家在下米时，都会打听今年谁家做多少，以便心里有数。

庄里的穷人家，每年只做一百多斤米的粑粑，而且做得也很随意。家里富裕点的，会做几百斤米。还没有改革开放前，每年农历二三月，谁家的碗里还有粑粑，那都是很有面子的事。

我家每年的粑粑基本都吃到粑粑开始变味的时候，因为我们一家六口人饭量不是很大。有时候，趁父亲开心，我们就一同说服他明年少做点。父亲笑而不答，到了第二年开始称米时，又是四百多斤。

是的，也许真不需要这么多，但粑粑并不像米饭，多了多吃，少了少吃。粑粑少了，面子就少了，它承载的不仅是食物，还有食物之上的东西。是的，就像每年我爸那嘿嘿一笑，这里面都是精神呵。

2017 年 3 月 12 日于盛名阁

跟　鸡

1992 年 7 月 9 日,多儿出世,七天后,他的外公外婆率领娘家亲戚来吃喜蛋。按老家的习俗,除了要有礼金还要有礼品。礼品五花八门,但以鸡为主,也有鸭子、猪肉和鸡蛋。娘家父母必须要送两只以上的老母鸡作为礼品,而且还必须是饲养一年以上的、下过蛋的老母鸡。老家人认为,陈年老母鸡营养丰富,你看那鸡汤上漂浮的一层油,黄澄澄的,那就是营养。

多儿的外公外婆也不例外,同样也要带来两只老母鸡。外公外婆送的鸡叫"跟鸡",一大一小。大的为罗花鸡,四斤来重,小的为麻黑鸡,三斤多点的样子。这两只鸡在各亲戚送来的一大群鸡中有些突出,别的鸡来到这陌生的环境都有些胆怯,但这两只鸡却从容许多,看上去就像是见过世面的那种姿态。我们在聊天时,这两只"跟鸡"也参与进来。谁在讲话,鸡就偏着头,用其中的一只眼盯着他,好似它们也听得懂一样。有时也眯着眼像在思考它的一生,与人靠得也近,不像别的鸡都躲在角落里,不敢伸张且畏缩的样子。

外公外婆笑着说,他家的这两只鸡,生活在学校里,食得好且见人也多,它们从来不怕人,经常跑到教室里听课,有时看上去还很认真。我笑着说,难怪这两只鸡看上去很有文化,原来是上过学的鸡呵,大家一听都哈哈大笑。其实,这两只比较"有修养"的鸡的特别之处真的跟它们生活在学校有关。

按习俗,坐月子时,"跟鸡"是不能杀的,还要好好地养着。"跟鸡"的寓意就是跟在婴儿后面的鸡。"跟鸡"长得旺,孩子长得壮,老人们都这么说。所以,"跟鸡"比别的鸡更重要,要有特别的关照。

外公外婆待了三天就回去了,临行前外公说,这两只鸡的鸡笼要专门搭建，普通的鸡笼它们不适应，它们在学校时的鸡舍里都有横梁，鸡入笼后都待在横梁上休息，不像别家的鸡都是待在地上休息。这样一是防黄鼠狼，二是防潮且防细菌感染。难怪这两只鸡与众不同，原来生活条件真的很优越。

1991年发大水，我们家的房子都被冲毁了，人都挤在窝棚里，鸡笼更是变成半披水的小鸡舍。于是我们立马行动，为两只"跟鸡"修建了一个带横梁的小鸡舍。

白天几十只鸡一起"吃呵打呵"地闹腾着。晚上，两只"跟鸡"回到它们的"包间"休息，而其他鸡则统统挤在大通铺里。

鸡一天天地减少，多儿一天天地长大，妻子也一天天地恢复。直到有一天，母亲突然说，那只麻黑的"跟鸡"不见了。我们立马开始寻找，白天找，晚上也找，还跑去邻村找，可怎么也找不到，都说从未看过一只麻黑鸡。

洪灾过后，人们都在忙着复耕，闲人少，小偷更是极少。因此，我们认为这只"跟鸡"应是被"黄大仙"拖去了，结论一出，我们也不再寻找了。

一家人围着多儿、妻子和农田忙里忙外，谁也不再去想麻黑鸡的事。好在那只罗花鸡状态很好，每天悠闲地进食与散步，有时还钻到房间伸着那不长的脖子往床上张望，似乎在说它与多儿有某种关系。

一天早上，我们正在吃早饭。突然，那失踪多天的麻黑鸡出现了，我们正吃惊地议论着的时候，更惊奇地发现在麻黑鸡后面的不远处还有十二只小鸡，每个约半个拳头大小，鹅黄色的毛镶嵌黑白两色条纹，边走边在地上找食，像它们的母亲，从容不惧生，可爱极了。

母亲开心坏了，急忙拿来碎米与青菜末相拌，撒在地上，那十二只小鸡蜂拥而上，鸡头迅速地伸缩着，不停地啄食，也不管别人议论纷纷。

这一天的话题都围着麻黑鸡和它的孩子们。孩子的父亲是谁？是那只大白公鸡吗？在哪里下的蛋？又是在哪里孵化出的小鸡？我们讨论了一整天这些找不出答案的问题，最后邻居也参与进来。直到晚上，天黑时分，麻黑鸡又带着它的孩子们走向一个靠近田边的大草堆，我们好奇地跟了过去。原来靠田边的草堆头有个洞，麻黑鸡就是在这里完成了生儿育女的全过程。

第二天,趁麻黑鸡和它的孩子们外出的时候,我在那草堆洞里扒了扒,没有一个坏了的蛋,也就是说,麻黑鸡下了十二个蛋,就孵出了十二只小鸡,这也太神奇了。以前家里孵小鸡时可费劲了,要不时地去查看母鸡是否尽责,是否把蛋给弄碎了,或者把蛋踢到窝外面了,还要不停地对着煤油灯检查是否有"妄蛋"(没有充分授精而孵不出小鸡的蛋),有时小鸡在蛋里破不了壳,还要人为加以外力相助。

可这只麻黑鸡,自力更生地完成了许多它的主人要为它完成的工作。是呵,任何动物都有它不为人知的能动性和适应性。人类也不例外,就像家里养宠物有利于孩子的健康成长一样,任何有生命的物体的生存环境都不能过于纯洁。

曾看到一篇文章说的是以前有个地主很苦恼,因为他家的牛经常生病,后请来专家,查看了牛舍后说,你家的牛舍太干净了,没有蚊虫叮咬的牛更容易生病。

我认同这个观点,任何动物都需要一定的环境适应性,那样它的生存能力会强很多。人类作为动物中的一员,也应是这样。

2017 年 6 月 1 日于珠海半山居

伤　疤

我的身上几乎没有一个肢体上没有伤疤,用遍体鳞伤形容一点不为过。

脚上的那块,是在袁店中学留下的。在西大圩堤上我是抬土的,而另同学是铲土的,一铲子下去,没铲到土,锹就骑到了我的脚背上。那血口很深,血流如注,大家都吓傻了。赤脚医生马上飞奔过来一阵忙乱,我就被抬回了家。

有一年夏天我在家里晒场上看稻,不让牲口来吃。中午,父母收工了,我也解放了,那天太热,我快速跑到壕沟坝上纵身一跳就下去了。不承想一个大块头的贝壳,像锋利的刀,在我的膝盖上划出深深的口子,鲜血染红了塘水,我哭着回家了。妈妈从大门拐里抓了一大把蜘蛛网敷在上面,安慰我说,下午就好了。居然,下午就真的好了,那么有奇效,真是贱命好养,但也留下了膝盖上的一块疤。

左小指上的伤疤是在九岁那年,第一次学割麦子留下的。在自家自留地里,父亲教了好几遍,我自以为掌握了要领。左手挽住麦子,右手握着镰刀用力往后拉,但一开镰,那刀径直往手指上跑,避都避不开。割得慢,心里急,手就用劲,半个小手指连同肉都掉了。第一次割麦子,因割了半个手指而留下了几十年的记忆。

左手二指第二节上也有一个疤,一条笔直的疤。这个疤有些怒状,有些文化,有些诗意,有些爱意,有些决心,当然也有些应付。那是1983年,快放寒假前的一场摸底考试,我考得很差,平时都是比同桌的馨低三四名的样子,这一次低了十几名。

柱先生的宿舍里只有同桌和我,先生回家了,同桌像个老师一样教育我,并讲述学习改变命运的大道理。我的脸红一阵白一阵,心里认同但嘴上不说,突然我就冲出一句话:"看我的行动吧。"说完后立即拿着先生的裁纸刀对着左二指划了一刀,鲜血就一涌而出,我用铅笔刀蘸着流淌的血写下血书。大概意思是我要好好干,要考进多少名,每次要学到几点才睡等等。血书交同桌保管以示监督,但下次期末考试,我的成绩并没有兑现血书上的承诺,可手的伤疤实实在在伴我至今,以至于我的妻子,几十年来常拿此事嘲笑我。

儿子小时候常笑话我是"缝屁"老爸,因为我的屁股上面有块伤疤。那是 1995 年 6 月,一天晚上我们三辆货车出发前往常州拉设备,出发前保同学非要让我带上一个大罐头瓶做的大水杯。夜里一点不到,车在高速上出了车祸,那车沿着路边的坡道半躺着拱行。驾驶室里的东西都被甩出去了,包括 23 万现金、我的眼镜。只有司机和我还有我的两个水杯,没有飞出去,但在剧烈的碰撞中,水杯裂成碎片并被我压在屁股下。

车停下了,我找回钱包继续往前时才发现座位全是血,然后才发现我的裤子被玻璃碴扎得像蜂窝一样。在检查屁股时,发现裂口呈梅花状,其实没发现之前一点也不痛,发现之后才感到很痛,痛是因为发现了真相,难怪板桥先生说"难得糊涂"呢。车行四个小时到常州时,在路边一小医院就诊,医生说发炎了,要清洗伤口,要使用麻药。我说不用麻药,影响记忆力,直接清洗吧,给个棍子让我咬在嘴里即可。清洗开始,那真的痛呵,棍子都快要咬断了,两只手死死抓住手术台的板边,用尽了吃奶的力气。那痛蔓延到耳上、嘴上,屁股上那刀反复地切刮,痛就轻了许多。这个缝好的伤口就一直留在那见不得人的地方,藏着掖着。引起的伤痛都忍着,什么也不喊,喊也没用。我那梅花状的"缝屁",一直存在,不与外人道。在别人看来,就相当于没有发生。

腹部的那个镰刀形的大伤疤是宁波一院胡医生留下的。2006 年 8 月 13 日狂轰滥炸般的疼痛之后,我突发急性胰腺炎,很危险,一连几天下达病危通知书。胰腺炎发作的原因是胆囊中的小石头跑到了胰腺中堵住了胰腺。终于有一天,疼痛停止了,可以进行手术了。拿掉小石头,胡医生的刀在我的肚皮上留下优美的弧形,弯如镰刀一样的刀疤,很长很长。

　　每个人都有伤疤,除去外部明显的伤痕,更多的是内心看不见的伤疤。一个人很难了解另一个人,连同他的伤疤。糊涂点好,许多事不必弄得很清楚,就像我身上的伤疤,我都弄不清楚,别人哪会管那么多呢?难得糊涂有时真的有道理,尤其那内心的伤疤。无形的痛,只有自己知道。无法分享,无法描述,无法分担。自己糊涂一点,心灵的伤疤也好得快一些。难得糊涂,于有形的疤、无形的伤,皆是一剂良药。

　　　　　　　　　　　2017 年 6 月 22 日于珠海到上海虹桥途中

第四辑

车轮滚滚

知青老师

20 世纪 70 年代中后期,下放的知青几乎在农村的各个角落都留下了足迹。特别是有些村,由知青当支部书记,在基层管理上也带来一股新风。更多的知识用到了农村的生产管理上,尽管仍是每天饥肠辘辘,但农民的精神世界充实了许多。那些知青不断给农民带来了他们生活的故事、他们城市的故事、他们家庭的故事以及他们本人的故事。有时是笑话,让人开心不已。尤其是最初几年,田间地头,井边树下,人们讨论的事基本都是围绕下放知青的。谁的爸爸是老红军,谁的爸爸是将军,谁的妈妈是教授……农民对知青的了解之清楚程度不亚于当今网络时代的"人肉"搜索。

当然也有添油加醋的,说得非常玄乎。那段时间,有的村庄连吵架的情况都少了很多,因为除了干活,其余时间都用到了闲说或戏说知青上了。

那是 1977 年的下半学期,刚开学的一个下午,突然讲台上就站了一个大高个老师。小长脸,下巴略尖,比板寸头稍长点的发型。他一言不发,目光从左边扫到右边,又从右边扫到左边,前后也扫了一遍。那目光像刀子一样割着我们的脸,没人敢放肆,就连那几个最"洋蛋"的男同学,也眼都不敢眨地假装认真。

他没带课本,也没带笔记本,只是无名指与中指间夹着一支粉笔。没有人见过这种阵势,一般情况下,新老师第一次登堂都是客气得很,脸上堆着笑,嘴里的话也都有些甜。他却如此与众不同。

足有三分钟,教室里鸦雀无声,同桌的心跳我都能听得清楚。"英语是拼音文字不是象形文字。"终于他开了金口,我们都松了一口气,好歹他说话了,一说话我们就能窥探他了。

"学英语,首先是发音,其次是拼读,最后是拼写。"侃侃而谈的他,无视我们已是初中的学生,听那口气,我们就是一张白纸,是空的,是个零。

"笨蛋老师才会每天让学生写,写字母、写单词、写句子、写文章。"他有些忘乎所以地倾泻着自己的主张。

这时教室里有一两声咳嗽,但都是很谨慎的那种。这是对的,谁也不敢在没有摸清底细的情况下贸然出头,无辜中枪。

整整一节课,除了在黑板上写下自己的名字外,他没多写一个字,通堂课都是"洗脑",把我们那青春的小脑瓜弄得云里雾里。

转心楼边那棵歪脖子树上的钟终于响了,教室里的我们连同那课桌都有了一种轻松的快感。

当他双手背后,手上夹着那支只写了两个字的粉笔走出教室的时候,班上一下子就炸开了锅。

"这是什么老师呵,这么凶,你看那眼神,完全是一副想打架的样子。"嘴快的同学出声了,听得出是有些不满。

"听那口气,目中无人,唯有自己。"另一个平时就很捣蛋的家伙在附和着。

"说不定,本事不小,城里的老师教育的方法可能不一样。"这是一句积极的评价,但听上去有点马屁味。

"他是我们大队的下放知青,就住我家。"此话一出,一下子吸引了所有的目光与耳朵,看得出每个人都急于想知道这个"大牛"老师的底细。那同学快人快语,也不卖关子,一口气说下去,直至上课铃声响起,好多同学都憋着尿上完了下一节课。

尽管掌握了很多他的信息,但对他的惧怕心理,几乎写在每个同学的脸上。他上课也不带点名册,"那个你你你,站起来,拼一下这个词","那个最后一排靠最拐角的,站起来,读下这个句子",弄得全班同学都紧张得像在战场上。有人就说他是遗传了他爸军人的风格,也有人说他是在军区大院里长大的,培养出了战斗的特质。他自己常说学习就是打仗,你不打就不能胜,上课与打仗到底有什么关系,那时我们还真不明白。

他上课时,在讲台上的时间少,更多的是在教室里走来走去,有时候就一屁股坐在你的课桌上,极尽批评之能事。由于从小饥饿,当时我们没几个个头高的,又都是坐着,而他身材高大又站着,当走过我们身边的时候,我们心理上就有一种肩膀上压着块大石头的感觉。真沉!

考试打分,不用百分制而用五分制。三分及格,好多同学都只有一分、一分半、两分,三分都极少。我那时常想,这老师也太抠门了,多给点分也不花钱,为何每次都这样呢?

有一次是大考,卷子特别难,当他拿着一堆卷子站在讲台上时,一脸怒不可遏,看上去他是气坏了。

"三(1)班全部零分,他妈的。"我们都像罪犯一样低下了羞愧的脑袋,但大家内心里没有多少抵触,因为那时已恢复了高考,谁都知道严是爱的道理。"他妈的"尽管有点粗俗了,但这三个字里所包含的责任与关怀以及恨铁不成钢的用意,十几岁的我们也都能明白。

英语课是我们最煎熬的课,不仅因为难,更因为严,但同学们对他却没有多少怨,可能因为他的魅力大或是粉丝太多了吧。

他上课的严厉与下课时篮球场上的英武洒脱之姿几近判若两人,特别是他那一转身反手扣篮的动作,令无数女同学眼珠不转而心在狂跳。

那几个会打篮球的同学,与他越来越近了,有时在一起还搭着肩膀走路。这种亲和力不断传递着,同学们的惧怕心理也越来越淡了。

当我们正不断适应了他的教学方法时,他收到了安医大的录取通知书,牛皮纸里包着的那张盖了印章的纸,分外撩拨着我们的心。于他而言,那只是多学点知识的通行证,可于我们而言,那是命运的一次颠覆。

他要上大学了,就在我们向那渺茫得如同暑天飞雪的希望进发的时候。

他与我们的告别是在教室里进行的,说了很多鼓励的话,话语中体味到更多的柔情与细腻。不承想他的肚子里还有那么多甜美的辞藻。原以为,他只会说刚烈之词。

那个阳光明媚的下午,我们送他至校门口的那条土马路上,一辆帆布吉普车载着他挥手而别,留下了一操场的英姿、一教室的威严,还有一身的军人风尚,带走了同学们的思念与无限羡慕,也带给我们一线如同萤火虫一样的光亮。

2017 年 10 月 7 日于合肥天鹅湖畔

知青书记

　　知识青年到我们村插队时，那是我第一次见到传说中的城里人。叽叽喳喳的一群大孩子，到哪里都是一片笑声，不像村里的孩子们，任何时候都是一脸拘谨。他们穿的衣服也和村里人穿的不一样，除了黄色与黑色，还有花衣服，蓝天白云之下特别扎眼。我们都在想，这些城里的孩子能干活吗？谁都不知道他们到农村里来干什么。

　　很快我们的疑惑就应验了，这几个大孩子还真是不会煮饭。农村的土灶也确实为难了这些城里人。锅台下面，一个负责抓草，一个拿着火叉负责往锅洞里塞，一次性塞的草多了，那烟就从锅洞口里冒出来，呛得一锅灶里的人都泪水涟涟。饭锅沸了，顶起锅盖，他们也不知所措，一个女孩一屁股就坐在上面，全然不知釜底抽薪的道理。村里人也在想，连韭菜与麦子都不认识的人，说是支援农村建设，恐怕没有人会相信。

　　一塘的鸭子在嘎嘎叫，那城里的大孩子们硬是傻傻地问，这水里漂着的是啥喀喀虫？引得村民一片嘲笑声。也许他们一开始都认为自己是来农村体验生活的，认识一下农作物和水田池塘就该回城了，不曾想过他们一辈子会扎根在农村这个大有作为的天地里。

　　意识到问题的严重性，知青们就立即思想开了。有的真的准备在农村里大显身手；也有的就走起了后门，找各种理由想回到城里。回不了城也要找些轻松活干，比如到农村学校当个老师，那总比在农田里双腿爬着蚂蟥好很多。

　　不知何由，来合肥西乡袁店廖渡村的知青全是女孩，分住在几个不同生产队的农户家里。我家也住上了两个女知青，两个三观截然不同的女知青。一个整天心事重重地盼着父母早日拯救她出苦海，而另一个，却每天脚下生风,踏遍村里的每一户农家。一年过后,一个就不知以什么理由回了城,没人知道什么路数,除了她自己。而另一个则成了大队书记,一个二十来岁的知青女书记。

当上书记的第二天,我就发现她的两个长辫子变成了齐耳短发,走起路来那头发就一晃一晃的,甚是张扬,但给人的感觉只有干练没有招摇。刘海短了,鸭蛋脸却似乎显得更长了一些。

一个城里的丫头,来农村不到一年,却能把一个大队的生产队队长喊到一起开会,布置生产任务。一开始我都替她捏把汗,那队长们能听吗?可真的很奇怪,队长们还真的按她的要求去组织生产。也许她那张似笑非笑,一笑更灿烂的脸,已是一张名片、一个品牌,那种感召力皆源于此。

那年冬季,公社正在廖渡村的西部修西大圩。天特别冷,几近滴水成冰,红旗招展的工地上,火热一片,抬的、挑的几乎都在跑。那知青书记,身着单衣,脚穿黄球鞋,带领一帮大老爷儿们在打夯。那清脆的号子声响彻在整个西大圩的上空,几乎所有的夯都和着她的号子声一起一落。那石夯与大地的撞击撼动着周边的农田,也激励着来年的庄稼。在那阵阵号子声里,西大圩修成了,连同那条月鸣河。晚上回家就听父亲嘀咕:没见过,真没见过,男人都做不到这样"泼"。

我父亲是老生产队队长,常以庄稼能手自居。我常在家里听到知青书记安排鲍庄的农活,哪个田该上火发水了,哪个田该撒化肥了,哪个田该再薅一次草了,什么田要喷敌敌畏,什么虫要用"六六六"粉,都安排得有板有眼。一个大队书记,管着那么多的生产队,却对一个小队的农田那么了解,是用心?是悟性?抑或是革命的理想使然?反正到现在我都没想清楚。

又一年,知青书记就升为公社副书记了,要搬到公社去办公,公社在唐祠堂,离我家有三里路。尽管当了公社副书记,但隔三差五她还是常来我家,有时帮我们补补衣服,那针脚细密而均匀,像模像样的,有时帮我们做顿饭。那时我的母亲体弱多病,不是躺在家里的床上,就是躺在医院的床上,或者就是在去医院的路上,一直没有消停过。

有一次父亲陪母亲去了医院，一住就是两周，知青书记就更频繁地来我家，为我们做饭、洗衣或是干点别的。有一回做的一道菜是炒菜，我真是开了眼界，那是我第一次吃炒菜，也是第一次看如何炒菜。

在农村为了省柴火，基本上不是蒸菜就是烀菜，菜叶子都是黄黄的，菜也是烂乎乎的。可知青书记不一样，她在锅台上操作，我在锅台下烧火，她一会让我烧大火，一会又让我烧小火，就像个乐队的指挥，我就是那小提琴手。整个过程我都是手忙脚乱的，她却淡定而有序，先把油倒下锅，再把肉丝下锅，最后才把白菜秆子放入锅里，和母亲平时做菜的顺序完全相反。菜上桌了，首先那颜色就好看，其次是那口感脆而筋道。

除了生活的关照外，她有时也关心我的学习。一次在翻我的英语书时，她的眼泪都笑出来了，问我怎么能这样学英语呢？原来，我在英语课文下面用汉语标示读音。我的脸一下子红了，讷讷地回道：不用汉语标写，那知青安老师叫我读时我就不会读了。

高考正式恢复了，整个教育界都沸腾了起来，几乎所有的知青都放下了裤脚，穿上了鞋子，躲在屋子里备考，即便是准备在农村干一辈子革命的知青书记也拿起了书本。很快就传来了消息，知青书记考取了安徽大学，知青老师也榜上有名，很多知青都考上了。

知青书记最后一次来我家，是来告别的，她满脸欢喜，手里拿着安徽大学的录取通知书，可烧眼了，同时通知我爸去公社领救济粮，一百斤稻谷，说是直接从公社里安排的指标。中午在我家吃的饭，爸爸还叫来了许多人陪着。这顿饭吃得有些沉闷，大概都不知道说什么祝贺的话好吧。只是一个个都微笑着，农民那种憨直的笑。

下午三点多，知青书记说要走了，往我父亲手里塞了二十元钱，拉了半天她还是丢下了，还拍着我的肩膀说：好好学习，以后也能考上大学。大雪（大学），对于一个农民的孩子来说，是只有冬天才会出现的字眼，却像一粒种子埋在了我的心里。这粒种子尽管不敢置于阳光底下，但也没有霉烂，而是鲜活地存在着，存在于不足为外人所知的内心深处，在最深处积蓄着萌芽的力量。

在种了一年田之后，我再次捧起书本，读啊读。1985年的那个夏天，我也拿到了大学录取通知书。我去安大找知青书记汇报，她已当了安大的团委书记，可不巧，她去深圳出差了。但找到了知青老师——知青书记的老公。几年之隔，知青老师已没有了篮球场上满场飞奔的矫健，胖得有些慵懒。只是眼光温和了许多，全然没有在学校当老师时那么刺人脑门的犀利。

知青都走了，有的是考走的，有的是调走的，也有的是根据最后的政策一竿子回城里的。知青那道亮丽的风景也随着知青的离开而模糊在农民的生活中。艰难的农村之行，虽给很多城里青年和家庭带来了麻烦甚至是苦难，但它不仅真切地育起了民族一道道挺拔的脊梁，也为农村点燃了许多希望的火苗。

2017年10月5日于合肥天鹅湖畔

天堂里的恩师

2008 年 3 月 9 日下午四点,我的恩师——廖德铭先生驾鹤西归。虽说也有思想准备,但在这一刻真正到来的时候我还是感到非常突然,因为这年春节的时候他的身体还相当不错,可能是天堂里的学校缺少物理老师了。

站在涛涛的甬江边,回想起他跌宕起伏的一生,我的泪水夺眶而出,止不住、阻不断……

我本该叫他表叔,我的人生轨迹因他而改变,所以我常称他为恩师。他原本有一个美好的前程,20 世纪 50 年代毕业于合肥一中,后来成为山南中学的教师。他的性格使他在那个特殊的年代成为右派,而命运之神又安排他成为一个"农民右派"。那一年他才二十三岁。从此,二十年的农民生活,握笔的手扶起了犁梢。

他学会了耕作,但二十年的苦涩人生却不曾让他学会"做人"。在那个特殊的年代,他虽然拥有一顶"地富反坏右"的帽子,却依然彰显自己的智慧,宣泄自己的情绪。

那一年秋天修丰乐河大堤,计工的方式是量土方。囿于对数学的浮浅理解,所有的人都打方方,即挖土时都是挖成长方体或正方体。计算体积时,长宽高一乘就完事了。可他对数学的理解比周边的人深刻得多,于是他就挖成圆柱形或其他不规则形状,量方人员不知如何算,但碍于面子又不肯说出来,就自作主张发明了计量公式:直径×直径×高。这样的计算存在很大的误差,多算了很多土方。所以,他每天来得比别人晚,走得比别人早,可挖的土方还比别人多。

后来,很多人知道了这个秘密,就纷纷效仿挖圆柱形的土方。无奈,大队干部就安排他去量方,他就用半径×半径×高×3.14159 的公式计算。人们问他为何要乘以3.14159,他说这是 π 的值。大家也不知道 π 是个什么东西,有人就形象地称用 π 计算出来的土方为"螃蟹方",因为 π 的发音和"螃蟹"相近。

就这样,他成了一名量方员。这是个美差,比手挖肩挑要轻松得多,也可穿一些干净的衣服,皮尺和算盘代替了铁锹和扁担。他很高兴,认为才华得到了赏识。有一天可能有些热,也可能是想让自己更光鲜一些,他就穿了件衬衫,这是从合肥买来的,很时髦也非常扎眼。恰巧这一天一位公社的领导来工地视察,一上堤就看见了这件衬衫,问大队领导,这个穿着猪油花衬衫的青年是谁? 之所以说猪油花衬衫,是因为衬衫上的图案呈网状,非常像猪油花。大队领导回答,他是本地青年农民,在工地上量土方。公社领导又问,是什么来历? 大队领导回答,没什么来历,高中毕业生,是个右派。公社领导立马面色恼怒,右派不好好改造怎么还如此炫耀? 就这样,他又开始把算盘和皮尺换成铁锹和扁担。同时大队出了新规定,以后谁也不许挖"螃蟹方"。

从讲台跌进农田,他没有趴下,算盘换成铁锹更不在话下,思想也没起什么波澜,还是那样精力充沛,语出惊人。有一天下午,生产队里所有的男劳力都在田里刮渣以备秋种,半劳力很多(十五岁以上的大男孩可以上工,每天七个工分,和妇女同酬),孩子们都围着他站成一排干活,这样就能听到他讲故事。突然,他停下了手中的锄头,用手捏成一大一小两个泥球,然后把自己的身子倾斜模仿成比萨斜塔,两手平行举在空中,要我们猜猜看如果同时松开手,是大球还是小球先着地? 我们都猜是大球先落地,因为大球重些,可结果是同时着地。他告诉我们这叫比萨斜塔试验,也就是1590年伽利略在比萨斜塔上所做的自由落体试验,一举推翻了一千多年来统治人们思想的亚里士多德理论,并告诫我们不要轻易相信权威的意见和观点,要敢于否定传统。当时由于知识的局限,我还不能懂得他的意思,后来才悟出他可能把田埂当讲台了。

"日出江花红胜火,春来江水绿如蓝。"改革的春风吹掉了他头上那顶戴了二十年的"帽子",他又一次走上讲台成为界河中学的一名教师。此时的他心情舒畅,脚下生风,除了每周上课以外还耕种十五亩农田,体力旺盛,遇到不平事更加不能自已,须彻底弄个谁是谁非。

有一次他把大队机耕路边的水渠整平做场地用,在上面脱粒或晒谷物,还号召其他人也这么干。可大队领导命令他立即恢复水渠,并说这是破坏行为,可他并未理睬,理由是这条沟自从修好后,十年间从未淌过水。双方就此争执得不可开交,最后那位领导愤怒地说道:"如果不填平就不让你当老师。"这句话让他惊慌失措,等了二十年才又成了老师,不能这样又被抹掉。

第二天一到学校,他就向校长作了汇报:"大队领导说不让我当老师了。"校长听了哈哈大笑:"你现在是国家教师,属于教育局的人,其他人管不了你啦。"

他在上课时是极其认真而语言和举止又极为生动。

上物理课时,他想通过试验来表现一些概念,可学校没有教具,他却能信手拈来。有一次讲到惯性时,他从门拐把扫帚拿在手里,又把黑板擦放在扫帚上,退到窗台边再突然以极快的速度跑过讲台,快到教室门口时又迅速收住脚,这时黑板擦从扫帚上滑了出去。他说,扫帚还在我手里而黑板擦却掉了,为什么呢? 因为惯性。

他对学生也是极严格的,特别反对学生谈恋爱。其实那个年代所谓的谈恋爱也就是男女同学间多说点话,或者一个同学把从家里带来的炒黄豆放到另一位异性同学的嘴里,就会被疯传为有人在谈恋爱了。当他听到这些后不管三七二十一,就是一顿猛批。

有一次他在班上怒不可遏地说:"我告诉你们,当毕业时,如果一个考取学校,而另一个没有考取,你们的爱情关系破裂时连电焊也焊不住。"这些言语虽然有些直白粗糙,但在我听来似乎仍然是振聋发聩的警告。

他调到袁店中学后不久就评上了高级教师,工资也跟着调整达到了处级干部的基本工资水平,他很开心,并自诩为"处级老百姓"。尽管已是"处级老百姓"了,他仍然不停止劳作,开荒种地,还兼养猪。他种的庄稼比别人的茂盛,他养的猪也别人家的肥,因为他在做这些农事时,不仅用体力还用智慧。

我们常劝他,停一停忙碌的脚步,安享快乐晚年,他却让我们再去读一遍朱德写的《我的母亲》。是啊,一个勤奋的人,劳作了一生,让他停下来其实是困难的,甚至是个错误。我知道他住院前做的最后一次农活是把家中所有的油菜、小麦给锄一遍,这是他的"封锄之作"了,从此后就再也没有锄地了。但我知道他的内心是着急的,好几次我陪他在校园里散步,当来到田边的时候,他的眼神中就流露出荷锄的渴望……

恩师走了,我却背负着深深的内疚,是他改变了我"三四亩薄田、二三间茅舍、一两个孩子"的人生形态,我却最终没能送他一程。记得刚上大学时我曾掷地有声地对恩师说:我要好好地孝敬您。可我终归没有做到。时常在心里惦记着要去看看他,可所谓的事业消耗我绝大部分时间,偶尔的探望也是匆匆忙忙。是啊,没有觉悟的人往往都是这样,当拥有时不觉得多么重要,就像空气之于生灵;当失去时才感到弥足珍贵,就像时间之于人类。到如今只剩下默默的祈祷:恩师,您一路走好,天堂里有美丽的学校,校园里到处都是书声琅琅,教室里有您钟爱的讲台,还有好的教具,您不必再用扫帚来说明惯性,还可以尽情地演说……

2006 年 3 月于宁波天一阁

我的小叔

小叔是我的亲叔,我父亲兄弟共四人,二叔和三叔在三年困难时期夭折了,而小叔则活下来了。他就是"老鼠精",我时常心里这么想。

小叔的嘴永远在咀嚼,谁都不知道他在吃什么,谁都不知道他从哪里搞来的食物。自从他闯出大祸以后,他似乎笨了一些,但嘴的咀嚼从来不停。有时一两天不回家,突然回来了,嘴仍在咀嚼。后来听小叔回忆小时候的事,他说他只有一个想法,就是不能死,死了就没有了,要想不饿死,嘴就不能停止咀嚼,所以,凡是没有毒的东西,他都吃,生鱼、生虾、生蛤蟆、青草、麦苗、稻秧甚至老鼠,我真不知道他的胃是不是一口锅。按理他能活下来的概率是很小的,但他的生命力真的强大。

后来我渐渐长大了,就成了小叔的跟班,累了,他扛着我,开心了,我就爬下来自己走,上树摸鸟蛋,下塘抓鱼虾。小叔快二十岁的时候,得了病,也没钱进大医院,我清晰地记得赤脚医生给他的药方是中西药结合,中药方主要就是喝枥树根煲的汤。那个苦呵,闻一下都受不了,但小叔不怕,一喝就一大碗,连药渣都吃掉了。求生的欲望让他丝毫不敢怠慢。还要吃活烧黑鱼,他的这个病是一点盐都不能沾的,为此母亲常把盐藏起来。那时农村的鱼好捕,特别是黑鱼。医生说了,生育中的黑鱼效果最好。

小叔扛着鸡罩在塘埂上到处转,只要看到水中有一大片黑黑的球体,类似蝌蚪那样挤在一起,底下就是黑鱼。小叔从塘埂上飞身跃起,鸡罩朝下,他头也朝下,利用身体的重量,快速将鸡罩卡下去,一般情况下准得很,黑鱼是跑不掉的。只是可怜了那些幼崽,那么小就失去了妈妈。好自为之,像小叔一样玩命地活吧!每次我心里都这么想着。黑鱼捕回来也不能开膛,就活生生地用黄泥裹好,往锅灶洞里一扔,大火一顿饭工夫就烧好了,掏出来敲掉硬硬的黄泥,他就一口一口地吃,连着鱼鳞、鱼胆及肠中的鱼屎一同咽下。

小叔除了吃中药,还用西药,主要是打针。由于医院太远,小叔就自己学会打针,后来还教会我帮他扎针。有一次,我说叔针扎不进去了,肉都板结了,小叔一摸真的像块铁。有人说,用烧热的土地头(盖房子用的土块)烫,可以软化。于是小叔就把半截土地头往锅灶里一扔,煮饭时用火烧,烧透后掏出来用破衣服包好,夜里就垫在屁股底下,也真管用,不久屁股扎针就顺利很多。这热土地头焐屁股,我也得益不少。那时一到夜里,只要做梦,不管做什么梦,先有个撒尿的动作,所以我经常尿床。尿床是件很丑的事,我怕小叔取笑,每次尿床后,不吭声用屁股焐着,直到天亮时床单焐得差不多干了。后来有了这块热土块头,小叔不用时,推到一边,我就悄悄地移到自己的屁股底下去焐床单或裤子。

爸爸为小叔找对象了,就在隔一个轮车垱的袁家大庄,过了彩礼这事就成了,小叔的干劲更大了。更到更,夜到夜,从不知疲倦,走路脚带风,常哼着小调。第二年就要娶亲了,头一年父亲逮了一头猪,他说这头猪要养到小叔结婚时才能卖,目标是要到三百斤重,能值一百多块钱呵!是笔巨款。为了让猪长得快,就要它吃得多,光吃家里的那些猪食是不够的。小叔就去轮车垱里捞黑秧给猪吃,那猪粪就卖给队里,那一年也挣了一百多个工分呢!相当于一个十分劳力干了十几天活。结婚时,猪果然有三百多斤,那猪钱变成礼金,小婶就来我家了,庄子上的人都说,小婶是拿猪换来的。

结婚后,小叔的干劲没减,一大早总是扛着犁牵着牛去犁田,犁田就要送随牛茶,在田埂上吃。一般耕田都要起早,早上四点左右,日上三竿时送随牛茶,小叔的随牛茶当然是我送。小叔的肚子特别大,十三四岁的我,端着大半洗脸盆的稀饭,路上至少歇两三次,否则端不动。有一次小叔在吃,我就数着,一共21碗稀饭,最后我看到他还在舔嘴唇,意犹未尽的样子。

"大肚子"的外号,来自一次庄子聚会,这种聚会一般十工分的男人才有资格参加,那一年小叔符合条件。集体聚餐有说有笑,那一夜都慷慨,饭菜都足,我闻到香就从门缝往里看,实在忍不住了就跑回家要妈妈弄点吃的,吃饱了又扒在门缝里看,就听到里面打赌。有人说知道"大肚子"能吃,到底吃多少没人见过,今晚表演下。小叔说十五碗饭不在话下,表叔友说你要能吃十五碗饭,我就喝十五杯芋头干酿的酒。结果小叔吃十五碗一气呵成,而表叔友在喝到第十杯时就倒下了。

白驹过隙,如今小叔也进城了,住我堂弟的房子,丢下了鱼塘,丢下了老屋,也丢下了三条狗。人变白了,他那腐竹一样的皱纹像被熨斗熨过般平整了许多,饭量也大减。

其实农村更适合他,但进城的步伐谁也挡不住呵。好在他能干,承包了小区的卫生工作,还包了两个超市的废纸处理工作并收些破烂。

勤劳是农民的本色,不管在哪里,本色不能丢,小叔就是这样,强大的生命力让他从容地应对着这个剧烈变化的世界。就像我的父亲一样,进城二十年,他从没有停止挖掘,一把锄头几乎挖遍了城市所能找到的所有废地块。

2017 年 6 月 23 日于合肥天鹅湖畔

排长二叔

大连有个二叔,高兴时叫二叔,很高兴时叫排长二叔,不高兴时加个定语"甩"叫甩二叔。甩二叔是大连的堂叔,二叔和大连的父亲同祖父,他在家排行老二,所以大连喊他二叔,但庄子上人人都喊他二老甩,甩就是差劲,或傻的意思。

二叔和大连家隔壁,共享祖先的产业,后面一排都是四马落地房,是用木头建造的房子。前面一排原本也是四马落地房,公社大食堂时没有柴火烧饭就扒了房子,后来才建成土坯房。两家的院共用一堵墙,墙还没有狗胯高,呈锯齿状,院墙的两边是一家一个阴沟,又叫阳沟。阳沟的四周都是用大石头砌上来的。阳沟的功能主要用来积肥。家里一年到头的垃圾全一扫帚扫进阳沟,到来年春挑出来,或直接肥田,或晒干做成干肥料。那种天然的肥料,当然比化肥更好也更省钱。两个阳沟间有个小涵管相连,因为他们两家还共一个排水管道,管道从二叔家大厅屋地下经过,排到塘里。房屋的设计为四水归院,寓意肥水不流外人田,应源自徽派建筑理念。

大连二叔的情绪像那天空的云,忽忽飘飘的,不稳定。哪天心情不好,恰又大雨滂沱,他就从院子的那边把涵管堵住,不让过水,大连家阳沟一会儿就水漫金山了。大连披着蓑衣,左手拿根木棍,右手持斧头,锤打木棍,一会就凿通了,水就哗哗流过去了。他二叔又立即堵上,他用斧子锤木棍,又通了。院墙很矮,对峙中,他看见他,他也看见他,但都不说话。首先,没办法说,他是叔,他是侄;其次,水路是祖先设计的,不好讨论该不该过水;最后,水是永远不能堵的,只能疏。当然也没有时间说话,那么大的雨,稍停一下水就会漫上来进入厢屋里的厨房。

当雨停下来的时候,他们也停下了,因为大连家的阳沟的水流得差不多了。他二叔一般在收手的时候会偷看一眼大连家的阳沟,如果阳沟里水不满,他就会有些不悦,如果水很满,他的嘴角就会有些笑意。好多年都这样,一下大雨,大连和他二叔都要上演这样的游戏,也没有什么结果,谁也不知道他二叔为啥每次都要这么干。直到1991年的那场大水,他们的房子彻底没了,消失了,屋基变成了农田,这个游戏才结束。

大连二叔原本是军人,他是怎么当上兵的,大连问了很多人,包括大连父亲都说不清。他自己也说不清,体检一过,被问了几个简单的问题就入伍了。

大连二叔刚转业时,风光了好一阵子,因为,公社安排他当大队的代理民兵营长,负责大队的民兵管理工作。他走起路来脚下生风,说起话来虎虎生威,站着时笔直,坐着时双手撑着双腿,那腰杆像一棵松,经常一脸严肃,一看就是个标准的刚转业的军人形象。可是好景不长,不到半年,民兵营长非但没有转正,还莫名其妙地丢掉了代理营长的职务,改成生产小队的民兵排长。民兵营长是大队干部,民兵排长是生产队干部,两者差别是非常大的。降级后,他也能接受,排长的工作还干得不错,只是偶有抱怨并自言自语:"我本可以当营长的。"不过他从来没有追问什么原因让他从营长就降到了排长。

大连二叔刚从部队回来的时候,没带什么值钱的东西,但有一双深筒靴很吸引人。庄子里都在谈论他的那双深筒靴,有多防滑,有多结实,有多厉害。有人还举例说,可以在很深的烂泥巴里走路,再滑的路也不会摔跤,因为鞋底有防滑的齿。

穷乡人雨天出远门都是赤脚,隔壁串门,也都是用高跷,都没见过深筒靴。庄子人就想一睹为快,有好事者就央求大连二叔拿出来表演一下。说的人多了,大连二叔心里也不踏实了,万一没有传说中的那么防滑呢?他心里一直想着偷试一下再公布天下。可好一阵没下雨,实在憋不住了。一天下午,他从井里挑了两担水,一遍一遍地往家里院子浇,把地面淋透形成烂泥。他从箱子里拿出深筒靴穿上在那烂泥上面走来走去,并做出各种动作以验证靴子的防滑性能。大连迅速发布了这一消息,于是,大连家的院墙边就露出一排头,像观看演出一样看着他二叔的表演,每个人都是一脸认真与羡慕。几圈之后,大连二叔冲着大家笑,接着跺跺脚还亮出靴子的底部让我们看个究竟,那得意的神情极大地满足了他的虚荣心。

大连的二姑妈也就是大连二叔的二姐,常告诉大连,其实,二叔小时候挺聪明的,后来误吃了猪茶丸才变得傻傻的样子。二叔不仅傻,而且脾气还不好,说话时一般都是咬牙切齿状,特别喜欢捶大连二婶。二婶也不示弱,撮合子女们和二叔相斗,于是家里的扫帚、筷子、小木棍、棒槌满屋飞舞,但更多的时候并没有砸到二叔身上,而是砸在二婶身上。

当然数量不对等,力量也不对等,基本都以二婶的失败而告终,这时一场大连二婶哭唱的大戏就开始了。二婶哭声好,哭起来好听,但她不仅仅是哭,而是把哭的词都唱出来。一开始有眼泪,还带拖腔,是明显在哭,再后来就没有了眼泪,由哭变成了诉说。

哭唱的内容一般从本次的打斗起因开始,然后像天下所有女人吵嘴的模式一样,哭诉可追溯到很久以前的陈芝麻烂谷子的事,甚至结婚前少给了娘家一串肉的事都要全部翻唱一遍。从时间到地点,一件不落。从本次事件开始到事件结束为一个循环,二婶一般会哭差不多四个小时,然后没有声音,自然收尾。第二天早上,一开门,一家人像什么事也没发生过。

女人都这样,心细、情感丰富,受到委屈就喜欢从头开始一件件叙述,其实这是女人的一个共性,是一种生命特性,让她们说说就过了。可许多男人不更此事,一听到女人在诉说立马就冲进去对质,把女人的诉说节奏打乱了,反而要花更长的时间和更多的精力去平息。有时争论停留在一个环节上,几天都不能消停,就好像女人的一个环节还未完成,由于男人的打断而进程全乱,一场争斗的时间会更长。

其实面对女人的诉说,男人忽视一下就好了,比如大连二婶在家哭唱时,大连的甩二叔就串门去了,当别人建议他回家安慰下时,他说没有事的,诉一圈,诉完就好了,现在快了,都诉到大前年了。甩二叔很甩,但这件事处理得很好。其实,家庭的事是永远追求不出真理的,许多纷争都是不需要理由的,无缘无故就发生了,但忽视是个好办法,管理学教科书上也有这一条原则,就叫忽视。

大连常说他小时候听过的歌一定没有他二婶的哭唱好听,因为二婶的嗓音条件好,清亮无杂质,更主要的不是在台上表演,而是真情表白,一个"真"字就远不是演员们所能比的。

大连二叔有时候很精明,但更多时候会干些让人费解的事。有一年初一,开门放鞭炮,他用一把扬叉挑着长长的一挂鞭炮。庄子里的人都笑疯了,说这叫双叉朝前,意思是干什么事都会差手差脚。因为叉子在前,而且是双叉。

分田到户后,大连二叔的庄稼种得不错,有智慧也用心更用力,每年的收成都不比别人差,没几年就盖起了四间砖瓦房,那可是件十分了不起的事,村里没几家有能力盖砖瓦房的。竣工那天,酒足饭饱之后,他双手背在屁股后面,在村里的中心路上从东到西走了两个来回,脸上一直挂着笑,腰很直,不说话,以彰显自己的成就。

大连二叔后来是因脑溢血走的,走得很突然,没有痛苦,也没有挂念与彷徨,就像他的人生一样,干脆,直白,简单,糊涂与不纠结。走了很多年,他的"光辉事迹",人们还常常谈起。

2017 年 6 月 23 日于合肥望园

我的乐师先生

其实在上中学之前,我对音乐是没有什么概念的,可谓"黄芦苦竹绕宅生",却"终岁不闻丝竹声"。如果认真回想,只有那么一次与音乐有些瓜葛。

我叔说要做一把二胡。之前我从未听他拉过,但听人说他拉过优美的二胡乐,能让夜晚的月亮躲到云彩之后。叔做二胡,第一件事就是捕蛇,一定要三斤多重的蟒蛇。蟒蛇在合肥西乡常见,但三斤重的不多见。

叔没事时,我便跟着他在凤落河的大堤下荒芜潮湿处寻觅。他背着竹笼,我们一人一个长竹竿,叔还有一把鸭铲子。找蟒并不难,但难的是找三斤重的,好像找了一两个暑假都没有收获。直到有一次,看到过路人的扁担上裹着一条大蟒,叔便花钱买下了。

蟒皮剥下后,叔要用一种调制好的液体反复揉搓,说是脱脂,然后钉在墙上晒干后再取下,并在脂肪处用刀不断地剐,这样可以让皮质均匀。余下的木工活就不在话下了,叔有木匠基础。

不久,一把二胡真的做出来了。咋不拉一首呢?我常提醒着。叔说,琴刚做好不能拉,要让时间浸泡成历史并附在琴筒深处,那琴才有灵性。

二胡是有灵性的,失去了灵性,大师也拉不出美妙之音。我甚感神秘,不再追问,但从此也没有听到叔拉过一次。

有人说,叔二胡拉得真不错,只是由于他的情妹妹走了。他怪原来的那把琴失去了灵性,把它扔在了轮车挡里。

村里人还说,叔不仅可用二胡拉曲子,还可用二胡发出马嘶声、鸟鸣声、猫叫声,还有蚊子的嗡嗡响。我好等三年,直至新做的那把琴的灵性足够充分时,他也没有拉过一首。也许他拉了,却是我不在的时候,至于为什么不让我听,也许他不想让我看到他眼角的泪。

上了袁店中学,第一次感受音乐是在一个月光下的夜晚,飞雁投湖边的一个荒坡上,一阵竹笛声:"小小竹排江中游,巍巍青山两岸走……"传得那么悠远,也许是太静吧!我们几个同学虽不懂丝竹之音,但全跟着调唱着词。笛声结束了,我们躲在草丛边,一个比我们大不了多少的老师走了过来。朦胧的月光下,都能看出风流倜傥的风姿,原来他是我们的音乐老师毓先生。

远远地驻足听竹笛,后来成为常有的事,再后来就有了做一支竹笛的念想。其过程也委实简单,锯根竹子,在室内阴干几个月,穿通内节,用木匠的细钻打上八个孔,一个给嘴巴,六个给手指,还有一个孔贴上膜,就是竹子内腔的那种膜,一根竹笛就成了,还真能响,但都不成调。那笛声类似鹅毛挑子吹的那样,"唉拉唉,哆拉哆,拿鸡肫皮来换糖扫"。所以,虽不能为乐,但可出声,若加以训练,唤唤鸡鸭是可以的。

最终,笛子仍是买了,偷偷地学了乐师的一些皮毛。四十多年了一直这么吹着,好像还处于四十年前的水平。

乐师的笛声常升起在那飞雁投湖的荒坡边,但乐师的二胡却时常演奏在大庭广众之下。也许笛子的声音适合于草丛里的虫鸣交响吧。二胡却截然不同,当先生那低沉而思愁的弦乐响起时,即便快乐如小猴子的我们,也会立马深沉起来。乐师把二胡拉得如泣如诉,每当肚皮咕咕叫时,二胡声更加重了饥饿感,甚至悲伤起来。所以,若有一天正饿着了,我便会躲得远远的,远到听不到乐师的二胡声。

乐师的二胡是极其考究与专业的,那琴杆必须是三十年生的湘妃竹根部才行。也许湘妃竹的琴杆更易于把湘妃泪与湘妃愁浸透在乐师的琴声里。不止琴杆,那二胡的做工也极其讲究。据说是苏州的二胡老传人做的,琴箱的共鸣原理模仿了百灵鸟的声道。

先生是个直来直去的人,难以变通。上中学那会宣传队是十分火热的,宣传队队员也不亚于当下的明星。我多少次梦想着加入,一为显摆,"看!我都是宣传队队员了"。其次,也为喜欢吧,我真的喜欢音乐,况且班上长得好看的女生大多在宣传队里,所以每次宣传队扩编,我都翘首以待,但都一次次落榜。

又一次,宣传队扩编,我就准备去毛遂自荐了。可不知怎么那么巧,去时,先生正出来,碰上了,我还没开口,他就问道:"你整天哼哼唧唧的,歌唱得怎么样啊?宣传队又要扩编了,缺个歌手,你上二楼来试下吧。"呵呵,当时想着运气咋一下就来了呢?心里的情绪全部写在脸上,屁颠颠地跟着去了。

先生的办公室兼卧室在转心楼的二楼,一进两开,两个老师各住一小间,木墙、木地板,走在上面咯吱咯吱地响。我尽量蹑手蹑脚,显得斯文些,以多点印象分。

先生端坐着,面部是一如既往的那种农田沟壑般的微笑:"来,唱个什么歌听下。"

"《骏马奔驰保边疆》吧。"我脱口而出,内心十分有把握,虽不慌乱却有些紧张,心里正纠结着调子要起多高,低了,不显水平;高了,怕上不去。一咬牙,向高的地方去吧!

一开腔,音很高,但顶住了,心里轻松了许多。唱着的同时,心里就盘算着即将成为宣传队队员的荣光,就在唱到"呀、嗬、嗨"那地方,也许走神了,也许嗓子眼的潮气被前面的几句吸干了,"呀、嗬、嗨"低了八度都没有顶上去。砸了,彻底砸了,先生那微笑的脸也转成了多云,不过还未到乌云翻滚的阶段。

"我该叫你舅呢。"我皮厚着套着近乎。

"你家卫下郢,与我母亲娘家五爪塘就隔几道田埂。"我又嘟哝了一句,担心第一句他没听清。

他脸上的云并没有消退的意思,盯着我看了一会,以一种不容置疑的专业口气总结道:"音准尚可,音高不够,回去吧。"

一场欢喜只在瞬间消失,我仍不死心。

"跑龙套呢?"

"不缺人。"

"扛扛东西呢?"

"也不缺人。"说这四个字的时候,先生的脸上明显有些不悦了。

我知趣地走出了先生的宿舍,心里有些恨恨的,咋一点不讲情面呢? 当然宣传队的试唱失败,转眼就像一片浮云随风而过,我仍和以前一样到处哼哼唧唧。

先生不仅可以吹拉,还可作曲。上中学那些年,班主任斌老师应邀写了部剧本名叫《风雨迎花》。剧本的唱腔是庐剧,作曲全由先生完成。他作曲不像写作,在书房里,在书桌上。他是在田埂上作曲,每走七八道田埂抓起笔写几段,再走七八道田埂又写几段,一首曲子就写完了,看似简单得如同在农田抓只蛤蟆。

他在田埂上写曲子的那些天,学校周边的农民都觉得很奇怪,这个风之子般的十几岁少年怎么和这田埂耗上了?

《风雨迎花》中棉花姐的那段唱腔,我真的就听出了农田里的小草味、泥土味、青草依依的田埂味,还有稻禾、麦苗、油菜花全都在那曲子里摇曳,也仿佛看到自己正在田里干着农活,挥汗如雨,还有蚂蟥和泥鳅、小虾陪伴。

转眼袁店中学的生活结束了,有的同学一翻身捧上了"铁饭碗",有的同学还在继续读书。我回到鲍家庄种田,先生也考取了师范学校,后来又从音乐界步入政界。

跟了先生几年,没学到多少音乐知识,甚至连调号也没弄清楚,但对音乐的热爱却源于先生。每当我吹着萨克斯、葫芦丝,抑或摆弄着其他乐器时,我的脑子里首先鸣响的是先生的音乐。那飞雁投湖边,月光下飞扬着笛声。转心楼里,悠长的二胡声,丝丝缕缕,如轻云不定地飘浮,从那四合院的上空扩散到整个校区,甚至校区外的农田里,连同那禾苗也随乐起舞,缠绕着我从天涯到海角,从彼时到此时。

先生从政了,虽有些辉煌,但并未取得多少成就,更多的可能是遗恨。我常想到孟子的话:"术不可不慎。"先生若从一而终为乐呢? 那取得斐然的成就或许只是时间问题,不在午时,便在子时。

先生退休了,退休后的先生极力弥补着音乐的缺失,组建了乐团。每一个有太阳的早晨,滨湖的公园里,都会飘起先生的二胡之韵。右手二指上,老茧的厚度显示出先生音乐水准的深度。音乐的创作也处于不亦乐乎的状态,也许不久一首以黄土高原为题材的笛子奏鸣曲《延安颂》就将诞生。当然,蓉胜的厂歌《大榕树》生生谱出了蓉胜人的生机与追求。

一天,陪先生在巢湖边弹奏音乐,一首京胡《夜深沉》听得我周身发热,快板,连同中板与慢板都韵味十足,充满激情,容不得你不热血沸腾。不仅我听懂了,似乎巢湖的水也听懂了,波浪拍打着岸边,和着那芦苇的摇曳声。细想一下,先生的音乐真的可以赋水草以生命了,犹如他可以赋古镇以新生一样。

2017 年 7 月 22 日于河源连平九连山

赤脚医生

"赤脚医生好阿姨,一顶草帽两脚泥,身背红药箱,阶级情谊长,千家万户留脚印,药箱伴着泥土香",这是电影《春苗》里的插曲。20世纪70年代的赤脚医生是乡村的一道风景,不像现在乡村卫生室以坐诊为主。那时的赤脚医生都是公益性的,是行诊,走村串户,寻诊问药,解决农民的疾苦。

印象中,赤脚医生是清一色的阿姨。那个年纪的我误以为只有阿姨才可以当医生。长大后见到医院的医生好多都是男的,一下子脑子还没转过来,特别惊讶的是,好多医院的妇产科也有男医生。赤脚医生是从农村妇女中挑选出来的,由大队推荐,公社党委批准,是一种以人情关系为主的推荐方式。当然自身条件也要过硬。

赤脚医生的标准装备是一顶草帽和一个红十字药箱。

药箱有大有小,并不统一,但里面的东西大同小异:一根针管、几个针头、几只消炎用的红色或紫色药水、一卷胶布(是那种不透气的胶布),还有些纱布。

赤脚医生的医学知识大都来自公社统一组织的在公社卫生院的培训,医学知识基本是肤浅的,也只能打个退烧针或包个伤口之类的,当然这也能解决很多现实问题。因为那个时候擦皮伤骨是常见的事。

在大型工地,如农民建筑水利工程的工地现场都会有医疗点。四根柱子顶着一个草棚,再挂着红十字的标识,一个临时诊所就成立了,与工地指挥部遥相对应。工地上的诊所不仅具有医疗功能,也是社交中心,干部们、社员们,或者其他人员,都会尽可能找机会来医疗点,喝着茶,聊着天。

赤脚医生的行医活动中,最难的恐怕算是打吊针了。打屁股针一般问题不大,找个部位一针下去,总能把药水挤进去。而打吊针就不一样了,是一项功夫活，因为针头必须插入血管里。有时候赤脚医生一连扎了好几针也没能把针头插进血管里，脸上挂不住，嘴上就不好意思起来，埋怨这血管也太细了，或者说你的肉太多血管真不好找。其实那时农村真没有肉多的人。有一次我看到赤脚医生好不容易把针头扎入病人血管里，用胶布把针头固定好后，直接打开吊管的开关。不知道是动作太大还是怎么的，针头从血管里翘出来了，盐水直冒。边上一个人笑着说好像缝衣服呵！大家都笑了，包括那个病人，氛围轻松起来。终于又折腾了一番，针头还是扎入了血管。

　　随着改革开放，赤脚医生连同那些诊所和岗位都消失了，一同消失的还有那红十字药箱、那顶草帽。那双带泥的脚也早已穿上鞋了，农村真的变了。

2017 年 7 月 9 日于山水郡

一碗蒸鸡蛋

　　子女不孝顺父母的现象,从什么时候开始出现的,可能没有一个清晰的时间界线,但的确在一些地方子女对父母越来越不尊重。几千年的传统文化在农村一直延续得最为完整,那些几世同堂的家庭就是明证,但近年来一些子女变了。首先是变得自私,这种自私是有先后顺序的,一般从老大开始,而父母对孩子们的爱心与责任心始终未变,直至今后,甚至未来。

　　孩子一生下来父母就忙开了,操心开了,呵护长大、造屋、娶媳妇……忙得腰弯了、眼花了,连泪都稀少了很多。那全家竭力给大儿子娶媳妇的团结一心在新媳妇进门的第二天便发生了动摇,因为想法发生了变化。父母及其他儿女觉得多了个劳动力,希望大家再捆在一起多干几年,帮弟妹再成家,同时家里的条件也可改善一下。

　　但新入门的媳妇心里全不是这样想的,这个穷家是个无底洞,还有那么多的孩子,何时是个尽头? 于是就想着尽早独立,早日进入小康生活,分家是他们的第一个梦想。可农村的传统观念影响还是很强大的,心里想分也不能直接吵着分,那会让人说不近人情,也会让别人取笑,没有合适的理由就不好开口。所以,新媳妇一进门,寻找或制造分家的理由就是一个重要的任务。她们各显神通向着分家的方向走去,全不顾公婆及弟妹那期待的眼神。

　　一般多数都是由儿媳妇与婆婆的矛盾开始,闹些意见,儿媳妇生气就趁机回娘家住着。那婆婆就急了,拎点东西到儿媳妇的娘家去。儿媳妇回来后,不久又找一个理由生气回娘家,婆婆便又要再去一次。如此几次大家都累了,累的时候往往能想通或想明白很多事,于是分家就开始了,儿媳妇的梦想实现了。

也有比较刁的新媳妇，鼓动丈夫出面制造矛盾，一般都是丈夫与公公间的矛盾为多，进而达到分家的目的，当然也有因姑嫂矛盾而分家的。矛盾的原因千千万万，但目的只有一个，那就是分家。

邻庄的周大在家排行老大，兄妹五个，他制造的分家理由是吃，因为一碗蒸鸡蛋。那时家家都穷得食不果腹，几个鸡屁眼都是母亲每天关注的洞口。鸡蛋可换来生活中的油盐酱醋和针头线脑，母亲一般都舍不得吃，只是偶尔才给大家解解馋。一家七口人，一枚鸡蛋，一碗稀得如汤的蒸鸡蛋只能塞牙缝。

父亲一般只取浅浅的一勺，母亲只是望一下，闻闻味道，很少舀上一勺放自己的碗里。兄妹们按从小到大的顺序分，从多到少，儿媳妇也只是碍于面子取不多不少的一勺。有一天，周大的母亲蒸了一只鸡蛋，距上次的那碗蒸鸡蛋差不多三个礼拜了，大家心里都盼着。这一天中午，周大因为瞅田水回来晚了一小步，最小的弟弟在最后一碗饭的时候没扛住，趁别人不注意多舀了一勺。周大瞅着那只空空的鸡蛋碗生气了，其实不必生气，用这只鸡蛋碗把饭一拌，残留的蛋花也不比一勺鸡蛋少，但他还是生气了。这生气当然也有些别的目的。他上了桌子但并没有端起碗吃饭，而是转身回房睡觉了。那个下午，连同第二天，他都没有上工，一天半有十五工分呵。

矛盾就这样开始了。父亲终于憋不住了，大吼着不孝的东西，断了奶就忘了娘，分吧！分吧！于是喊来了老公亲。农村分家都要老公亲来主持，这是乡俗。老公亲主持分家比较公道，一般儿媳妇的娘家人不得参与，那会容易偏袒。但有时一些强势的娘家人也会介入，引起乡邻的一片指责。周大媳妇的娘家就比较强势。分家的那天，老公亲的队伍中也出现了她的娘家人，双方吵了三四天。终于周大父亲嫌烦了，甘愿吃个大亏多分了一只老母鸡给周大，一场激烈的分家才到此结束。

分家的第二天，相邻的几个庄子里就流传着周大的幸福言论。"分家真好呵，过去蒸一只鸡蛋又稀又淡，我还吃不上一小勺，现在蒸一只鸡蛋我和媳妇手都舀酸了,还没吃完。"

2017 年 7 月 15 日于珠海半山居

架子床

在农村上了年岁的人中,结婚时有张架子床,那他的祖上一定非常富有,不然是没有能力做架子床的。架子床,顾名思义是有架子的床,床的四个拐角各有一根柱子,顶上四边除外口以木板为横梁外,其他三根均为十厘米的木条。床前沿口也有四根柱子,两根小柱子与两根大柱子组成两块屏风,把床面空间遮挡了三分之一以上。

屏风由雕刻着各种图案的木板相嵌,图案中多为吉祥物,有鱼,有龙,有凤,也有龟等。首先,以功效而论,床上带柱子的功用恐怕就是挂蚊帐了,其次是以其复杂的结构来彰显地位与财富,当然也有实用的考量,床上的事更隐私点为好。在传统文化中,一切建筑与器具,都有这样的设计理念,复杂才能显示其尊贵。以床为例,若仅为挂蚊帐,墙上钉个钉就可以解决问题,但还要立柱子竖屏风,还要雕花塑鸟,尽往复杂里弄,就是为了显示富有、地位与尊贵,当然,审美也是其中的缘由之一。

合肥西乡渣河大队的王主任家就有这样的一张架子床,雕龙画凤,十分精美。据说是其曾祖上留下的,距今已有一百多年的历史。王主任历任初级社干部、高级社干部,以及人民公社时的大队主任,十分能干。作为一名女性,那真是巾帼不让须眉。上天揽月,下塘捉鱼,圩堤打夯,农田插秧,样样在行,比今天的女汉子还女汉子。

可后来,实行家庭联产承包责任制了,王主任就落寞了很多,各家各户自己当家了,不再需要干部安排了,王主任就少了好多事。事虽少,但王主任所到之处还是很受尊重的。再后来,大队改村时她就退了。退是退了,但村里人家有些麻烦,还是少不了她的身影。她善于做思想工作,常常是大事化小,小事化了。即便冲突很大,经过她一调解,也常会化干戈为玉帛。

　　尽管退了，王主任一家在村里还是很有人缘的，而且家里境况也不错。老太太很能干，种菜、养猪、做饭、带孙子，不亦乐乎，儿子儿媳妇也很待见她，妈长妈短地叫着，一派和谐的景象。村里人都说这王主任当了那么多年干部，积累了许多育人的道理，看她家里治理得一点都不比当年她当主任时差。

　　孙子大了，老太太也老了，家里起了些细微的变化。老太太仍像原来那样笑与忙，可儿媳妇在外面与人交流中，对老太太的微词就多了起来，但基本都是鸡毛蒜皮的事，刷过的碗上还粘着一个饭粒啊，炒的菜里还有一小片黄叶啊，煮鱼的小葱上还带着一丝细小的根啊，诸如这些。邻居们一听都劝慰，人老了都这样，不能和年轻时比，耳聋眼花的，实属正常。那儿媳妇听了，也不再争辩啥。在这个三代同堂的家里，和谐仍是主流。

　　七十岁之后，老太太突然就老了很多。下菜地不行了，洗衣服也拧不干了，做饭常是水加多了或加少了，总不在点上。家里的矛盾突然就多了很多，常有呵斥之声回响在庄子的上空，往往一声声呵斥之后，是久久的沉默与寂静。

　　这不是争吵，因为争吵必须有两种声音，而是一种居高临下的呵斥。常看到老太太出门时脸上挂不住。是啊！一个长久受人尊重的老太太，吃这样的言语亏是有点受不了的，但老太太是有修为的人，自己家的丑怎可外扬？老太太在外人面前，只字不提家里的事。况且，老太太也认为，自己确实老了，不能再创造出更多的价值了。忍是她的一项基本功，所以，这个家庭仍处于和谐当中。

　　直到有一天，这种和谐终于被打破了。那是一个阳光明媚的下午，突然，就有人看到老太太摇摇晃晃地往庄子外边的打谷场上跑。后面跟着她的儿媳妇，手中扬着一个竹制的大扫帚，边追边嚷着："你这老不死的，你不做事，还存心烧掉我儿子的作业本。"老太太跑到打谷场上，一个跟头就倒在了稻草上。那媳妇不由分说，扔掉大扫帚，抓着老太太顺着打谷场拽起来，边拽边骂，老太太双手抱头一声不吭。儿子在场上一手扬着鞭子，一手牵着牛绳子,也一声不吭。那牛也像她儿子一样一声不吭,尾巴悠闲地摇着,拉着石碾,眼前的这一切好像与牛和这个赶牛的人没有一点关系。

"你在干什么?你发浑!"一个正义的声音传到打谷场上,原来是新任村主任看不下去了,冲过来一掌推开老太太的儿媳妇,把老太太扶起来时,看到她没有一滴眼泪。她儿子与那牛还在悠闲地绕着打谷场走着,整个过程没有怒目,没有正视,也没有停顿,好像这不是一场人与人的打斗,而是猫与猫或狗与老鼠的争斗,所以,这一切与他理所当然地没有任何关系。

村主任坐在地上,安慰着老太太,那儿媳妇还是愤怒着,不久就回屋里了。老太太用最微弱的声音诉说着原委。原来老太太一年前视力就非常模糊了,看大的东西还行,小物体基本看不清了。其实,这并不是什么不治之症,只是眼角膜发炎,但长期不治导致她现在基本失明,快成瞎子了。下午起煤球炉时,没看清,把孙子放在桌子上的作业簿当作废纸引火烧了,儿媳妇发现时就暴跳如雷。老太太心想,今天这个坎肯定过不去了,就赶快往儿子的打谷场上跑,指望儿子至少可以阻止儿媳妇的追打。

老太太坐在打谷场上,不再诉说了,村主任又去批评那个一言不发的儿子。儿子一脸淡漠,淡漠的表情背后是无奈,无可奈何、无计可施的无力感。村主任又去了他家,那儿媳妇不再咆哮,不再争辩,是迫于村主任的威严还是真心地内省,不得而知。

第二天一大早,村民就听到几声不带情感的号哭。原来天亮时家人发现老太太挂在了自己的架子床上,脖子上套的是她自己的棉裤带,这一天距离老太太七十五岁生日只差一天。

村里人都来了,几乎是列着队走过老太太的遗体,向老太太作最后的告别。她儿子顶着块不大的白布,不断地叩头,但村里人好像都无视他的存在,没有停留,也没有安慰,更没有人让其节哀。也许大家都找不到什么词来表达吧。

三个月之后,老太太的儿媳妇莫名其妙地疯了,疯得很厉害,谁都不认识。再三个月后,其夫以无法生活为由和她离婚了。又过了三个月,那儿媳妇不可思议地掉到自家的水缸里淹死了。

　　村里的传说就多起来了,有人说是她丈夫干的,也有人反对说,婚都离了,他没有必要这么干。但更多的人认为这个儿媳妇是被老太太带走的,她不忍看着自己的儿媳妇这样没尊严地活着,带下去吧,尽管眼不好,但还是可以照顾一个疯人的。

　　哪种说法准确呢? 也许都不对。可人们更愿相信后一种说法。那张架子床一定是知道真相的,只是它不能说话,或许也不愿说吧。

2017 年 9 月 24 日于盛名阁

拐卖人生

老六的家相当殷实，他爸是个木匠，挑着木工工具游走四方。因为老六腿不好，耳也不好，所以三十好几还没有找到老婆。

老六还是半大孩子的时候，我们就是他的跟屁虫，跟着他摸鱼捞虾，偷瓜摘枣，但一点也没有感觉到他有什么异常。只是有一天中午，他家的猪跑到生产队的田里吃东西，他边跑边喊着："猪呵，快回来！猪呵，快回来！"那猪不理他，他跑得更快了。在跑得很快的时候，才发现他的两条腿不平衡，跑起来一拐一拐的，身体也摇摇晃晃的，原来他的两条腿不一样长。

那时候还没有恋爱这一说，男婚女嫁主要靠媒人介绍，双方都要看"门楼子"，一般都是男孩子先去女孩子家，送给女方家看，若有意向女方再来男方家里看。可老六相了很多次亲，都没有一个女方家上门来看"门楼子"。每次去女方家后，老六一家人都静候佳音，可每次收到的回复都是惊人的一致——"丫头还小，她还不想考虑讲婆家的事"。有一次介绍的一女子都快三十了，在农村算是"剩女"了，她家仍然回话说，"丫头还小，还不想考虑讲婆家的事"。你看看，这纯粹是借口，都快三十了，还说小，也不知道换个说法，让人家心里好受点。

老六什么时候突然就有了老婆，我也记不清了，应是在我上大学之后吧。每年暑假，我都要回来"双抢"，那天在沟东五斗插秧时，第一次见到老六的老婆。她四十来岁，高个头，大方脸，大嘴巴，大骨架，一口四川方言，讲话快时基本听不懂，但说的大部分话还是很清晰的。

后来得知，她是老六花了四千块钱从人贩子那里买来的，两人年龄倒也般配。只是因为是用钱买来的，在庄子里就没有什么地位，特别在女人堆里，更是为人所不屑，经常充当受气包的角色。但她倒不在乎这些，不会自卑,也不会三心二意,一心只为着这个家。她自尊、自重、自信,与人相处时大大咧咧、毫不在乎。庄子里除了我尊称她为表姊外,其余的人,不论老少都统称她为"四川蛮子"。

由于她地位低,与别人相处,吃亏是常有的事。不是鸡蛋被别人从鸡窝里收走,就是鸭子被别人家的娘们改了脚丫。更多的时候是要吃别人的"语言亏"。但她很无畏,并不因地位低而忍气吞声,而是勇敢地与别人辩道理。但大多数情况下,都是不了了之,很少有人主持公道。

有一次她家的鹅少了一只,她拖着棍子,从村东头找到西头,边找边问边骂,骂的内容却很朴素,没有什么歹毒之言,都是一些诸如"谁要是吃了我家的鹅,就会屁股生疮,嘴上起泡"之类的。骂着骂着,突然一个树枝就挂花了她那件已穿得变形的套头衫,胸部扯出一个大洞。但她并没有难为情的感觉,一手掩住胸部,一手拖着棍子,仍然骂着那些并不歹毒的话,继续找她家的失踪的鹅。

不久她就生了个女儿,大家都知道这个女儿不是老六的,而是她前一个男人的,据说那个男人离这里还不远。一年后,她又生了一个男孩,这个男孩真真切切是老六的,一家四口,日子过得虽紧但也实在。

男孩子两岁那年,一个月黑风高的夜晚,当老六从外地干活回来的时候,发现女人突然就消失了。他先是在村子里到处喊,喊声嘶哑中带着担心与忧伤,手里那只手电筒陪着他走了全村又走了邻村。回家时天已亮,两个孩子哇哇大哭,六目相对,那泪就更多了。

后来又托人到处找,但一点线索都没有。村里人回忆,在女人消失的前几天,有个陌生人来庄子里转悠,但谁也没有在意,可能她又被卖给下一家了。

她老家是四川自贡的,她说在她出嫁的那天下午,经过一段山路时被几个蒙面人扛走,隔了几天就被卖到了贵州。过了五年,生了两个孩子,又被卖到湖北,生了三个孩子。接着又被卖到了河南,在河南有没有生孩子,她没说,也没人问。之后被卖到安徽生了一个孩子后,就被老六买过来了。

　　有一次聊天,她特别开心地说着她的往事,但她很少说到她的娘家人,更没有表现出思念之情,也许小时候在家里不受待见吧,山里人重男轻女。

　　她说着自己的经历时,没有一点忧愁,更没有抱怨命运的不公。她似乎特别坦然地面对这一切,她似乎认为,她的生活本应这样,或者说她的性格就是这样。

　　看到她并没有忌讳说自己的过去,有一次我开玩笑地跟她说:"你老了以后应该有福气。因为,五个省都有家,都有孩子。"她听后,倒是有些在意,若有所思,又略带伤感地说:"我到哪里找到他们呢?"是呵,到哪里找到他们呢?亲生骨肉不能相见,这是怎样的人生呵?

　　她这一走,就像人间蒸发,二十多年了,愣是没有一点儿消息。女儿生了女儿,儿子又生了儿子,薪火相传,生生不息,而他们的妈却仍未出现。

　　我时常在想,她的使命也许就是人类最原始的使命——生儿育女,而这其中,生又是第一使命。

2017 年 5 月 7 日于馨苑

进　城

天孕育了地,地孕育了万物,也孕育了人类。田地便是根本,是财产,是生命的基础。秦皇汉武,历代天骄,谁都以略地为功业之首选,没有地便没有一切。拥有一座城池,并不能拥有天下,握有亿万顷大地,才算拥有江山社稷。

田地在亿万年的喘息中,供养着人类的生存与发展。而今天,历史真的要翻开新的篇章,抛弃田地,抛弃人类赖以生存的基础。进城,进城,轰轰烈烈的进城背后有着眷然撕裂的痛苦。

曾祖辈的,八十岁上下的老人进城是因为不能动了。一瓢饮,一箪食,都不能自理;就个医,吃片药,打个针,都没有人陪护,曾祖辈的老人没有孩子们的陪护就可能处于危险之中。他们进城蜗居在孩子家庭附近的城中村的方寸之间,延续着,或叫苟且着,尚存的一段接近尾声的生命,一段没有质量与尊严的生命。从农村到城市,置身于一个陌生的环境中,过着独守的时光,满耳的喇叭声,满眼的混凝土疙瘩,全没有了农村的闲适。

满眼的绿,鸡鸣与狗吠,鱼塘及耕种了一辈子的农田,还有锄锹与石磙,都只能存在于午后孤独的想象中了,想再回去看一眼都是不自由的,要孩子们有时间,还要花费油钱。所以,曾祖辈一代是没有人愿意进城的,但浩荡的洪流及衰落的故居,硬生生地赶着他们进了城,进城走完人生的最后一小截。也有"勇敢"的耄耋老翁嚷嚷着要一走了之,但世俗的传统里,老人要是这样的走法,那他的后代是永远也抬不起头来的。

六十岁左右的祖辈们,大部分原本就在城里与农村的两点一线间,几十年如一日地奔波。年头出,年底回,一年中只有不到一个月的时间是在自家的,其余时间可以说是在棚里,或者是类似于棚里的空间。他们可以说是改革开放后的第一代农民工,虽然在城里生活几十年,但根仍在农村,他们仍像几十年前一样,战斗在城里。但不一样的是,原来是城里、农村两头跑,现在只能在城里了,农村已回不去了。

这是农民中最有压力的一代人,上要养老,下要贴补孩子。男人们仍坚持打工,而女人们则要为子女带孙子。六十来岁的老太太们,每天要替孙孩们背着书包上学堂。他们大部分时间都蜗居在一个狭小的空间里,顾着上一辈,体恤着下一辈,还要关爱着孙子辈。他们极少与孩子们住在一起,一套房里挤着三代人实在也不是个办法。

三十岁左右的进城"农二代",他们生长在农村,在城里打工,认同了城里的生活,农村也只存在于想象中了。"农二代"压力也大,上有老下有小还要供房。其实比供房压力更大的是供学,供孩子上学应是他们支出的第一。不断地挣钱为的是基本的生存,生活质量无法兼顾,最大的愿望便是几代相安无事地过日子。

老话说得好,穷争饿吵。穷且几代人在一起,相安无事的极少,大部分家庭都是矛盾重重。古人又云:仓廪实而知礼节。一个压力重重且经济捉襟见肘的家庭,自然是无事都会生出许多乱子来的。

同村的峰,六十来岁,标准的进城"农一代",其父母八十多了,好在身体结实,还种了十几亩地,尚可自食其力。而峰和他的妻子在城里打工,和他们的孩子共同供一套房子。孩子结婚后,两代人同住一屋,可好景不长,儿媳妇向婆婆发起挑战,要与公婆分家单过。那婆婆也不是吃素的,便质问孩子,房子首付是我们付的,为何要我们搬出去住?要搬你们搬,我们不搬。最后,孩子们搬了出去,而孙子仍留在这个家里由奶奶带着。这是极少的例子,一般家庭中两代人不能同住的,更多的情况下是父母搬出去。因为,原本这房子就是给孩子结婚用的,所以儿媳妇让公婆搬出去也有她的合理成分。

如果几代同堂,由于生活所迫而生生地被绑在一起过日子,那困难局面更是难以想象,几个代沟呵!一个代沟都难以处理,几个代沟怎么相处呢?

中华传统文化中的几世同堂的家庭越来越少，"家有一老，如有一宝"的理念也已渐行渐远。

有一次，夜里快十一点的样子，峰来找他二伯，他们家里又生出乱子了，一进门就急不可待地讲着他们家的烦心事，并一再要求他二伯前往处理。原来，午饭时，峰的媳妇给峰八十多岁的老父亲蒸了碗肉，让他单独享用。最后剩下一些，峰嘴馋，又可能觉得扔掉可惜，就用筷子来夹。这时峰的老婆，又是挤眼弄眉，又是拉他的衣襟，意思是老头子的专用碗不卫生，那肉不能吃，抑或是老头子不卫生，他的专用碗也不卫生，肉也不能吃。而这些小动作，又被峰的父亲看见了。老人不干了，觉得自己的尊严被损害了，人也被嫌弃了，感觉自己是个多余的人。情绪异常激动，下半身瘫痪的老人用仅有的力气和能支配的力量表达着自己的愤怒——摔碗、扔筷子、撕衣服、流眼泪。常言道，老小孩，老人就像小孩一样，情绪的控制能力很差，孝顺的人家都是极力顺着老人的意思，可置身于恶劣环境下的孩子们，哪有这份闲心与力量呵！

老人见有人来评理，像个怨妇一样，从五十多年前孩子还很小的时候讲起，讲了抚养孩子的艰辛，讲了省吃俭用供孩子们上学，讲了差不多一个小时才讲到刚进城那会儿。他二伯看着激动的老人又不好打断，就这么听着，想想那是多么难受的感觉。差不多又讲了二十多分钟，老人终于讲到了现在孩子们多么不孝顺，边讲边声泪俱下，边讲边泣不成声。老人表达的一个中心意思就是，咽不下这口气。老人最后的一句话是：我要干了，这次真要干了。"干"的意思就是自杀。他多次表示后悔没有在还能动的时候"干"了，现在躺在床上什么都做不了。

说完这个"干"字，老人闭上了眼，紧紧的，一言不发，唯两行热泪垂直而下直至下巴，又在下巴上垂悬了一小会，两行泪像商量好的一样，同时坠下。

他二伯急了，难得看到有个插话的机会，马上发言。一方面表示对老人心情的理解，另一方面也说出了孩子们的不易，在城里不像在农村老家，进门特别挤，出门就花钱，都是不容易。他二伯讲得最多的还是劝说老人想开点,千万不能走那条路。他二伯进一步解释道:你眼一闭就走了,轻松了,孩子们如何立足呵? 会被人家戳脊梁骨骂的,更会抬不起头的。是的,世俗的眼光如刀如刺亦如毒,再坚强的人也挡不住这世俗的评论。

一个老人,在临近人生终点时,不能颐养天年,无能为力地痛苦地躺在床上,这是何等难堪呵。

2017 年 8 月 28 日于武夷山至厦门北的高铁上

古 庄 台

巢湖平原,大部分为圩区,改革开放四十年,经济发展,农民进城,乡村剧变,但跟着变化的还有农民的乡愁,再也找不回的乡愁。我曾驱车环巢湖四周游走,几乎所有的圩区都不复原始的风貌,只有柿树乡廖渡村那一方宛如桃花源般封闭的所在还保存完好。廖渡村除了农舍,其他基本还是以前的样子。这是因为它地理位置的特殊性,四条水系把它与外界隔绝开来,甚至二十年前,这里连动力车都不能进入。

圩区文化由四大元素构成,分别为庄台(含农舍)、圩堤、水系(沟、渠、塘、河)、农田。四大元素相得益彰,在圩区内各司其职,千百年来,它们形成合力,供着圩区内的农民休养生息。

圩堤是圩区的保护神,圩有大圩、小圩、连圩,一圩之内,少则几百亩多至数万亩良田的安危全靠圩堤。圩堤主要是用来约束河道里的洪水,雨水季节一到,防汛就是头等大事。洪水季节通常也在一年收获季的前夕,一旦决堤轻则颗粒无收,重则人们无家可归,因此圩堤是圩区人心中至上至高至圣之所在。

圩区的水系由沟、渠、塘组成,它们的主要功能是为农田服务。水是庄稼的血液,那沟、渠、塘便是庄稼的血管,旱时灌溉涝时排,平时就是蓄水池。圩区的沟、渠、塘小而浅,而且都是人力用水车提水,农民用智慧构筑这些水利工程以便于劳作。沟、渠、塘里的水草是禽畜的饲料,而水里的鱼虾却是孩子们的向往,那沟、渠、塘也就成了孩子们的天堂。

农田是圩区文化的内核,是农民付出的对象,也是收获的源泉,农民的故事一大半都在这里演绎。圩区的田最大的特点是平坦,呈方形,田埂也是笔直的,耕作起来比岗上的田要方便。微风拂起时,稻浪千里,十分壮观,让人陶醉。

庄台连同庄台上的农舍,是农户人家物质财富的展示,也是精神财富的外在表现,是农户一生劳作的总结。高高的庄台之上,耸立着高大的房屋,庄台四面环水,宽而深的壕沟是安全的保障,东、西两条塘坝像伸出的两臂,广迎天下财与天下客。那庄台之南的水塘即为聚财之盆,庄台之上一定会有老井,井水高于四周的塘水。庄台上农舍相连,鸡犬相闻,人情浓浓。

庄台是圩区农民智慧的结晶,筑台建房的主要目的就是防洪水。庄台高于圩堤,若圩堤决堤时农人不至于无家可归,庄稼没了但房子还在,人有所居,就有希望。这里是避风雨的地方,是归宿,也是心灵的栖息地。如果家都没有了,那最大的财富也就没有了,甚至连希望也变得渺茫。

我有生以来就经历过两次洪水滔天的场面。第一次是20世纪60年代末,在我刚好记事的年纪,那时丰乐河的大堤还不高,基本与庄台持平。当大堤决堤,洪水漫灌时,雨还不停地下。由于降雨时间太长,我家前面的一排房子倒了,但后面一排老宅,一座四马落地式的房屋,却没有倒。

第二次是1991年的大水,那时的丰乐河大堤已高过我家的屋顶。圩堤溃破时,那滔天之水倒灌而下,村里的房屋基本顷刻间随水流而倒,连同屋里的家用器具一并浩荡东流巢湖。

廖渡村现在还有许多古庄台遗址。1991年的洪水后,政府把大堤加得更高了,村民们纷纷沿村的中心路依次而建房屋,虽无规划,但也整齐划一,像个居民区。千百年来,人们赖以生存的庄台就变得荒芜而落寞,四周壕沟和水塘里的杂草已与庄台上的杂树连成一片,像一片人迹罕至的原始森林。

最原始的庄台都是以家族为单位建造的,单户难以完成,因为工程量大,而且,族人聚居也有出于安全的考量。庄台多以姓氏命名,廖渡村的古庄台就有涂氏的涂老郢、李氏的李小庄、周氏的周墩、李氏的李家圩、鲍氏的鲍家庄等。后来随着人口的流动,庄台里的姓氏也多元化了。

在廖渡村众多的古庄台中,鲍家庄的庄台最具有代表性,规模大且构造复杂。许氏族谱记载,大约明朝中期,许氏三星堂一世祖许国泰任庐阳(古合肥)知府时,举族从徽州迁至现袁店中学一带;清朝初期,其中的一支入主鲍家庄并对原庄台进行大规模改造升级。1991 年前的鲍家庄基本保持了原来的样子。庄台前面是一口叫秧塘的大水塘,秧塘呈肚状,在取土堆庄台时并没有一挖到底,而是大部分挖得深,但约三分之一的面积挖得浅。当塘水漫灌时,浅的地方就会没在水里,每年春天,要育苗时,把塘水放掉一半,在水里没了快一年的浅的地方就露出来,整理成田育苗用。据老人说,千百年来,代代相传,一直这样操作,其原因是塘泥沤了一年,在上面育秧,秧苗长得壮、长得快且少虫害。其中的道理可能没有人说清楚,但这些经验真切地传承了千百年。秧塘的名字也由此而来。

庄台的其余三面为壕沟,壕沟与秧塘之间东、西各一条塘坝,东边的向东南伸展,西边的向西南伸展,呈相拥之势,这也寓意着广纳天下财。壕沟比秧塘窄很多但也深很多,鲍家庄的庄台很特别,在庄台背面的壕沟与庄台之间还有一个月牙池,遗址至今仍清晰可见。据老人相传,当鲍家庄的庄台建好时,太过壮观与宏大,庄台上是两排约三十间的四马落地屋,东、西两塘坝还建有吊桥,东、西两端设有瞭望台,台高沟深,秧塘水面也大,便有人告到官府,说是许氏一族建造的庄台名为庄台实为营寨,有谋反之意,事情一下子就大了。族人一方面疏通关系,另一方面经高人指点立即在庄台与后壕沟间挖了个月牙池,这样就不像里围墙外壕沟的格局了。同时拆掉瞭望台与吊桥,一场风波就此平息,但月牙池却一直保存到几百年后的今天。

民国前期,鲍家庄全为许姓人家居住,后来因姻亲而入住的有桂氏、程氏,还有逃荒而来的陈氏以及投靠亲戚而来的刘氏。人口越来越多,人们就开始从庄台里往外分散,有的搬到轮车垱的圩堤之上,也有的在庄台的西头堆土延伸造屋。

鲍家庄的庄台在 1991 年洪水之前,承载了约 50 口人,13 户,前后两排房子。除了我家和隔壁二叔家后面的房屋为四马落地屋外,其余的都是普通的土墙草顶屋。每户为前后两排房,每排两间,中间是个院子,院子的旁边是厢房,相邻的厢房是背靠背建的,院子的另一边是与另一户相隔的围墙,这都是以前许氏族人分家时的格局,相邻两户共用一个排水管道。

我家原本前后两排均为四马落地屋,因为木头多,20世纪60年代,大食堂缺乏柴火,就将前面一排房拆掉了。后面一排,1969年的大水扛过来了,可1991年的大水却没能躲过。我清晰地记得,当年四马落地屋的基本构造,每间房子有八根梁柱支撑,柱子下面是柱础,东西两头各四根。柱础是一块非常重的鼓状青石,柱子之上为横梁,木头很粗,为冬瓜梁,横梁与柱子是铆接在一起的,然后是梯形向上的两级小梁,再上面为三角的构架,最上面的就是脊梁。

四马落地屋是先把屋子造好,再砌四周的土墙,这种设计也是为了防洪水,洪水进庄台后即便土墙倒了,但房子也可安然无恙,洪水退后再砌堵墙。有时候也有人在洪水来临时把墙拆掉一半,以便减轻重量,可保存余下的墙体。

庄台的东南角是一口约五百年历史的老井。井水高于四周的塘水,冬暖夏凉,寒冷的冬天井口还冒着热气。至于庄台的井水为何会高于四周的塘水,谁也说不清楚。1991年的大水之后,这口老井也被埋在了庄台里面。被埋在庄台里面的还有许多原始的农民生活器具,像巨大的石臼、石锤等老物件。

庄台消失了,留下的遗址供农人在午后的阳光下回忆,回忆那鸡犬相闻、夜不闭户、路不拾遗的原始生活形态,但乡愁却无处可挂。

2020年5月2日于鲍家庄

圩文化的最后遗存

长江中下游平原，沿河沿湖地带的农村基本都是圩区，圩区里诞生的农耕文明与其他地方的农耕文明有着非常大的区别，圩区里的农耕文明构成了与众不同的圩文化。圩文化的四大元素分别是圩堤、水系(沟、渠、塘、河)、农田、庄台。

圩堤是整个圩区的保护神，圩堤在圩区人的心中有着至高的位置，一条大堤往往保护着圩区内几百亩到几万亩的良田，几百人到几万人的生命安危，几百户到几万户的安身之所在——农舍。圩堤既是保护神，又是战场，堤往往是自然形成的边界，一边的堤对垒着另一边的堤，特别是当洪水疯涨时，一边决堤了，另一边可能就安全了。

与别的圩区农民相比，廖渡村的农民更累，因为每到汛期，他们就要保护着四周的四道堤：南边的丰乐河大堤，其对面是舒城县；西边的月亮河大堤，其对面是原界河乡；北面的轮车垱大堤(即十里长荡)，其对面是同乡的袁店村；东面的龙凤河(即三叉河)，其对面是同乡的马荡村。每到洪水季节，廖渡人的防汛要分四个方向进行，日夜巡逻，夜色下，廖渡四周的圩堤上马灯的亮光形成一道光环。

冬天是筑堤的黄金时段，一是因为适逢枯水期，河内没水，便于作业；二是因为农闲，农民有时间。各级政府从秋天开始就对当年的汛期进行排查，哪里有隐患，哪里有管涌，哪里黄鼠狼洞，哪里要加宽，哪里要加高，还要计算出土方量，再分配到各村各队。每隔十几年县里还会举行一次跨乡水利大会战。

水利大会战场面非常热闹，圩堤之上到处红旗招展，人声鼎沸，每个单位都设有指挥部——一个由四根柱子撑起来的草棚，里面是一张老式饭桌，外加四条板凳。一个有红十字标识的旗子悬挂其上,代表这里有医疗服务,主要是应对工地上的受伤民工的包扎与止血类的处理。

工作量的统计方式是量土方,不是看每个单位堆多高的堤,而是看挖多少土方。方塘都在大堤的下面,抬土到堤上,都是上坡路,这是最难的一段路,堤越高坡越陡,担子越重。所以,很多单位就想着法子占点便宜,恩师的"螃蟹方"的故事就发生在 20 世纪 70 年代西大圩的大堤会战中。

全县会战时会有肥西北部三区的岗区农民前来修堤。一般一个队的劳动力住在圩区的一户人家中,自带粮草和被子,十多个人一起打地铺,睡的是草铺底的通铺,而且一般都在厅屋。因为圩区的庄台建房难,面积小,待主人休息了,这些岗区来的农民才能"铺床"休息。圩区的农民好客,岗区的农民更好客,尽管那是个物资匮乏的年代,但在为期一个月的会战内也会有两三次的相互宴请。主人先请客人,女主人在家从两天前就开始张罗着一桌饭。

那些岗区的农民显然对圩区的菜肴更有兴趣,因为圩区的食材大都跟沟、渠、塘、河有关,这在岗区显然是少得多,菜的做法差异也很大。一顿大餐之后大家都要议论好多天,直到客人回请时才转移话题,他们是在讨论着如何回请主人一家。他们大多会去舒城县城的菜场买菜回来做,也有的去山南镇赶集。

如今,廖渡村的四面大堤仍然存在着,完好地存在着,这是一件值得庆幸的事。改革开放四十多年来,几乎人迹所至之处都已变得今非昔比,可廖渡这个合肥郊区的桃花源却依然风貌如故,仔细思量,这是因为它封闭的自然环境。四水环绕,四堤相围,纷扰的外部世界也不曾越过这四堤与四水,今天我们还有乡愁可托付,其实要感谢这四水与四堤。

圩区的水系以及水系里承载着的水是圩区最有灵性的元素,水是庄稼的命脉,那些承载着水的沟、渠、塘、河则是庄稼的血管,像一根根彩带缠绕着农田与庄台,或直或曲,那么自然和谐地与圩区的那方天地共存着,生态、生活、生产纯天然地结合在一起,是真正意义上的"三生合一"的生态圩区、生态文明。

由修庄台而挖出来的空地形成了塘,那些土堆成的庄台是圩区农民智慧的结晶。前大塘后壕沟,一带水系就绕着一个庄台。原始庄台的建造,工程量巨大,都是以宗族的力量而完成的。筑庄台以防水,挖出沟塘以蓄水,还有安全与风水的考量。

圩区水系灵性最突出的地方在于它的动感与生命力,因风而动,因流而动,因鱼而动,因鸭而动,因水草而动,圩区的水几乎是由一组组自然力量而合成的一种自然形态的生命力。久旱无雨,沟塘底朝天,只要一注水,不久,水里的灵动就出现了,不知从哪里冒出来的鱼、虾、贝、蟹与水草厮混在一起,还有活跃的泥鳅。

水系缠着庄台并向远方伸去,触摸到各处的农田,像毛细血管一样给每一块田输送着营养,那些形态各异的水系,像田的情人,勾绕在田的腰部与脖子上。一遇风雨天,它们俨然一对情侣在打情骂俏。水系里的沟、渠、塘是多姿的,尽显婀娜之态,像多情的女子;而那田则刚直很多,你看那些田埂与田路都是笔直的,像男人挺直的腰杆。

婀娜多姿的水及水系的柔情也说服不了农民之间因为水的争斗,尤其是瓢水碗稻的大旱年头,械斗也是常有的,就像两个大男人在争夺一位情人一样分毫不让。水在更多的时候是风平浪静的,像一位母亲不声不响地滋润着庄稼,无怨无悔地养育着圩区的这方人。

圩区的田是有心胸的,表现在它的平坦,还有那笔直的田埂上。田的纪律性也是有目共睹的,站在高高的圩堤之上,那一个个方块田,尽收眼底,像列队的士兵一样整齐而有序,随季节的变化又像是一幅幅水彩画。春天墨绿的麦田镶嵌在鹅黄的油菜花田边,那真是一幅动人的画面,显得鹅黄更嫩,而墨绿又更翠。

夏天,早稻田里,蛙声与蝉鸣早早地催黄了早籼稻的颜色,金黄金黄的。每一束稻穗都低头不语,农民的镰刀呼呼着过去的时候,田里又是一片秸秆色,灰黄灰黄的。放牛人与牛在月色里走过,第二天的田就又是一片土色,一片大地的色彩,这是它的底色,也是它的本色。咿咿呀呀的水车声响搅动着一盆汗水之后,田又是汪汪的水色,再后来是一片青绿。

秋天到了,田里又是另一季庄稼的色彩,或青或黄,诸色争奇斗艳,各不相让。直到入冬时节,一场大雪,大地一片洁白,唯有一方方塘像一块块墨玉嵌在这片白茫茫的图画里。一切归于宁静,归于安稳,田地不声不语地躲在雪下,为春天的惊蛰积蓄力量与勇气。

田是有情的,但更多的时候是严肃的,甚至是残酷的,严格地执行着一分耕耘一分收获的天道。你若对它三心二意,它便直接睚眦必报,还以颜色,减收,甚至颗粒无收,让你的肚皮无可支撑。你若对它真心实意,它也会尽可能多地回报以丰收的果实,赐予财富与快乐。

田也是疲惫的,承载着那么多生灵的繁衍与生息,却避免不了承受着责骂和唾弃,以及化肥过度施用的伤害。我有时会有些担心,田会不会有一天对我们发火,和我们抗争并报以伤害。

庄台是圩文化的高度总结,是圩文化的核心,也是圩文化的物化形态。一座座古庄台耸立在平坦如砥的圩区里,非常显眼,也相当光耀。圩区的主人在庄台之上演绎着生活的大戏,那一柱柱炊烟,或青云直上,或摇摆不定,同样都载着一家人的欢乐与忧愁,不管是欢乐多些还是忧愁多些,最终这些炊烟都会毫无差别地归于无形,就像人生最后是回归来处一样。老天是公平的,它让人一样地来也一样地去,起点与终点都是一样的。

庄台是取自四周塘口的土而垒成的,防洪水是庄台的第一要务。在慢节奏的过去,河堤多少年都不曾加高一点点,那庄台的高度就保持着对河堤的优势。后来,河堤不断被抬高,而庄台却很难再升高,因为一辈子能建一次房都很了不起了。那雨水季节,洪水就悬于庄台之上,决堤了,庄台之上的房屋就危险了。我记事起就有两次大洪水,第一次躲过了,那是因为四马落地屋的柱梁的功劳,而后一次房屋连挣扎一下都没有就付之东流了。

古庄台的设计是独具匠心的,庄台上的水井水面高于四周的塘面,这就是个谜,不知其中的道理。四马落地屋是科学匠心的思考,房子的两头是由木柱撑起来的,柱子立于柱础之上,木柱之上是横梁,横梁之上是童柱,童柱之上是小横梁,两个童柱加一根小横梁就成了三角梁,再横上一根根桁条和檩子,铺上草,房子就顶起来了。四周的墙最后砌,若有水害,墙可拆可倒,但房子还立在那里。

古庄台上的井是必备的,若遇洪水之时,井水就是生命之水。庄台上井的修建是极其考究的,井口为大理石镂空,即井套。井内是用灰砖和着石浆砌成的,井台四周也是用条石铺就的。井旁有一大块红石,又称磨刀石,农耕时代,铁制农具都要打磨的。

庄台上的人家睦邻友好,邻里间相互依附,或喜事共同分享,或难事共同分担,有麻烦事也是由庄台上的老者居中协调,吵嘴打斗是极少发生的。即使一家的鹅错了脚丫跑错了门也是安全的,当有人发现后一定会对着脚丫找上门来送还。李家的猪吃了王家的鸡食,最多也就是王家人对着猪屁股踹上两脚,拍屁股骂娘的场面是极少有的。

庄台的四周是一幅极尽和谐的自然生态图景,而庄台之上的庄户人家则是一幅极具和谐的人文生态图景,夜不闭户,路不拾遗,人与人之间过心地交流,没有压迫感,也无须防备,就像沐浴在和风中不需要防着阴风侵袭一样。

日出而作,日落而眠,那公鸡便是司令,它没有名头,也没有权力,只那么一声声清脆的雄啼,农人就像听到指令,捣衣,做饭,下田,牧鹅,耕牛。人与自然界就像钟表一样规律地运行着,似乎人被一只只公鸡左右着。其实,并没有谁左右谁,这是一种人类原始的生态,自然而规律,不需要太多为了某种目的性的设计。

古庄台已成为历史,取而代之的是一座座楼形建筑,说是别墅也不过分,但豪华的建筑也生发不了原有的温度。古庄台上的温度像是地热,无声无息地存在着,影响着庄台之上的每一个人,使得庄台之上的人与人之间的温度几乎是恒定的而且是经久的,不像现在的乡村别墅,外表再华丽也难以聚集起能让人熨帖的温度。

我有时在想如何找回往日的温度呢?"三生合一"的自然形态也许是条路,生态、生产、生活自然而然地有机结合,少点人为的影响,多点因地制宜的和谐,或可找回往日的温度。

2019 年 3 月 9 日于鲍家庄

荒芜的廖渡口

今天的廖渡口已完全荒芜,但渡口两岸河南、河北方圆几十公里的人都对它有着深刻的印象,几乎男男女女没有人没在这里等过船、摔过跤、落下过东西,还有那深一脚浅一脚地一上一下又一下一上地去、一下一上又一上一下地回。

河两岸人民为了各自的利益,像两军修作战工事一样,把河堤高高堆起,渡口的路越来越难走。在我的记忆里,小时候渡口更容易通过,因为河堤不高。后来这条河就成了一个天堑,像天上玉皇后用簪子划出的一条银河一样,只有鹊桥搭成时,牛郎与织女才可会面。河成了屏障,自然造成了隔阂,只是苦了两岸的农民。

查阅清朝中期的地图,可以看到有廖渡口的标志,但那时候的袁店乡、龙潭河还没有引入其中,可见廖渡口的古老。古老的廖渡口为何没有像三河镇、丰乐镇、桃溪镇一样形成一定规模的集镇?恐怕没有人能考证清楚。一般来说,古时的居民依水而居,形成渡口,随着时间的流逝,又会变成一个集镇。但廖渡口没有,也许天时、地利、人和均没有吧。

廖渡口,南连舒城,北接山南,再往南可至安庆及江南地区,往北可至寿县及淮南其他地区,南来北往的人流量很大,百年以前是条官路。廖渡口虽没有形成大的集镇,但解放前,这个渡口仍是十分繁华的。

周边是圩区,鱼米之乡,一方面粮食运输业发达,通过水路进长江,过芜湖,直达南京、上海;另一方面,渡口的其他生意也很繁荣。有两家米行经营着粮米油生意,生意辐射方圆几十公里,有两个客栈,还有两家妓院和一个很大的盐行,几年前盐行仓生产队在整理农田时还发现了古盐库。

解放前的古渡口,两岸河堤低矮平坦,十几家店分布于渡口两边。对岸的河堤内侧,河床上是一个大庄台,而渡口北的店铺也都在河堤内侧,依堤而建。也许这种店铺选址的方式限制了这个地区的进一步发展,因为地块狭小,限制了它的规模化发展。

后来店铺消失了,只留下空空的堤坡庄台,只有一两户人家居住在这里。其中的一户,女主人是个哑巴,勤劳、勇敢而善良,我们时常过船后去她家要点水喝。她是哑巴,说不出也听不见,我们都是用手比画,她每次都很热情地端出从几里路外挑回的水给我们喝。

每到洪水季节,那庄台就变得很小,像一叶小舟漂在汪洋大海中,站在对岸都能听到她哇哇的恐慌叫声,我们心里就默默地祈祷她一家平安度过汛期。再后来,那庄台小到只有屋基那么大了,政府出于关心,把她家迁到堤外居住了。有时还能看到她去庄台,在一丁点大的地方种些杂粮、垦荒什么的。

廖渡口有个台姓船工,他家几代人以渡船为业,雨水季节都是要摇船渡河的。船工一家人都很勤恳而善良,碰上夜行人,即使深更半夜都会出船。

随着省会合肥的发展、规划越来越好,乡村都通了公交车,这里的人基本随车去了合肥。

班车代替了渡船、农民的出行目的地也由舒城变成了合肥。渡口的荒芜就从农民的脚板底下开始了。

地上再好的路,没有人走了便也不成为路。渡口因为路而存在,没有了路的渡口,消失是必然的。世事真是变化无常,并非人力所能左右,就像那渡口,明明可以集聚成镇却一直没有,尽管也繁华过,但繁华过后还是归于沉寂。而人们都进了城,或有了别的路,更便捷的路,那条艰难的路就会被废弃。人们用脚前行,这脚的力量很大,不可阻挡,只能顺应。

每每独自坐在古渡口旁,思绪就延伸到几十年前或更久远的时候。冬天的车马、夏天的木船,还有那哑巴的哇哇声,那米行、饭店、妓院、旅店、高高的棱角分明的盐仓都还在河边迎接着南来北往的客人,以及上行下游的客船。

现实中廖渡口已经废弃,昔日的辉煌已被黄沙、杂树与青草覆盖。不知船主去哪里了,丢下那么大一艘破船,独自锈蚀于堤坡之上,任由风雨吹打,在寂静的深深的渡口里向千年相依的河水诉说。河水流泻而过,坚定地要实现去大海的目标,船却被锁在堤坡之上。

一个古渡口犹如一个人的一生,起起伏伏,谁能决定呢? 运与命吧,其中的当然与自然、必然与偶然,不可捉摸,也不必捉摸,跌宕起伏才会让人生更加多姿多彩。

2017 年 7 月 8 日于珠海半山居

荒芜的门庭

每当行走于乡间的小泥路和柏油路上,最触动神经的不是那美丽的田景和与城市里几乎一样干净的马路——水泥或柏油马路,而是那一户户荒芜的门庭。曾经热火朝天,门庭若市,如今不仅门可罗雀,而且茂盛的杂草已基本挡住了回家的路,除非用柴刀砍出一条路来。

看到这些荒芜的门庭,我想到了屋里很多人在离开这些老屋时的心情。有的是主动离开的,到外面的世界去闯荡,去谋生,去实现人生的美梦。出门时显然他们的脚步是带着些许惊惶与担忧的——担忧家里的父母,担忧未卜的前途,还担忧那城里的花费比家里要大得多。不比家里,要吃荤抓只鸡,要吃素园里摘,城里的一切都要花钱,否则开不了锅。

城市也不像农村,没有钱可以赊账,有钱了再还,乡里乡亲的家门口塘都知道深浅。到城里,一切都变了,那心都变得挤对与恐慌,唯恐哪一天锅就不热了。城中村的住宿虽有些简陋,但付了钱还是可以有一处容身之地的。因为钱财有限,提防偷盗也不是问题,所以在农村主动弃屋的,一般多为年轻人。

为了下一代,为了富裕的生活,也因为土地里实在刨不出更好的东西。他们虽有忧虑,但也走得坦然而决绝,生活的压力谁都要面对。土地筋疲力尽,产不出蜜,产不出奶。虽然农村的路真的好了很多,但路上运不出更值钱的东西,于是他们走了,走了,都走了,去那钢筋混凝土建造的城市。

一拨人走了以后又走了一拨人,这些人却是被迫的,也是无奈的。他们已不能独立生产,甚至难以独立生活。没有配套的医疗生活服务,老人就成为孩子的负担。那些早早为了家庭而去城里打工的孩子们也要挣钱啊。不过最让人担心的还是那些年迈的父母,他们都到了不可劳作的年龄,却飘浮在城市的空中。

这不仅关系到经济能力，还有孩子们的精力与心情。老人们无奈地离开了自己的祖屋、自己的土地，在别人的城里艰难地活着。谁愿离开自己的祖屋、自己的土地呢？即便是追梦的年轻人，从某种角度来说，离乡也是被迫的。

千百年来，食与住是农民的梦与根，而屋是一个家最贵重的财富，是最安全的处所，一家人甚至几代人就在这屋子里生养繁衍，薪火传承，抛弃祖宅，是不可想象的行为。可今天，实实在在的农人，却丢弃了老宅，抛弃根与梦，把老屋交给了风与雨，交给了门前的荒草与那屋内安逸的老鼠。其实，谁都不甘心丢弃老屋，但谁也阻挡不了这种趋势。

老屋是一个家庭在当地的地位与财富的集中体现。解放前地主家的房子里外都是砖木结构，以彰显财力与地位，被视作家族的荣耀。农民造屋时大都倾囊而尽，因为房子是除了吃喝以外的生存根本。砖墙瓦房在农村是包产到户以后出现的，20世纪90年代后砖混楼房大量出现。包产到户前，盖农屋用的最好的材料是荒草，这是一种荒坡上长的坚硬的一米多长的草，晒干后即可盖在屋上，在集市上都可买到。

那时有荒草屋的人家算是殷实人家，比较差的是麦秸秆铺就的屋顶。那崭新的麦秸秆屋顶看上去颇为整齐，不是太穷的人家都会选择麦秸秆造屋，而最穷的人家连麦秸秆都用不起，就只能用稻草造屋了。稻草秸秆，软且易腐烂，但便宜且易得，自家种的稻子收获后晒干、码堆、并齐即可。

那墙是清一色的土块墙，为加强土墙的牢固性与持久性，先用黏泥巴搭成墙基，千锤万击以塑形，干了后在墙基上砌墙。那一个个标准的土块也是在农田里精心制作出来的，将一块干透了的田，洒水后再用牛拉石磙碾压几十次，次数越多越好，最后用梭刀梭成条，用断刀断成块，用揣刀端起来往旁边一立，那就是一块土砖。

上大梁、拉红布、撒甜糖，每个农民家庭造屋时心情都是亢奋的、甜美的，脸上都堆满了笑。尽管肩上的担子更重，尤其是背负的那堆债，但造了屋似乎腰杆就直了,实在有些奇怪,肩上担子更重,腰杆却更直。

遥想造屋时的冲动与亢奋,谁也不会想到今天老屋就这样遗弃了,这样遗弃是多么不甘心啊。当然,也许有一天有些人会回来重新收拾老屋,从城里迈向农村,从城市文明重新迈向农村文明,但看看世界各地荒芜的乡村小镇,这一天会到来吗?也许老屋从荒芜到消失,是人类发展不可逆转的趋势,虽让人伤心与留恋,但也不可挽回。

2017 年 6 月 28 日于深圳羊台山

车轮滚滚

由于家处袁店这个穷乡僻壤,少见世面,直到初中一年级时我才第一次见到自行车。那是一辆"奔马"牌自行车,由铁匠表叔从山南骑回家,煞是威风,不亚于现在开辆宝马。我好生羡慕,东瞧瞧西看看,心里还在嘀咕:没有发动机,自己载着自己怎么能又快又省力呢?

第一次坐自行车,那是 1982 年的寒假。斌同学突发奇想,提出骑自行车到合肥去玩。他身高力大,一口气从山南中学骑到上派。那是一个很冷的冬天,我不会骑车,只能长时间坐在铁硬的后座上。到上派的时候,我冻僵的双腿已不能站立,瘫在路边,四只大手揉搓了半天才恢复知觉,接着继续赶路。穿过三孝口时,我发现后面有一个交警在朝我们大声嚷嚷,好像在叫我们,可能是违规了。那时我们也不懂交通规则,情急之下,我跳下自行车让斌同学先走,担心自行车被扣,那可是一笔财产呢!我走向交警,他说不准骑车带人。我解释说我们从农村过来,不懂城里的规矩,请多原谅。于是,在接受了严肃的批评并写了保证书后,才算完事。

第一次骑自行车,是高考和"双抢"都结束的那个夏天。头一天晚上,我从亲戚家借来一辆车,借着月光在自家场地上练了几圈,次日一早就开始上路了。斌同学家的农活也刚结束,我们相约骑车环游"舒六合"。中午在官亭的馨同学家吃饭,同学很是好客。她执意要留吃晚饭,我们婉言谢绝。下午,经小庙到上派,并在一朋友那里用餐留宿。

第二天早晨日上三竿了,斌仍在酣睡。当他终于睡眼惺忪地起床后却告诉我,太累了,不想继续这次环游了。再一次邀请后,我便不再坚持,只能独自前行。当日,我经三河并留宿舒城,第三天从舒城出发经张母桥镇到达六安双河,第四日从双河出发到达六安市区并作逗留,第五日从六安经杨桃路山南镇回家,第六天吃一餐睡一天。整个行程约三百五十公里。其间,有两个晚上借宿在路边看场地的蚊帐里。

这是我最长的一次骑车旅行了。在路边的池塘沐浴,采食田边的瓜果,留宿野外的蚊帐。一路走来,感知秀美山川,汲取自然的活力。车轮滚滚,我时常回忆起那时的勃勃生机。那时候的自己,有着超乎寻常的耐力和野性。

在建行上班时,我还时常骑自行车。之后,加入驾车一族的行列,在车轮滚滚中参与着各种各样的以四轮车为载体的竞赛与较量。

车与路的竞赛。车越多,路越宽;路越宽,车越多。不断拆迁修路,更多的新车上路。街道改造成路网,大道变成了双层,天堑也变成了通途,但仍盛不下滚滚车流。人们追问:车路之争,谁是赢家?

两轮与四轮之间,仿佛有着一场博弈。上下班的急迫心情是一样的,而路宽也是既定的。在抢路的过程中,一方快了,另一方就会慢下来。由此,四轮车与两轮车这两大阵营,在不同的道路上演绎着各种各样的竞赛与较量,最终升级为不遗余力的争吵和不断发生的事故。于是乎,开小四轮车的强势群体呼吁限制两轮车中的电瓶车,而骑两轮车的弱势群体则不满四轮车的强势压力。双方忙得不亦乐乎,势均力敌不相上下。最终会限制谁,目前还没露端倪。

尾气与空气也有一场较量。建设和谐社会,必须控制污染,特别是空气污染;而发展市场经济,人们更加富裕,会有更多的车排放尾气。控制污染的种种努力,所取得的一点点收获,又不断地被尾气所吞噬。看看那灰蒙蒙的酱色天空,就知道实现蓝天碧水的理想是多么必要、多么诱人。

此外还有人车争食。20世纪80年代,有一部小说描述了机器人控制人类的可怕情景,虽然那只是杜撰,但人车争食的局面在现实世界中真切地上演。四轮车是由人制造的。天然的石油满足不了饥渴的四轮车,贪婪的目光便瞄准了人们赖以生存的粮食——逐利的资本家们快速地捕捉到这些信息:用粮食来提炼车用燃料的工厂如雨后春笋,一时间粮价飞涨,饥荒再现。

世界粮农组织不得不大声疾呼:不允许滚滚车轮碾压出更多的难民!

其实这才是故事的开始。随着社会的发展,财富呈几何级数增长,更多的人拥有车,到那时再宽的马路恐怕也不能供你风驰电掣,而只能用来排队。刚进入自由王国的人们可能又要随着滚滚车轮回到必然王国。呜呼!滚滚车轮,滚快了人们的心跳,滚重了城市的负荷,也滚乱了人们的生活。啊,车轮滚滚,我真的迷恋那两轮车的时代。多么简单,多么自由,多么清洁,多么随心所欲! 不占空间,不用能耗,只耗体力而又能强身健体。

2005 年 7 月 1 日于宁波梅墟

家狗小黑

上小学的时候,家里来了一条小狗,取名为小黑。小黑体格很小,但很可爱,是别人送的还是爸爸逮的,已记不清楚。那时"宠物"这个名词还没有流行开来,人都食不果腹,一般是没有闲心来伺候一条狗的。况且,那时候人们的精神世界很丰富,因此,那时候养狗不像现在的城里人是靠养宠物来获得精神上的慰藉的,当时的狗,最大的用途就是看家护院。有生人来的时候,狗汪汪地叫几声,算是报警,也算是一种抗议或是对领土的捍卫。我家养狗基本上属于这一情况。

小黑很有灵性,对人特别忠诚。可小黑在家里的待遇是最低的,比猪还低一等,大概是因为它不能创造剩余价值吧!每当喂猪时,如果狗伸头抢吃,母亲就会大喝一声,或者干脆用脚把狗踢到一边,而小黑只是乖乖地站在一边不敢吱声,委屈的眼神到现在还让我时常想起。只有等猪吃饱了,一摇头一摆尾哼哼唧唧走开的时候,小黑才能到猪槽里舔食。

小黑的忠诚是无条件的,这么低的地位却丝毫也没影响到它的工作和快乐的心情。每当我背起书包上学时,它都要护送到很远,直到袁店街头,离我家大约1.5公里的地方。其实它是还想再送一程的,只因它是一条未见过世面的狗。

袁店老街说是街,其实只有两个店铺,但村民的房子是按沿街两边对门而建的,中间还有一条青石板铺成的路。每到此,小黑就立在街南头,不再往前走,应该说是不敢往前走。有时我快走到街尾的时候,发现小黑还站在那里目送着,让人心生感动。

放学时,小黑一准站在街头迎接我,看到我出现,尾巴画圆圈般摇动,头也不停地上下晃动,在我裤子上磨蹭,伸出舌头,露出牙齿,微笑着。

　　记得有一年秋天，几个同学嚷嚷着要横渡十里长塘抄小路回家，这样可以少走好几公里的路。水乡的孩子个个都像水鬼，游过二百米宽的水面根本不在话下。那个下午，我很早就到家了，忙家务做作业。直到点灯吃饭时我才发现小黑还没有回家，心想：它是否还在那个街头等我呢？心里不甚踏实，拿着手电筒沿着上学的路走过去，快到街头时，月光下一个黑影在打转转，一副焦急的神态。

　　我很是内疚，三步并作两步向前。"小黑。"我轻声地叫着。它一下子兴奋地扑过来，极力扭动着整个身躯，似乎在说："终于等到你了，终于等到你了。"没有一点抱怨的神情。

　　上高中了，学校离家很远，我一周只能在周日回家一次并在家待上一天。这一天是我和小黑厮守的一天，我到哪里都带着它，感到很惬意。

　　每到周日的傍晚，我就要挑着米和菜之类的东西上学了。小黑照例要送我到袁店街头，不同的是它对我更加难舍难分，好像我随时会弃它而去。所以，分手时我都会多次回头向它挥手，它都以脚刨地作回应，不像初中时只是回几次头我就径直往前走了。

　　高中一晃而过，大学生活开始了。上学的路更远了，一学期才回家一次，渐行渐远中小黑也日渐衰弱，体态臃肿，行动迟缓。但每次相逢时它的激动热情似乎与它年轻时没有什么两样，而每次分手时，它的眼角有些泪花，目光也有些呆滞，还有呜咽的声音发出，好像是在暗示："下次回来也许你就见不到我了。"每次我背起包裹时，它都呜咽着用牙咬住不放。每次分手时，我们都要在分手的那个地方磨蹭很长时间不肯离去。

　　大学毕业了，到芜湖建行办理好报到手续后我就匆匆忙忙赶回家里，当父母高兴地迎出门的时候，再也没有小黑蹿出来。爸爸告诉我，小黑走了，很安详，老死的，没有把它剥皮炖汤，而是埋在河堤坡上，还放进去一件旧衣服。据说这样狗可以投胎成人。

　　那一夜，我做了一个梦，是和小黑亲热的场面，小黑仍然是兴奋的，这一次它有了一些抱怨:"我并不想投胎成人,做人有什么好呢?"

2007 年 5 月 6 日于宁波梅墟

弃　狗

小叔和小婶终于进城了，正式进城的最后一趟东西是我用奥迪 A6 拉的，后备厢及车里全都塞满了，我们三人往里一挤，真是连讲个笑话都没有空间安放了。

原本说好饭后就出发的，不知小婶哪里来的那么多东西，转一圈，一包东西塞进车里，又转一圈，又一包东西塞进车里，似乎总有掏不完的东西。说是持家也行，说是守财奴则更贴切。小叔不停地催促，小婶不断地应付着，但出发的指令总下不了。我也不急，也不帮忙，一本书捧在手上，就基本"与世无争"了。

四点已过，小婶终于说话了，大存子，差不多了。但她说这话时，眼睛分明还在屋里乱转，那口气听来也只是想说差不多了。我能深刻理解这句"差不多"，所以，继续埋头阅读。又过了一刻，小婶终于说走吧，而不是"差不多"了。我见这次真的可以走了，合上书起身走向车子。

在整个进进出出拿东西的过程中，三条狗始终没有离开一步，人从屋里到屋外到院子再到车旁边，狗也走着一样的路线。不像平时，人做人的事，狗干狗的活。今天不同，它们好像感知到家里要发生什么事，就更加关注主人们的行动。

车停在马路边，距小婶家的屋子约两百米，当最后一包东西夹在小婶的臂下时，她以胜利的口气宣布，现在真的可以走了，说着咔嚓一声，门就锁上了。在咔嚓的刹那，我注意到那三条狗的身体似乎同时抖动了一下，它们已意识到离别来临了。

我们向车子走去，三条狗像随从一样跟在后面。只是此刻，不再像平时那样活泼与从容，而是心情复杂且步履蹒跚，尾巴紧紧地夹着，这是害怕的姿态。我忍不住问小叔:"门上了锁,狗住哪里呢?"

"东山墙外有草堆,里面可以掏个洞。"小叔不紧不慢地说着。

"以前它们也住草堆里?"我问。

"它们以前住院子里堂屋的檐下。"小叔仍不急不躁地答道。

"那为什么不把前门边挖个洞?那样狗就仍然可以住院子里了啊。"我说。

"那不行,家里没有人,狗会把院子搞得不像样子的。"小叔显然不同意我的主意。

说着走着就到了车子边上,小婶把最后的东西装进后备厢,我关上后备厢门,那三条狗就坐在车后边,眼直勾勾地望着我,这时我才开始认真地端详起来。最大也最老的那狗是黑色的,黑得很纯,一双黑眼睛隐藏在黑色皮毛中,但仍然十分光亮。那舌头真长,舌尖的涎水一滴滴,像泪,脸色十分严峻。它们心里明白将要发生的一切,只是它们不会说而已。不,不是不会说,而是我们听不懂。

那中等大的狗是条花狗,花得有些土,像农村丫头过年缝的花棉袄一样花,也一样土,花多但朴素而不艳,给人实诚的印象。一身很脏,但两只眼睛很萌,忧郁而谨慎,像一个犯了愁的女诗人一样让人怜,让人爱。它一会儿看着我,一会儿又看着大狗。显然,大狗是它们的主心骨。三条狗都已坐在地上,张着嘴,似笑又似尴尬的表情,尾巴没闲着,一直在摇。但那摇的节奏,显然有些心神不宁、心事重重的慌乱。

只有那最小的白狗,坐了一会儿之后,还是闲不住地在车子边上晃来晃去,也许是少不更事的原因吧,还在一晌贪欢,或许也有一点点迷惑,但更多的是兴奋,好像爸爸要带它进城一样的光景。小白狗长得也真的漂亮,不仅漂亮,而且还很阳光。静立时,两头翘,英姿飒爽。尽管身子小,但卓越的身材已显端倪,若毛色再干净点,再顺点,都快赶上我们家的"小布丁"了。

可以走啦,小婶在车里喊。我仍在车外面与狗进行着无语言、无行为的交流,都只靠双眼在交流、在对话、在讨论,甚至在进行一场辩论赛。狗为一方,我为一方,辩论的论题是城市化,具体又分三个主题:城里有什么好? 全民进城对不对? 狗怎么办?

这三大主题,我一对三,舌战群儒,三四个回合不分胜负。但各自的立场十分清楚,狗是反对城市化的,认为城市不好,没有农村自由,也没有农村空气新鲜,更重要的是在农村还可以随地大小便。虽然我也是反对城市化的,是支持狗的意见的,只是辩论赛必须要有正反两方,所以我只能选择正方。

辩论进行中,谁也说服不了谁,谁也战胜不了谁,最后只能凭裁判了。裁判宣布,正反两方没有胜负,也就是没有谁是对的,也没有谁是错的,摸着石头再走走看。

一场辩论结束了,狗很失望,我也很失望。我心里想着让狗赢,狗赢了,说不定那推土机从城市的边缘向农村深处推进的速度就会缓慢些,而狗就会有更多的时光和主人在一起。

"大存子,走啊。"小叔开始催了,我一步一回头地走向驾驶座,狗也起身跟到车身左侧。我发动了车,摇下车窗,我们八目相视,似告别,似交流,但更多的可能还是争论甚至是争吵。还是刚才那个主题,但不同的是,狗的"眼语"里早已没有激情飞扬的神态,也没有了振振有词的雄辩,泪光里充满了忧伤和恐惧,也充满了无所适从,甚至是绝望。对视中,那条最大的狗两行眼泪簌簌而下。

我实在不忍心,关上窗,一脚油门,车子就前行了,但速度不是很快,因为我怕狗的心里承受不住。开出约两百米时,狗突然发疯似的朝车子奔跑过来,十二只爪子扬起的灰尘像轻烟,像薄雾,更似那浓浓的愁云。

我停下了,狗可能还要再说些什么,它们到时,我也下了车。这次六只眼里全都挂着泪珠,粗声地喘着气,舌头伸得更长,嘴巴也张得更大了。看得出刚才的奔跑是用尽了吃奶的力气,尤其是那条小白狗,委屈的眼神你都不忍心直视,是心碎的感觉。

我蹲下来,挨个对每条狗摸摸头,边摸边说道:"你们的主人要进城里住了,他们在城里要干活,要挣钱过日子,没时间管你们,你们三张口,他们也养活不了你们,你们就守在这里自找活路吧,你们的主人实在是带不了你们了。"那最大的狗在点头,似乎认同我的解释,但六只眼里的泪水淌得更快了。不止六只,我的眼里泪水也止不住地流。还是那条大狗,用舌头舔我的手,我知道这不是央求,是在传递真情,类似青年男女临别时的亲热动作。

"你们回去吧,相互照顾啊,我会回来看你们的。"我摸着小狗的头对它们说。

它们似乎真的听懂了,齐刷刷地点头摆尾。我站了起来,三条狗也仰起头直直地看着我,似乎在说再待一会吧。我又和它们对视一会,然后径直走向车前门,它们也跟着走动,但在车后门外停下了,我知道它们还想和主人告个别。我打开后门对小叔说:"告个别吧,你们不知猴年马月才能再见到了。"小叔和小婶挥挥手没有说话,也不知能说点啥,一脸不舍的神情。

是啊,这是没有办法的选择,社会的进步往往是十分无情的,像城市化造成老人与孩子的分离,狗与人的分离,人与生于斯长于斯的农田、小路、池塘的作别。还有被迫进城的艰难生存者,有的地方,几十年的故土已杳无踪影,这些都是社会发展的代价,总要有人来承担,包括这些狗。

车再一次开动了,狗儿没有追上来,而是立在原地,车走得更远些了,狗儿的头也仰得更高些,但不像送行,更像是张望,张望着远方的亲人。我想这种表情应是在梦想着我们下次的相见吧。

狗儿在后视镜里变成三个小点儿了,其中那个最小的已若隐若现,但清晰地看到,它们没有冲过来,也没有掉头回去。这真是个艰难的选择啊。冲过来,显然没有结果。但转身就回,又是那么不甘心、不情愿。我用模糊的双眼看着狗儿模糊的身影,也看着这模糊的世界、模糊的人类以及狗的生活方式。

2017 年 6 月 9 日于白云—昆明—西昌的飞机上

访　狗

自从把小叔小婶带回合肥之后,每天闲暇时光,那三条弃狗的无助眼神、无奈身影,尤其是那远远张望的神情就一直在我的大脑里萦绕,不曾消失。想着再回趟老家拜访下那"一家三口"——一家没有血缘关系的三口子。

终于,几个月后的一天,我找了点时间,急切地直奔鲍庄而去。小叔家的门紧锁着,没有任何生机,当然也没有看到狗,只是东山墙外的草堆头有个洞,大概那就是它们的家了吧!

庄子同样没有生机,因为没有人。转悠了一圈后,小叔隔壁家的门突然开了,原来是表婶从田里干活回来了。我打过招呼走进去坐下,表婶热情地泡着茶谈论起许多话题。当然,关于狗的话题最多。

不一会儿,狗儿不知从哪钻出来了,但只有两只,大的不知去向。它俩并没有进来,只是趴在门槛上,或许是觉得不太好意思,毕竟主人并没有邀请它俩进屋里来。

显然,它俩已认出我来了,四只眼睛眨也不眨地看着我,仿佛在想着"盯紧点,这次别让他跑了"。那天不是很热,但它俩的舌头还是伸得老长,应是欢迎的意思吧!

被主人丢弃的狗,显得如此狼狈与不堪,毛色灰暗与潦草,一球球的,有些毛球中还有黑点,应是虱子。相比以前狗儿瘦了好多,应是吃不饱。主人在时,多少能有些剩饭剩菜,有时还专门用汤拌饭给狗补充营养,但这一切随主人进城而消失了。它们平时只能在外面觅食,可村子里已没剩几户人家,哪里有那么多吃的可以找呢?饿一顿饱一顿成了常态。

隔壁的表婶说,这狗也有像人一样的情绪。那晚,我们走后,三条狗耷拉着耳朵回来了,趴在门口好久,好久……六只眼睛就这么望着紧闭的门连同那把合上的锁。那神情,那紧盯着门的神情也不全是沮丧,还有肩负职责的成分,其看家护院的职责并没有随主人的离去而消失,也不会因为有些不满就有丝毫松懈。

表婶还说,就在那天夜里,狗突然就叫了起来,从叫声的起伏与狗跑动的情况来看,应是有人在偷鱼了。小叔家的西边有个塘叫马驿叉,是他家的鱼塘。有人偷鱼了,有责任心的狗是毫不含糊的,它们拼命地扑向前去,那小偷可能带着家伙打中了狗,几条狗叫得更凶了。从叫声中可知,那几条狗一会向前冲,一会向后撤,那爪子的刨土声,听得清晰。

突然间听到最大的那条狗发出哀号,应是被打中了,也不知打到什么部位,从那叫声能猜测出应是被打得不轻,但争斗的叫声并未停止,好久才平静下来。我想那偷鱼的人肯定是退却了,但狗也受伤了。它们本已被主人抛弃,本可以心安理得地不管不问,可狗做不到,为了鱼,为了主人的鱼而受伤。

这是什么样的责任心呢?主人都不管了,而狗还在认真地、不畏生死地保护着,为了主人的利益可谓不顾一切,牺牲自己仍在所不辞。这就是狗!对人类无限忠诚的狗!但,人类最看不起的动物竟然也是狗,还创造了许多成语来羞辱、诅咒和贬低狗。但这些丝毫不影响狗对人类的忠心。我想,要是人类也能多学一点狗的忠心,这个世界或许会美好很多。

表婶继续说,第二天,看到那条大狗的一条后腿就拖地了,只剩三条腿,一瘸一拐,看得出十分痛苦的样子。又过了几日,就再也没有看到那条大狗了,也许已被打死,也许是被毒死的。只要那一塘鱼还在,偷鱼的人就不会轻易放弃。那鱼的存在就是狗的危险,鱼与狗之间就有了某种联系——狗死了,鱼也要死;但鱼死了,狗未必不能活着。鱼的生死,鱼做不了主。但狗的生死,其实狗是做得了主的。只是狗仍然选择死,为了责任与忠诚。

表婶在讲述完那几天狗的情状后,一脸忧伤,我还记得,她最后说的一句话是:没有主人的狗真是伤心啊。

没有了家的狗,就像无头苍蝇,没有方向,也没有目标。有房才有家,有家才有根。不管你在一个城市生存多久,归属感一定是基于家,即房子,没有这个空间所在,你也不会把自身归属于这个城市。

中午时分,我和两条狗就待在田埂上用餐。我来时打包了一些以肉为主的食物,我只吃了一份黄瓜,那排骨和红烧肉装在饭盒里,是为它们准备的。我打开饭盒,狗儿并不动嘴,我就用手喂它们。知道它们很饿,但并没有表现出狼吞虎咽的样子,我一手喂食,一手抚摸它们。每当我抚摸它们的时候,它们就停止吃肉,四目深情地望着我,眼里饱含感激之情。

要是它们会说话,一定会说出"谢谢"之类的话来。但它们只能是用头不停地磨蹭我的裤脚,或者舔我的手,这大概就是它们表达内心感激的一种方式吧。我信步走在一道已荒芜的田埂上,它俩就像跟班,一丝不苟、不远不近地跟在后面,像两个卫士护卫着将军一样。

日薄西山时分,我们要再次说再见了。它俩很懂事,没有像上次那样穷追不舍,而是原地不动,直至消失在后视镜里。

工业文明的脚步,没有人能够阻挡,而背后的离别愁苦深深地扎进每个人和动物的胸口。刺痛,但必须忍着、坚持着,向前、向远方、向城市、向人多的地方迈进!

2017 年 8 月 27 日于武夷山甘润度假村

人狗情未了

人类最亲近的动物朋友是什么？十有八九的人会回答是狗。狗，是十二生肖之一，狗和人类之间的感情可以追溯到几千年前。

没有哪一种动物像狗这样以这么多的方式为人类服务：尽心尽力地为人们看家护院；尽职尽责地协助人们放养牲畜；帮助人们狩猎；拉着人们穿越地球上最寒冷最偏僻的角落……狗凭着灵敏的嗅觉，能在雪崩后把埋在雪堆下的人搜寻出来，能在房屋倒塌后把困在瓦砾中的人抢救出来，能在森林的深处把迷路的人引领出来，是谓搜救犬；它们在边疆站岗，阻止毒品和其他非法交易，谓之缉毒犬；它们给盲人领路，不知疲倦地照顾残障人士的生活，谓之导盲犬……

当我们高兴的时候，它们摇尾助兴；当我们悲伤的时候，它们头颅低垂以示同悲；当我们渴望慰藉的时候，它们用头磨蹭你长长的裤筒。它们随时了解我们的需要，听候我们的命令，用无尽的关爱温暖着我们的心灵。除了以上众所周知的贡献，狗建立在情感基础上的对人的忠诚，也是其他任何动物无法比拟的。那是一种对母亲般的信赖之忠诚，对仰慕者般的崇拜之忠诚。还有更多的历史故事告诉我们，狗对人付出的是毫无保留的情义和耿耿忠心。

狗是一万多年前由狼驯化而来，尽管人们研究出了各种理论，我们仍然无法确定，为什么人类和狗能够这样融洽地相处。是为了互相保护，为了结伴狩猎，还是为了友谊？抑或是三者都有？爱狗的人可能更喜欢这样一种说法：上天创造了人，看到人类如此怜弱而孤独，便为我们创造了狗。狗是我们的伙伴，是我们的朋友，是我们的盟友！招之即来，挥之即去，这样的朋友世上还有第二个吗？

　　狗可以说是一种非常深入人类生活的动物了,在所有与人密切来往的动物中,对人类最忠心的莫过于狗,在主人面前表现得很有性格的则莫过于猫,狗对主人那种誓死追随的忠心,在猫的身上是难逢难觅的。可是奇怪的是,在民俗中有"狗要拾,猫要买"的说法,人们认为猫的身份比狗金贵,不可以白白收养。更为奇怪的是,人类向来对狗都是鄙夷的态度,有成语为证。在汉语中与狗相关的成语、谚语多达几十几百条,是所有动物中产生成语、谚语最多的了。

　　然而遗憾的是,除了少数几个为中性词外,大多关于狗的成语为贬义词。猫在偷懒,狗去帮忙捉老鼠,被斥为"狗拿耗子多管闲事";狗忠诚地护卫着主人,却被冠以"狗仗人势"的罪名;狗有较强的应急处理能力并可急中生智,被说成"狗急跳墙"……最让人感到不公平的是,人在骂别的动物的时候也一定要把与此无关的狗搭进去骂一番,比如:狼心狗肺、蝇营狗苟、鸡肠狗肚、狐朋狗友、狐群狗党、鼠窃狗盗。而最让人啼笑皆非的是用"狗嘴里吐不出象牙来"的俗语诋毁狗,莫非猫嘴里抑或人嘴里能吐出象牙来?"捉鸡"时也要"骂狗"属毫无道理,"偷鸡"时还去"摸狗"几近不可能。因为,以狗的忠诚是不可能耍滑头的,肯定会为了主人的财产安全而奋不顾身地与偷者搏斗,至少也会狂吠,偷鸡又如何能摸狗? 依我之见,说成偷鸡摸猫或摸猪,会更加合适些。还有,"狗眼看人低"这也是天大的冤枉,所有动物中狗看人时,脉脉含情,眼里充满的最多的是忠诚。狗勤而奋蹄谓之"狗腿子",狗依恋主人而随其前后称之"走狗、狗奴才"。当人们吃了狗肉喝了狗肉汤,心满意足并用袖口擦拭嘴巴后,仍不忘记讥讽一番"狗肉上不了正席"。形容人的层次不高或某种坏行为时会用"猪狗不如",我不明白为什么不能说猪鸡不如呢?

　　其实,狗儿从来也不在乎是不是能够得到人类的回报,它们只知道为人类多做点再多做点。而作为人类,我们为狗儿做得实在太少了,如果我们再将狗的忠诚划到"奴仆"的范围,并用如此多的贬义词来侮辱狗,实在是亵渎了狗对人的感情,同样也侮辱了人类本身。

　　狗对人如此忠诚而人对狗却这般鄙视,但人与狗还能长期而友善地相处,是因为什么? 那是因为狗非但不介意人类对它的漠视,而且仍义无反顾地追随人类于左右。

　　　　　　　　　　　　　2008 年 9 月 1 日于中山欧普横琴河边

后　记

与土地渐行渐远的时候,对土地的思念愈加深切,思忖着土地的好与不好。不好是因为人们从土地里刨食太艰难,而土地的好不仅由于她能生长庄稼,而且还承载着许多故事,尤其是饥饿与快乐的故事。

在我彻底离开土地的几十年前,土地之上,饥饿是主旋律,几乎每个人都或多或少经历过,只是程度不同而已。所以,饥饿占据了我对那个时代记忆的一半空间,而另一半的记忆空间则充满着快乐,一种纯粹的快乐,不带有任何杂质的快乐。这种快乐与饥饿在时间与空间上高度契合,以至我时常怀疑,是不是我的记忆出了问题,都食不果腹了,为什么还有快乐?可快乐却真实存在,而且与饥饿相伴相随。

当下,物质丰富到让选择成为难题,可快乐却成了稀罕之物,即便有时冒出一些快乐却很快又被焦虑或新的欲望所替代,快乐与富足在时间与空间上难以契合。我常想着,快乐是人之所求,可快乐到底和什么具有更大的相关性呢?

写下这些片断是想着打开记忆之门,在这扇门里去寻找快乐的成因以及与之关联的事与物。

2021 年 7 月 22 日于珠海